「맞서 싸웁시다」
처음으로 듣는, 무거운 결의가 담긴
젠지로의 말에 …

이상적인 기둥 서방 생활

15

KB196462

渡辺 恒彦
와타나베 츠네히코
illustration 아야쿠라 쥬

「정말이지, 그대는…」

「죄송합니다,
생각이 잘 안 나네요.」

은발의 프레야 공주는 대답하지 않았다.

그 대신, 뒤에 서 있는 장신의 여전사,

스카디가 전전긍긍할 뿐이었다.

「나는 이 도시 우트가르즈의 대표, 당대 로크다.」

이상 적인
기둥서방생활 ⑤

후궁 시녀장 아만다는 교본처럼 아름다운 자세로 유리창 앞에 서서 젊은 시녀들을 향해 입을 열었다.

「뭐라고?! 말도 안돼!」

얀 대장의 말에 아우라 여왕은 경악해서 큰 소리를 냈다…

이상적인
기둥서방생활 ⑮

「⋯⋯맥이, 뛴다.」

이상적인 기둥서방 생활 ⑮

유해와 용병과 여왕

북대륙 『교회』는 세 번에 걸친 경고를 무시하고 자신들에 대한 비난과 독자적인 『용의 가르침』을 설파하는 얀 사제를 결국 구속하고 말았다.

용병 얀은 얀 사제를 구출하기 위해 움직였지만, 결국 때를 놓쳐서 얀 사제는 화형에 처해진다.

복수심에 불타는 용병 얀에게 어느 날 도착한 한 통의 편지. 그 편지에는 『화형당한 유해를 마법으로 완전한 형태로 복원하고 정화할 수 있다』고 적혀 있었다.

용 신앙자에게 불은 용이 내리는 벌의 상징. 타고 그을린 유해를 치유한다는 것은 신앙상 크나큰 의미가 있다.

편지를 믿은 용병 얀이 지시에 따라 향한 곳에서 기다리던 이는 아우라 여왕.

아우라 여왕은 용병 얀에게 말했다.

『사체를 내게 가지고 오면 복원해 주겠다.』

아우라 여왕의 말을 믿고 얀 사제의 유해를 탈취해 온 용병 얀.

약속대로 유해에 『시간 역행』 마법을 거는 아우라 여왕.

그 결과는 『얀 사제의 시신 복원』이 아닌, 생각지도 못한 일이었다.

INTRODUCTION

이상적인 기둥서방 생활

와타나베 츠네히코

길찾기

illustration 아야쿠라 쥬

이상적인
기둥서방생활⑮

CONTENTS

일러스트 아야쿠라 쥬　**일본어판 장정·본문 디자인** 5GAS DESIGN STUDIO
일본어판 교정 후쿠시마 노리코(도쿄출판서비스센터)　**일본어판 편집** 마쓰다 노부히사(주부의 벗)
한국어판 번역 김정규　**한국어판 편집·교정** 정성학　**한국어판 장정 디자인** 김애린　**마케팅** 이수빈

[프롤로그] 남겨진 자

절기상으로는 혹서기가 끝나고 활동기에 들어간 어느 날 낮.

아우라 여왕은 후궁 침실에서 점심식사를 들고 있었다. 식사를 하면서 면담을 갖자는 요청이 있었기 때문이다. 게다가 장소를 후궁으로 지정해서.

아우라 여왕에게 일 대 일 면담을 신청할 수 있는 사람이면서 장소를 '후궁'으로 지정할 수 있는 이는 이 넓은 카파 왕국에서도 단둘뿐이다.

그중 하나인 젠지로는 후궁에서 아우라와 대화의 자리를 갖기 위해 굳이 신청할 필요가 없고, 애당초 지금은 일 때문에 카파 왕국을 벗어나 있다.

그렇게 생각하면 신청한 이는 한 사람으로 좁혀진다.

결과적으로 후궁 본관 침실에 차려진 작은 테이블에서 대면한 사람은 젠지로의 또 한 사람의 아내, 프레야 공주가 미소를 지으며 앉아 있다.

"프레야."

"예, 부르셨나요? 아우라 폐하?"

빨강 머리 여왕이 이름을 부르자, 은발의 공주는 긴장감이라고는 찾아볼 수 없는 목소리로 말했다.

아우라 여왕은 그 빨강색에 가까운 갈색을 띤 두 눈을 가늘게 뜨고는,

"그대가 면담을 요청했기에 이 '점심 회담' 자리를 준비했다만? 할 이야기가 뭔가?"

아우라는 압력이 담긴 목소리로 말했다. 실제로 프레야 공주 뒤에 선 여전사 스카디는 그 커다란 몸을 최대한 움츠리고서 황송해하고 있다.

하지만 그 압력을 정면으로 받는 은발의 공주는 털끝만큼도 동요하지 않고, 기분 좋다는 것처럼 에어컨의 찬 바람을 쐬고 있다.

"용건이요……? 죄송합니다, 갑자기 생각이 나질 않네요. 뭐, 시간은 아직 많이 있으니까, 천천히 시간을 들여서 생각해 내겠습니다."

"……."

가만히 노려보는 아우라 여왕의 안광에도 전혀 동요하지 않고, 프레야 공주는 완전히 늘어진 자세를 바꾸려 하지 않았다.

프레야 공주가 신청한 대화. 중요한 것은 대화의 내용이 아니라 여기, '에어컨이 있는 후궁 본관 침실'을 대화의 자리로 삼는 것이리라. '활동기'라고는 하지만 그것은 타고난 남대륙 사람의 감각을 기준으로 하는 평가. 한낮 기온이 30도를 넘는 것이 당연한 이 시기에 북대륙에서도 더 북쪽에서 태어난 프레야 공주에게는 아직 에어컨이 없이는 힘든 계절이다.

더이상 노려봐도 프레야 공주는 전혀 반응하지 않을 것이다. 그 대신에 뒤에 서 있는, 잘못이라고는 없는 장신의 여전사를 미안하

게 만들 뿐이고. 그렇게 판단한 아우라 여왕은 어깨를 살짝 으쓱거리고는 시선이라는 이름의 창을 거뒀다.

"정말이지 그대는……. 그래, 좋다. 주위에 나와 그대 사이가 양호하다는 인상을 줄 수 있는 요소는 서방님에게도 유익하니."

아우라 여왕의 말은 일리가 있다. 이렇게 아우라 여왕과 프레야 공주가 빈번하게 만남의 자리를 갖는다면 둘의 사이가 양호하다고 어필할 수 있다.

정실인 아우라 여왕과 측실인 프레야 공주의 사이가 양호하다고 주위에서 인식하게 되면 그것은 젠지로에게도, 아우라 여왕과 프레야 공주에게도 상당히 좋은 일이다.

물론 '아우라 여왕이 측실을 불러서 압박한다'라든지 '프레야 공주는 아우라 여왕의 약점을 캐기 위해 접촉을 늘리고 있다'라는 등 삐뚤어진 눈으로 보는 이도 있겠지만, 대부분은 '사이가 좋다'는 방향으로 생각할 것이다. 최소한 접촉이 없는, 또는 적은 상태보다는 나을 것이다.

실제로 아우라 여왕과 프레야 공주는 사이가 좋다. 같은 사내를 공유하는 정실과 측실이라는 입장에서 생각하면 '파격적으로 사이가 좋다'고 해도 좋을 것이다.

"예, 지당하신 말씀이십니다. 그래서 저는 이렇게, 가능한 아우라 폐하와 사이가 좋다는 알리바이를 만들고 있습니다."

"……협력에 감사하도록 하지. 그럼, 내일 점심에도 동석해 주겠나? 왕궁에서 행할 예정이다만."

씁쓸한 미소에 도끼눈을 뜬 빨강 머리 여왕의 말에 은발의 공주는 시치미를 떼는 것처럼 시선을 약간 위쪽으로 옮겼다.

"아~. 그건, 무리입니다. 그러니까, 분명히, 내일은 예정이 있으니까요."

"호오? 어떤 예정인가?"

"자세히 말씀드릴 수는 없습니다. 하지만 왕궁으로 나갈 수는 없습니다. 아, 그래도 후궁 안에서라면 괜찮습니다. 예정이 바뀌고 장소가 여기로 변경된다면 저도 참석할 테니, 연락을 주세요."

"……그대, 나날이 뻔뻔해지는군."

그렇게 말하고, 아우라 여왕은 보란 듯이 한숨을 쉬었지만, 질책하지는 않았다. 어쩌네 저쩌네 해도 프레야 공주가 '지킬 것은 지킨다'는 사실을 알고 있기에.

프레야 공주의 응석과도 같은 뻔뻔한 언동은 기본적으로 아우라 여왕을 상대로 사적인 자리에서만 겉으로 드러내고 있다. 공적인 자리에서는 상대가 아우라 여왕이라고 해도 보다 확실하게 거리를 자각하는 언동을 취하고, 젠지로와 일 대 일로 있을 때는 감탄할 정도로 자제심을 보인다.

응석을 부릴 수 있는 상대, 부려도 되는 상대, 부릴 수는 있지만 부리면 곤란한 상대. 그것을 확실하게 파악하고 있다.

그런 의미에서, 프레야 공주에게 아우라 여왕은 상당히 대하기 편한 상대였다.

사적인 자리에서라면 도를 넘는 무리한 언동을 확실하게 꾸짖어 주고, 뻔뻔한 제안은 생각할 것도 없이 각하할 뿐, 감정적으로 앙금을 남기지는 않는다. 그래서 지금처럼 부담 없고 편안한 대화를 즐길 수 있다.

만약 상대가 젠지로라면, 이렇게는 안 되지만.

젠지로는 가능한 성실하게 대하려는 의식이 있는 탓인지, 프레야 공주의 '부탁'을 있는 그대로 받아들이려 한다. 그래서 프레야 공주도 농담이나 밑져야 본전이라는 생각으로 제안할 수가 없다.

남편인 젠지로가 아니라 같은 남편의 아내인 여왕 젠지로와의 관계가 먼저 가족—프레야 공주가 머릿속에 떠올리는 가족—의 거리감이 된 것은, 얄궂은 이야기지만 향후의 인간관계를 고려하면 요행이라고도 할 수 있다.

남편 하나와 복수의 아내라는, 왕족이나 고위 귀족의 인간관계에서는 남편과 아내 이상으로 아내와 아내 사이의 관계가 가족의 평화에 크게 관여하기 때문이다. 게다가 카파 왕국의 경우에는 그 중심에 있는 사람이 국서에 불과한 젠지로가 아니다. 여왕인 아우라다.

하지만 '왕가'라면 또 몰라도 '가정'이라고 보자면 그 중심은 틀림없이 젠지로다.

"……젠지로 님은 지금쯤 어떻게 지내고 계실까요?"

"글쎄, 예정대로라면 슬슬 '우트가르즈'에 도착했을 무렵인데."

아무래도 두 사람의 대화는 젠지로의 이야기가 중심이 된다.

게다가 지금은 그 젠지로가 완전한 미지의 세계에 발을 들이고 있다. 기대, 걱정, 그리고 프레야 공주에 한정된 이야기지만, 선망. 다양한 감정을 품을 수밖에 없는 상황이다.

"아아, 저도 가고 싶었어요."

"또 그 소리인가."

미련이 잔뜩 담긴 표정과 목소리로 미련이 한껏 담긴 말을 하는 프레야 공주에게, 아우라 여왕은 질렸다는 듯 말했다.

"아무리 말해 봤자 의미가 없다는 건 저도 잘 알고 있지만 말이죠. 말 정도는 하게 해 주세요."

"후궁에서라면 괜찮겠지. 밖에서는 말하지 마라. 그렇게나 가고 싶었나."

아우라 여왕에게는 이해할 수 없는 감각이다. 아우라 여왕도 '순간이동'을 잘 사용하기 위해 다른 나라에 방문한 경험이 많은 사람이다. 지난 전쟁에서는 국내외를 가리지 않고 장기 원정도 경험했다.

하지만 아우라 여왕에게 그런 행위는 의무일 뿐이었고, 거기서 기쁨이라는 감정은 전혀 느끼지 못했다.

물론 이것이 보다 평화로운 때, 그야말로 젠지로에게 들었던 '신혼여행' 같은 행위라면 아우라 여왕도 즐겁다고 느낄 수 있었겠지만, 공무로 미지의 땅에 가는 것에서 기쁨을 찾아내는 가치관은 솔직히 공감할 수 없다.

"가고 싶었답니다."

솔직하게, 미련을 입을 통해 흘리는 은발 공주에게 빨강 머리 여왕은 위로의 말을 건넸다.

"그렇게까지 가고 싶다면 앞으로도 기회는 또 있을 것이다. 서방님이 한 번 갔던 곳이라면 이후에는 '순간이동'으로 오갈 수 있으니까. 물론 상대방이 '순간이동'을 통한 왕래를 허가해 준 경우의 일이지만."

젠지로는 당연하다는 것처럼 디지털카메라를 지참하고 우트가르즈로 갔다. 거기서 사진을 찍으면 우트가르즈로도 '순간이동'을 이용한 왕래가 가능해진다. 하지만 그것은 지금 아우라 여왕이 말한 것처럼 우트가르즈 쪽에서 허가해 주는 경우의 이야기다. 그것은 계약이나 의리만의 문제가 아니다. 단순히, 허가가 없다면 왕래가 불가능해진다.

마법을 발동하려면 강하게 집중해야 한다. 그래서 금지된 장소로의 '순간이동'은 '금지당했다'는 정보가 의식에 관여하기 때문에 젠지로 정도의 정신력과 주문 숙련도로는 거의 성공하지 못한다. 아우라 여왕이라면 아무 문제가 없지만.

하지만 프레야 공주는 그 짧은 푸르스름한 은색 머리카락을 흔들어서 여왕의 말을 부정했다.

"아, 그게 아니랍니다, 아우라 폐하. 저는 미지의 땅을 제일 먼저, 이 발로 도달해서 이 눈에 담아 두고 싶습니다. '순간이동'은 상당히 유용하지만, 정서적으로 조금 부족하달까요."

"이동에서 중요한 것은 정서가 아니라 안전성과 속도일 텐데. 그렇다면 '순간이동'을 통한 우트가르즈행에 관심이 없다는 것인가?"

"그건 그것, 이건 이것입니다. 그럴 기회가 있다면 반드시 따라가도록 하겠습니다."

에헴, 하고 가슴을 활짝 펴는 은발 왕녀를 보고 빨강 머리 여왕은 크게 한숨을 쉬었다.

"왠지, 그대와 사적인 자리에서 이야기를 나누다 보면 같은 남편을 공유하는 또 한 사람의 아내라기보다는 손이 많이 가는 딸이라는 생각이 드는군."

질렸다는 투에 내용도 명확하게 탄식하는 말이지만, 아우라 여왕의 표정을 보면 오히려 예전보다 거리가 가까와진 것처럼 보이는 좋은 분위기를 풍기고 있었다.

"어머나? 그건 파나 님을 위한 좋은 예행연습으로서 제가 도움이 되고 있다는 뜻이겠죠."

"파나를 그대 같은 문제아로 키우지는 않겠다."

뻔뻔한 소리를 하는 프레야 공주를 그런 말로 간단히 물리치려고 했지만, 그 정도에 격퇴당할 프레야 공주가 아니다.

"참고로 제 친어머니인 펠리시아 제2 왕비는 충분한 애정과 엄한 교육으로 제게 왕족 여성으로서 걸맞은 교육을 해 주셨습니다. 그 결과가 지금의 저랍니다."

부모가 아무리 제대로 된 사람이라 해도 그 자식이 문제아로 자라지 않는다는 보장은 없다. 쓸데없이 가슴을 활짝 펴고 주장하는 프레야 공주를 보며 아우라 여왕은 얼굴을 찌푸렸다.

"……아픈 곳을."

얼굴만 찌푸리고 더이상 추궁하지 않은 것은 넓은 의미에서 봤을 때는 아우라 여왕 자신도 프레야 공주와 같은 부류이기 때문이다.

어지간한 기사 수준의 전투력을 지녔고, 지난 전쟁에서는 스스로 군을 지휘하며 싸웠던 아우라 여왕은 굳이 말할 필요도 없이 일반적인 왕후 귀족 여성과는 거리가 멀었다.

여왕으로 즉위하지 않고 일개 왕녀인 채로 남았다면 그야말로 프레야 공주보다 훨씬 더 결혼할 상대를 찾기 힘들었을 것이다.

그래도 아우라의 경우에는 키워 준 부모인 라라 후작 부부가 자신을 이해해 주는 사람들이라는 환경적인 문제도 있었기에, 타고난 자질만이 문제라고 말하기는 힘든 상황이지만.

그런 자신이 왕족으로서 파격이라고 할 수 있는, 애정이 넘치는 결혼 생활을 누리고 있다. 카를로스, 파나라는 자식까지 얻으며.

유일하게 살아남은 왕족으로서의 의무를 다하는 동시에 행복한 나날을 보내고 있다. 그 모든 것이 사랑하는 남편 덕이다.

그런 생각을 했기 때문이리라.

"빨리, 젠지로 님을 뵙고 싶어요."

"그래, 나도 그렇다."

프레야 공주의 말에 아우라 여왕은 무의식적으로 고개를 끄덕였다.

[제1장] **우트가르즈**

그 무렵, 젠지로는 프레야 공주의 쌍둥이 남동생이자 웁살라 왕국 왕태자인 윙비 왕자와 함께 우트가르즈로 향하고 있었다.

먼저 카파 왕국에서 웁살라 왕국으로 '순간이동'. 그날은 웁살라 왕국에서 비공식적으로 간단한 환대를 받고, 웁살라 왕국 왕궁 —광휘궁에서 하룻밤을 묵는다. 다음 날 아침에 일찍 마차를 타고 웁살라 왕궁이 있는 왕도에서 북쪽으로 멀리 떨어진 곳까지 이동. 거기서 지금 타고 있는, 우트가르즈 쪽에서 준비한 '탈것'으로 갈아탔다.

우트가르즈가 준비한 '탈것'. 그것은 대형 썰매였다.

썰매를 끄는 것은 두 마리 순록, 처럼 보인다. 최소한 젠지로의 지식에 있는 것 중에서는 순록과 가장 가깝다. 솔직히 웁살라 왕국의 마차를 여기까지 끌고 왔던 종마보다 덩치가 큰 저 생물을 순록이라고 불러야 할지는 솔직히 의문이지만.

순록이 끄는 썰매도 일반적인 썰매가 아니다. 웁살라 왕국이 준비한 상자형 마차에 뒤지지 않을 만큼 커다란 상자가 썰매 위에 자리를 잡고 있다.

참고로 지금은 초가을. 북대륙에서도 더 북쪽에 있는 웁살라 왕국이지만, 아직 왕도 부근에는 눈이 쌓이지 않았다. 그런데도 썰매가 움직일 수 있는 이유는 공중에 떠서 미끄러지고 있기 때문이다.

대지가 아니라 허공을 밟고 나아가는 두 마리 썰매에 이끌려 상자형 썰매도 허공에서 소리 없이 미끄러지며 나아간다.

상자 썰매 안쪽은 신기한 공간이었다. 벽, 바닥, 천장은 금속도 석재도 아닌, 흰색에 가까운 밝은 회색 소재로 만들어졌다. 눈에 띄는 것이라면 진행 방향을 기준으로 가로로 마주 보고 앉도록 놓여 있는 소파 두 개와 그 사이에 서 있는 사각기둥. 사각기둥의 높이는 앉아 있는 사람의 허리 정도이며, 비스듬하게 잘린 직사각형 정점 부분에서는 옅은 빛이 나오고 있다.

거기에 마법 문자가 표시된다. 처음에는 '입구 폐쇄', 다음으로 '착석 권장', 마지막으로 '출발'. 그 문자대로 상자 썰매 입구는 자동으로 닫혔고, 젠지로와 윙비 왕자가 마주 보는 상태로 자리에 앉고 조금 지나자 썰매가 소리도 없이 천천히 움직이기 시작했다.

출발해서 잠시 동안은 대각선 아래 방향으로 떠밀리는 듯한 작은 관성이 느껴졌지만, 조금 더 지나자 그것도 느껴지지 않았다.

바닥, 천장, 네 벽면 어디에도 창이 존재하지 않아서 확실하지는 않지만, 체감상으로는 중력도 바로 아래쪽으로 작용하는 것처럼 느껴진다.

참고로 천장 앞뒤 두 곳에 마력 불빛이 갖춰져 있어서 상자 썰매 내부는 충분히 밝았다.

그렇게 가만히 있었더니 패널에 '이석(離席) 자유'라는 문자가 표시됐다. 아무래도 지금부터는 자리에서 일어나 움직여도 괜찮은 모양이다. 일어날 생각은 없지만 그래도 몸에서 힘을 뺀 젠지로는 후, 하고 안도의 한숨을 쉬었다.

긴장이 풀리자 겨우 같이 탄 사람에게 신경을 쓸 여유가 생긴 젠지로는 마주 앉은 처남이 흥분해서 그 얼음처럼 파란색 눈동자가 반짝반짝 빛나고 있다는 것을 알았다.

"아아, 매형. 이건 대체 어떻게 된 것일까요?"

너무 흥분해서 힘차게 자리에서 일어난 윙비 왕자에게 젠지로가 살짝 당황하며 충고했다.

"윙비, 안에서 너무 심하게 움직이지 않는 게 좋아. 일단 자리에서 일어나도 된다고는 했지만, 하늘을 날고 있으니까."

"……………예? 하늘을, 날고 있다고요?"

당연하다는 것처럼 충고하는 젠지로의 말에 윙비 왕자는 전혀 이해하지 못하겠다는 반응을 보였다. 생각해 보면 당연한 일이다. 처음 탑승했을 때, 이 순록 두 마리가 끄는 상자형 썰매는 틀림없이 지면에 있었다. 그 상태에서 탑승해 문이 완전히 닫힌 뒤에 움직이기 시작했다. 마법 등불 덕분에 썰매 안쪽은 밝지만, 창문이 하나도 없고 밖이 전혀 보이지 않는 구조다.

그 상태에서 비스듬히 아래쪽으로 밀리는 것 같은 관성이 느껴졌을 때, 젠지로는 바로 '아, 날고 있구나'라고 확신했지만, 이것은 비행기라는 탈것으로 몇 번이나 하늘을 날아 본 경험이 있는 젠지로이기에 이해할 수 있는 감각이다(젠지로의 경우에는 처음부터 '순록이 끄는 썰매'를 보고 '이건 하늘을 난다'고 연상했던 것도 큰 이유다).

한편 윙비 왕자는 지금까지 단 한 번도 하늘을 날아 본 적이 없다. 당연한 일이다. 웁살라 왕국에는 유익마도 없고, 윙비 왕자는 비행 마법 사용자도 아니다.

그래서 윙비 왕자는 이 상자 썰매가 지금 하늘을 날고 있다는 사실을 전혀 이해하지 못했다. 수평 등속 비행(또는 공중 보행) 상태에 들어간 현 상황에서는 관성도 흔들림도 전혀 느껴지지 않으니 더욱 그랬다.

"날고 있다고요? 정말로? 괘, 괜찮은 걸까요?"

반신반의하면서도 지금 자신이 하늘을 날고 있다는 사실을 이해한 윙비 왕자는 불안하다는 것처럼 자기 발을 내려다봤다.

젠지로는 자신 없다는 듯 고개를 갸웃거리며,

"일단은 저쪽에서 초대했고 저쪽이 준비한 이동 수단이니까 크게 위험하지는 않겠지."

라고, 다소나마 윙비 왕자가 안심할 수 있을 근거를 제시했다.

"하긴, 듣고 보니 그렇군요. 젠지로 매형, 저희가 정말로 하늘을 날고 있는 것인가요? 말도 안 되는 농담을 하실 분이 아니라는 건 알고 있습니다만, 아무래도 쉽사리 믿을 수가 없습니다."

솔직하게 말한 윙비 왕자에게 젠지로도 조금 난처하다는 듯 고개를 갸웃거렸다.

"뭐, 증거도 없으니 믿지 못하는 것도 무리가 아니겠지. 어떻게 해야 좋을까?"

잠시 생각한 젠지로는 이 좁은 상자 썰매 안에 단서가 될 만한 것이 하나밖에 없다는 데 생각이 미쳤다.

"이게, 그냥 표시 패널이려나?"

그렇게 말하면서 신중하게 일어난 젠지로는, 중앙에서 빛나고 있는 패널을 봤다.

패널에는 커다란 마법 문자로 '이동 중'이라고 표시되고 있다. 물론 젠지로의 눈에는 일본어 표기로 보인다. 더 주의해서 보니 패널 왼쪽 위에 작은 글자로 '한정 조작'이라는 문자가 표시되어 있다.

"아, 어쩌면."

그것이 무슨 의미인지 대충 알아차렸지만, 그래도 그것을 건드리는 일은 망설여졌다. 미지의 마법 도구, 그것도 지금 현재 자신들을 태우고 비행 중인 것으로 추정되는 마법 도구를 '조작'하는 것이니, 두려운 기분이 드는 것도 당연한 일이리라.

"매형? 왜 그러십니까?"

프레야 공주와 정말 닮은 얼굴로 어리둥절한 표정을 지은 윙비 왕자가 그렇게 말하고는 쭈뼛쭈뼛 젠지로 옆으로 다가왔다.

"응. 이걸 좀 봐 주겠어? 가운데 있는 커다란 글자가 아니라 왼쪽 위에 있는 작은 글자."

이건 마법 문자니까 당연히 윙비 왕자도 읽을 수 있다.

"'이동 중'이 아니고, 아, 이쪽 말씀이시군요. '한정 조작'······ 조작?"

조작이라는 말에 윙비 왕자는 그 보기 좋은 눈썹 한쪽을 추켜올렸다.

"조작, 할 수 있다는 겁니까?"

윙비 왕자의 입가에 호기심과 야심이 뒤섞인 미소가 드리웠다.

"아마도. 그래도 어디까지나 '한정 조작'이라는 것 같지만."

'한정 조작'. 젠지로는 이것이 공공 교통 기관에서 승객이 건드릴 수 있는 정도의 조작이 아닐까, 라고 예상했다. 비행기 승객이 창문 블라인드를 올리고 내리거나 고속열차 승객이 의자 등받이를 기울이는, 고작 그 정도의 조작.

이 썰매는 우트가르즈가 준비한 이동 수단인데, 안쪽에서 조작으로 썰매의 고도나 속도, 하물며 진행 방향을 바꿀 수 있으리라고는 생각하기 힘들다. 그런 게 가능하다면 그대로 타고 도망칠 수도 있기 때문이다. 잘못 조작해서 추락이라도 하면 목숨이 걸려 있는 젠지로와 윙비 왕자는 물론이고, 우트가르즈 쪽에도 도구를 잃게 돼서 큰 피해를 입을 것이다.

그런 예상을 젠지로는 이쪽 사람도 가능한 한 이해할 수 있도록 말을 잘 골라 가면서 윙비 왕자에게 설명했다.

"그렇군요, 분명히 매형께서 말씀하신 대로입니다. 그렇다면 조금만 조작해 보고 싶은데, 어떻게 하면 될까요?"

젠지로도 윙비 왕자가 놀라움에서 벗어나자마자 그런 대담한 소리를 하리라고 어느 정도 예상하기는 했지만, 그래도 역시 놀라움을 감출 수가 없었다.

"조작하려고? 일단 괜찮을 것 같기는 하지만 만에 하나라는 일도 있을 텐데?"

그렇게 확인한 젠지로는 윙비 왕자는 걱정해도 자기 자신은 크게 걱정하지 않았다. 젠지로에게는 '순간이동' 마법 도구가 있기 때문이다. 만에 하나의 경우에 이 마법 도구를 발동하면 젠지로 혼자만은 살 수 있다. 논리적으로 생각했을 때 '한정 조작'에 의해 신변의 안전이 위협받을 가능성은 지극히 낮다는 결론을 내렸다는 것이 가장 큰 이유이기는 하지만.

"해 보고 싶습니다."

그래서 호기심을 이겨내지 못한 윙비 왕자가 그렇게 말한 시점에서 젠지로치고는 비교적 냉정하게 행동할 수 있었다.

"그렇다면 한 번 해 볼까. 위험하다 싶으면 바로 그만두고."

그렇게 말하고 젠지로는 신중하게 오른손을 뻗었다. 동시에 왼손은 무의식적으로 품 안에 숨겨 둔 마법 도구를 옷 위에서 만지고 있었다.

젠지로의 기억이 맞다면 웁살라 왕국의 구스타프 왕은 그 초록색 보석의 표면을 손가락으로 쓰다듬어서 초대장 모양으로 변형시켰다.

그리고 젠지로의 그 추측은 옳았다.

젠지로의 집게손가락이 '한정 조작'이라고 적힌 패널 왼쪽 윗부분의 글자를 건드리자, 패널 전체에 변화가 발생했다.

"오오!"

옆에서 놀란 윙비 왕자가 큰 소리를 냈지만, 그렇게까지 큰 변화가 일어난 건 아니다.

지금까지 패널 중앙에 표시되어 있던 '이동 중'이라는 글자가 작아지면서 화면 오른쪽 위로 밀려났고, 그 대신에 '한정 조작' 글자가 커지면서 화면 중앙으로 이동했다. 그리고 조금 늦게, '한정 조작'이라는 글자 아래에 그것보다 조금 작은 글자로 문자열 몇 개가 나타났다.

'광량 조절' '좌석 조작' '음료수 제공' '화장실 안내' '벽면 투명'.

아무래도 젠지로의 예상이 맞은 모양이다. '한정 조작'으로 조작할 수 있는 것은 어디까지나 상자형 썰매 내부 환경으로 제한되는 것 같다. 이 정도라면 안심하고 조작할 수 있다.

젠지로는 바로 '광량 조절'이라는 글자를 집게손가락으로 건드렸다. 그랬더니 '광량 조절' 아래에 '강' '약'이라는 두 문자가 조금 떨어져서 가로로 나란히 나타났다.

젠지로가 '강'을 건드리자 천장의 빛이 강해졌고, '약'을 건드리니 약해졌다. 그리고 '강'을 계속 누르고 있었더니 밝기가 점점 강해졌다.

"오오! 오오? 호오!"

빛의 밝기가 달라질 때마다 옆에 서 있는 윙비 왕자가 흥분한 듯한 소리를 냈다.

이어서 젠지로가 '좌석 조작'을 건드리자 그 아래에 '세로 2열' '세로 1열' '가로 2열' '가로 1열' '침대'라는 다섯 개 항목이 나타났다. 그중에서 '가로 2열'이라는 부분이 유난히 밝게 빛나고 있는 건, 지금이 그 상태라는 뜻이겠지.

좌석을 움직였을 때 안에 있는 사람이 어떻게 될지 조금 불안했기에 그 부분은 건드리지 않기로 했다.

'음료수 제공'과 '화장실 안내'도 마찬가지. 지금은 딱히 목이 마르지도 않고, 생리적인 배출 욕구가 급한 것도 아니다. 사실 '화장실 안내'는 비행시간이 긴 경우에는 필연적으로 사용할 수밖에 없겠지만. 어쨌거나, 지금 당장 확인할 필요는 없다.

문제는 그 다음, '벽면 투명'이다.

'벽면 투명'. 문자 그대로 받아들인다면 이 상자 썰매 내부의 회색 벽이 투명해져서 바깥이 보이게 된다는 뜻이겠지. 현재 상황이 비행기나 고속열차 창문의 블라인드를 내린 상태이며 그 블라인드를 올릴 수 있는 기능이라고 젠지로는 생각했지만, 만에 하나라는 문제가 있다.

그 문제란 블라인드가 아니라 창문을 여는 상태가 돼 버릴 가능성이다. 속도나 고도에 따라 다르겠지만 비행하고 있는(그렇게 추정하는) 탈것의 창문을 연다는 것은 아무리 완곡하게 표현해도 자살 행위다.

그래도 젠지로가 크게 긴장하지 않고 '벽면 투명'을 건드릴 수 있었던 것은 그 전에 '광량 조절'과 '좌석 조작'에서 얻은 경험이 있기 때문이다. '광량 조절'도 '좌석 조작'도 글자를 건드린다고 바로 효과가 나타나지는 않았다. 그 아래에 자세한 조작을 위한 더 작은 글자들이 나타났던 경험이 있다. 그 전례를 고려해 보면 '벽면 투명'도 마찬가지일 거라 생각했고, 결국 젠지로의 예상이 맞았다.

'벽면 투명' 아래에 '전면' '후면' '우측면' '좌측면' '바닥면' '천장면'이라는 여섯 개의 한 치수 작은 글자들이 나타났다.

이것의 의미는 알기 쉽다. 어느 벽을 투명하게 할 것인지 고르는 것이겠지. 그렇다면 어느 벽을 투명하게 할지가 문제인데, 일단 천장과 바닥은 제일 먼저 제외했다.

천장을 투명하게 만들어 봤자 하늘만 보일 뿐이고 아무런 정보도 얻을 수 없다. 바닥은 정보를 얻는다는 의미에서는 최선이지만, 아무래도 무섭다. 만약 젠지로가 예상한 대로 단순한 투명화─튼튼한 유리 같은 소재로 변화하는 정도라고 해도, 바닥은 아니다. 절대로 아니다. 젠지로는 강화유리로 바닥을 처리한 다리를 만든 사람과는 친구도 되고 싶지 않은 성격이기에.

여러모로 생각한 끝에, 젠지로는 '전면'에 손가락을 살며시 얹었다. 그랬더니 생각지도 못한 일이 일어났는데, '전면' 아래에 조금 더 작은 글자가 두 개 나타났다. 첫 번째는 '전체' 두 번째는 '일부'. 젠지로는 천천히 '일부'를, 살짝 떨리는 손가락으로 건드렸다.

다음 순간, 상자형 썰매 내부 전면 중심부 한쪽이 유리처럼 투명해졌다.

"오오?!"

윙비 왕자가 어린애처럼 천진난만한 환호성을 지른 것도 당연한 일이다.

투명한 벽 너머로 보이는 광경이 젠지로가 예상했던 대로였기 때문이다.

처음 눈에 들어온 것은 상자형 썰매를 끄는 두 마리의 거대한 순록. 자세히 보니 그 순록은 두 마리 모두 네 개의 다리에 빨간 신발 같은 것을 신었고, 그 다리가 하늘을 경쾌하게 박차고 있었다. 더이상 의심할 여지가 없다.

상자형 썰매는 하늘을 달리고 있다.

다행히 젠지로가 예상한 대로 '벽면 투명'은 벽의 소재가 투명해질 뿐이고 구멍이 나는 것은 아니었기에, 바람이 휘몰아치는 일은 없었다.

혹시 몰라서 젠지로가 투명해진 벽을 손가락으로 눌러 봤지만, 돌아오는 것은 차갑고 단단한 감촉이었다. 그대로 손가락을 옆으로 움직여 보니 투명한 부분과 회색 부분의 경계에 손가락이 걸리기는 했지만, 촉감에서는 전혀 차이가 없었다. 아마도 어떤 마법의 힘으로 소재의 색만 소거해서 빛이 투과하도록 했으리라.

투명해진 부분은 젠지로의 눈대중으로 세로 1미터, 가로 1.5미터 정도의 직사각형이다. 순간적으로 '일부'에서 '전체'로 바꿔 볼까도 생각했지만, 아무리 투명해졌을 뿐이고 벽이 여전히 있다는 걸 알고 있다 해도 전체가 투명해지면 긴장할 수밖에 없을 것이다.

결국 젠지로는 '일부' 상태로 둔 채 뒤꿈치를 들고 창을 통해 아래를 내려다봤다.

그랬더니 썰매 부분 사이로 저 멀리 아래쪽에 있는 대지가 보였

다. 색은 갈색과 흰색이 같은 비율이고 드문드문 녹색이 보인다고 할까.

갈색은 맨땅, 하얀색은 눈, 녹색은 초목이겠지.

"벌써 눈이 이렇게 쌓였나?"

젠지로는 고개를 갸웃거렸다. '순간이동'으로 빈번하게 북대륙에 찾아오고 있지만, 대부분을 웁살라 왕국 왕궁―광휘궁에서만 보내고 있기에 바깥의 자연 상황은 거의 파악하지 못했다.

절기상으로는 초가을 무렵이라고 할 수 있는 계절이다. 북대륙에서도 특히 북쪽에 있는 웁살라 왕국의 기온은 하루하루 '쌀쌀하다'라고 할 정도로 내려가기는 했지만, 그렇다고 눈이 쌓이지는 않았을 텐데.

속편하게 고개를 갸웃거리는 젠지로 뒤에서 은발 왕자가 두려움과 흥분 때문에 떨리는 목소리로 말했다.

"산 위라면 이미 첫눈이 올 시기가 지났고, 장소에 따라서는 만년설도 있으니 눈 자체는 그렇게 신기할 것도 없습니다. 그런데, 이 산은…… 지금 시각이면 태양이 저쪽에 있으니까…… 설마 '안개 산(포카파치)'인가?"

"'안개 산'?"

윙비 왕자의 말에 젠지로는 고개를 갸웃거렸다. 아래쪽에 펼쳐진 산은 눈이 드문드문 쌓여 있기는 해도 안개가 낀 것처럼 보이지는 않았다. 그냥 안개가 자주 낀다는 뜻이고, 오늘은 안개가 걷히기라도 한 걸까?

"평소에는 이름 그대로입니다. 산마루는 물론이고 기슭에도 항상 옅은 안개가 껴 있어서, 등정은 자살 행위라고 하죠. 위치적으로 우트가르즈는 그 '안개 산' 안쪽에 있다고 하니 아마도 그들이 인위적으로 안개를 드리우는 것이 아닐까, 라고 전해지고 있습니다만."

길이 없는 산속에 있다는 이야기와 그 짙은 안개가 '초대받지 않으면 도달할 수 없는 장소'라고 일컬어지는 주된 요인인 듯하다.

"그렇군. 그 안개가 보이지 않는다는 것은, 우리를 받아들이기 위해 일시적으로 안개를 치웠다는 뜻이려나?"

"그럴 가능성이 있겠죠. 그런데 매형."

목소리에서 흥분한 기색이 다소나마 가신 윙비 왕자가 문득 생각났다는 것처럼 의미심장한 시선으로 젠지로를 보며 말했다.

"응? 뭐지?"

"놀라울 정도로 익숙하시군요. 저에게는 완전히 미지의 마법 도구로 보였습니다만."

"아."

윙비 왕자의 지적을 듣고, 젠지로는 자신이 경솔했다는 사실을 깨달았다.

현대 일본에서 나서 자란 사람이라면 터치패널 조작 때문에 당황하는 사람 쪽이 소수파일 것이다. 하지만 이쪽 세계 사람들에게는 이 터치패널을 방불케 하는 마법 도구 자체가 완전히 미지의 존재다.

"그러니까, 뭐냐, 마법 문자로 적혀 있는 말은 이해할 수 있으니까. 그걸 보고 예상해서."

다른 세계에서 왔다는 사실을 숨기려 하는 건 아니지만, 다른 나라 사람에게 그쪽 세계의 문명에 대해 자세히 설명하고 싶지는 않았다. 그래서 그런 적당한 말로 얼버무리려 했는데, 다행히 윙비 왕자는 그렇게 꼬치꼬치 추궁하지는 않았다.

"그렇군요. 정말 훌륭한 통찰력이십니다. 역시 매형은 대단하십니다. 이 탈것이 하늘을 난다는 것도 금세 알아차리셨을 정도였죠."

"하하하."

젠지로는 처남의 찬사를 웃어서 넘기는 수밖에 없었다. 굳이 말할 필요도 없지만 젠지로한테 남들보다 뛰어난 통찰력 따위는 없다. 상자형 썰매가 하늘을 난다고 알아차린 것도 내부 조작이 원활했던 것도, 현대 일본에서 비슷한 경험이 있었기 때문이다.

비행기를 타고 하늘을 날아 본 경험과 스마트폰을 비롯한 터치 패널 조작에 익숙했기 때문에 바로 대응했을 뿐이다. 다행히 윙비 왕자는 젠지로의 대응에 계속 의문을 품지는 않았다. 그보다도 지금 윙비 왕자의 머릿속을 차지한 것은 이 세상에 하늘을 나는 수단이 존재한다는 사실이었다.

"대단해. 정말 대단해. 하늘을 날다니. 이런 탈것이 우리나라에도 있으면 좋겠는데. 숫자가 적어도 정찰에 쓸 수 있을 테고, 숫자가 많다면 유통에 혁명이 일어날 거야. 거기까지 가지는 않더라도, 하늘을 공화국의 '유익 기병(후사리아)'의 점유 공간이 아니게 할 수는 있을 텐데."

그렇게 말하며 창밖을 보고 있는 윙비 왕자의 얼음 같은 파란색 눈동자는 야심으로 번쩍번쩍 빛나고 있었다.

"지금까지 존재가 알려지지 않았다는 건, 우트가르즈도 많이 소유하지는 않았다는 뜻이려나. 그리고 공화국 유익 기병이 어느 정도인지는 모르겠지만, 적어도 고도나 속도, 선회 반경에서 하나라도 뛰어난 부분이 있으면 모를까, 그렇지 않으면 승부하지 않는 쪽이 좋을 것 같아."

"헤에, 매형은 공중전에 대해서도 잘 아시는군요?"

"……그냥 일반론이야."

젠지로는 빙긋 웃는 윙비 왕자에게서 노골적으로 시선을 피했다. 또 말실수를 했다. 공중전에 대한 어설픈 지식을 피로한 것도 실수였지만, 그보다 큰 실수는 그 뒤에 한 '그냥 일반론'이라는 말이다.

그것은 젠지로가 공중전을 일반론으로 말할 수 있는 세계에서 왔다는 것을 의미한다. 이쪽 세계에는 실전 공중전이라는 것은 기록상 단 한 번도 발생하지 않았다. 이 세계에서 하늘을 나는 전력을 보유한 곳은 즈워타 보르노시치 귀족제 공화국뿐이기에.

물론 공화국도 바보도 멍청이도 아니기에, 다른 나라가 유익마나 그에 준하는 비행 전력을 보유할 경우를 상정해 정기적으로 유익 기병단끼리 전투 연습을 하고 있다.

그리고 그 하늘에서 행하는 연습을 다른 나라의 눈에서 완전히 숨기는 것은 불가능에 가깝기에, 북대륙의 나라들 사이에는 '공중전'이라는 개념과 공화국의 뒤를 쫓는 지식만은 상층부에 폭넓게 알려져 있다.

하지만 공중전의 '일반론'이라는 황당한 것은 결코 존재하지 않는다. 젠지로가 이 세계와 멀리 떨어진 세계 출신이라는 것은 주지의 사실인데, 윙비 왕자는 그 세계에서는 일반론이 존재할 정도로 '공중전'이라는 것의 역사가 거듭되었다는 점을 이해했다.

"그렇군요. 그렇단 말씀이시군요."

그래서 더 이상 말하고 싶어 하지 않는 젠지로의 의중을 파악하고, 윙비 왕자는 일시적으로 추궁하지 않았다. 매형과는 더, 더욱 더 '친해지자'라고 마음속으로 다짐하면서.

———————◆———————

그 뒤로 몇 시간이 지나. 갑자기 변화가 찾아왔다.

"어?"

"아?"

이미 자리에 앉아 있던 젠지로와 윙비 왕자가 그렇게 소리를 낸 것은 갑자기 창밖이 보이지 않게 돼 버렸기 때문이다. 그러자 젠지로와 윙비 왕자는 다른 조작도 이것저것 시험했다. 앞, 뒤, 좌우 측면 네 곳의 일부를 투명하게 만들어서 바깥 풍경을 구경하며 하늘 여행을 즐기고 있었는데, 그 모든 것들이 동시에 회색 벽으로 돌아가 버렸기 때문이다.

젠지로는 반사적으로 상자형 썰매 중앙에 있는 패널을 봤다.

패널 중앙에는 커다란 글자로 '조작 불능' '착석 요망'이라고 표시되어 있었다.

젠지로를 따라 패널을 본 윙비 왕자는 고개를 갸웃거렸다.

"'조작 불능' '착석 요망'?"

"아마도 우트가르즈가 가까워졌겠지. 그래서 내부에서 조작할 수 없게 된 게 아닐까?"

젠지로는 추측한 것을 바로 말했다. 원래 세계의 여객기에서도 이착륙 직전이나 직후에는 지금까지 사용할 수 있었던 전자기기도 끄고 안전띠를 착용해야만 했다. 그것과 마찬가지겠지. 여객기와 다른 점은 강제로 창밖을 못 보게 했다는 점인데, 이건 우트가르즈의 정확한 장소를 알리고 싶지 않다는 의도 때문이라고, 그다지 눈치가 빠른 편이 아닌 젠지로도 쉽사리 상상할 수 있었다.

당연히 젠지로보다 눈치가 빠른 윙비 왕자가 눈치를 채지 못할 리가 없다.

"그렇군요. 그렇다면 조용히 기다리도록 할까요."

말 그대로 얌전히 앉아 있는 윙비 왕자의 자세는 좋은 교육을 받고 자랐다는 사실이 드러나는 아름다운 것이었지만, 그 얼굴만은 숨길 도리가 없는 흥분과 기쁨이 드러나며 발그레하게 물들어 있었다.

상자형 썰매가 내부에서의 조작을 일절 거부한 때부터 대략 30

분이 지나자 중앙 패널에 마침내 '착륙 완료'라는 글자가 표시됐다.

중간에 몸이 약간 가벼워지는 것 같은 위화감이 들었기에, 젠지로는 밖을 보지 않고도 착륙 태세에 들어갔다는 것을 알 수 있었다.

"멈춘 것일까요?"

상황을 알지 못해서 고개를 갸웃하는 윙비 왕자에게 젠지로는 생각하면서 천천히 대답했다.

"글쎄? 땅에 내렸을 뿐이고 아직 땅을 달리고 있을 가능성도 있겠지."

밖이 전혀 보이지 않는 현재 상황에서 정지 상태와 등속 직선 운동의 차이를 내부에서 느끼기란 어려운 일이다. '착석 요망' 글자가 사라지고 '착륙 완료'로 바뀌었지만 '조작 불능'은 그대로다.

그래서 젠지로와 윙비 왕자는 밖이 전혀 보이지 않은 상태에서 그저 추측만 하는 수밖에 없었다.

"썰매로 말입니까?"

윙비 왕자의 지적에 젠지로도 잠시 생각했다.

"아, 그렇군. 썰매로 흙바닥을 달리기는 힘들려나. 실제로 전혀 흔들리지도 않으니까, 이동하기는 해도 저공에서 비행하는지도 몰라. 아주 조금만 뜬 상태로."

그렇게 말하며 젠지로는 양쪽 손바닥으로 10센티미터 정도의 높이를 표현했다. 젠지로의 머릿속에 떠오른 것은 오래된 SF 영화에 나오는 호버 카의 이미지였다. 신비한 힘으로 땅에서 아주 조금만 부유해서 똑바로 나아가는 탈것.

실제로 지금까지 상공을 비행했던 힘도 미지의 것이니, 정말로 그렇게 이동한다 해도 이상할 일은 아니다. 뭐, 그 경우에는 '착륙 완료'라는 말이 엄밀하게 따지면 틀린 말이 될 것도 같지만.

그러는 사이에 '조작 불능'이라는 글자가 사라지고 아까와 마찬가지로 '광량 조정' '좌석 조작' '음료수 제공' '화장실 안내' '벽면 투명' 다섯 개가 나타났다.

"매형."

"응, 나도 알아."

두 번째 아내와 같은 색 눈동자를 반짝이는 처남의 말에, 젠지로는 고개를 살짝 끄덕이고는 아까와 마찬가지로 패널을 조작해서 전후좌우 네 곳을 창으로 만들었다.

다음 순간, 젠지로의 눈에 날아 들어온 것은 눈부신 흰색이었다. 창은 분명히 투명해졌다. 창을 통해 보이는 바깥 풍경이 하얄 뿐이다.

"설원?"

자기도 모르게 중얼거린 젠지로의 말에 눈부신 반사광 때문에 눈을 찌푸렸던 윙비 왕자가 대답했다.

"이건 눈이라기보다 얼음에 가깝군요. 빙원(氷原)입니다."

그것은 한없이 이어진 하얀 평원이었다. 전, 후, 좌, 우. 네 개의 창 중에 어느 쪽을 봐도 보이는 것은 새하얀 빙원. 눈에 보이는 것은 온통 얼음으로 덮인 대지.

"빙원인가. 어쨌거나 여기라면 바퀴가 아니라 썰매인 것도 이해가 되네."

"그러게 말이죠."

얼음 위를 이동한다면 바퀴보다 썰매 쪽이 효율이 좋을 것 같으니까. 그렇게 납득하려다가, 젠지로는 문득 작은 위화감을 알아차렸다.

"그런데, 아무리 썰매라고 해도 정말 흔들림도 진동도 전혀 느껴지질 않네. 솔직히 체감으로는 하늘을 날던 때와 다를 게 없어."

젠지로의 속 편하다고도 받아들일 수 있는 감상을 듣고 웡비 왕자가 깜짝 놀랐다.

"아닙니다. 있을 수 없는 일입니다. 보통 썰매로 이동하면 바퀴 달린 마차와는 또 다른 흔들림에 시달립니다. ……매형, 보십시오. 온통 새하얘서 알아보기 힘들지만, 이 썰매는 잘 정비된 '길' 위를 달리고 있습니다."

그렇게 말하며 전방 창을 가리키는 웡비 왕자를 따라, 젠지로도 창밖을 자세히 봤다.

현재 창밖 풍경은 360도 어디를 봐도 하얀 빙원이 펼쳐져 있을 뿐이다. 반사광이 거센 빙원을 자세히 보는 건 힘든 일이지만, 눈이 점점 익숙해지자 웡비 왕자가 말한 '길'이라는 것이 보였다.

얼핏 보면 여기고 저기고 온통 평평한 하얀색으로만 보이지만, 자세히 보면 약간의 요철이 있고 음영도 있다. 그것이 빙원의 요철이고, 썰매가 그런 요철 위를 달린다면 안에 있는 사람은 불규칙적으로 흔들릴 것이다. 하지만 지금 젠지로와 윙비 왕자가 타고 있는 썰매는 전혀 흔들리지 않는다. 그것은 썰매의 진행 루트에 있는 빙원에는 요철이 없기 때문이다.

부자연스러울 정도로 요철을 깎아낸 빙원의 직선. 그래, 이건 분명히 '길'이겠지.

"대단한데. 이 '길'을 유지하는 것도 마법이려나?"

"아마도 그렇겠죠. 인력으로도 못 할 일은 아니지만, 엄청난 노력이 들 테니까요."

젠지로와 윙비 왕자가 그런 이야기를 나누고 있는 사이에 마침내 전방 창으로 보이는 저 멀리에 빙원 이외의 무언가가 모습을 드러냈다.

그것은 하얀 빙원에 그어진 검은 가로 선이었다. 하얀 대지와 파란 하늘의 경계에 있는 지평선. 거기에 갑자기 굵고 검은 가로 선이 그려진 것이다.

"저건, 암벽?"

"그보다는 '성벽'이겠죠. 저 정돈된 모습은 한눈에 봐도 자연적인 것이 아닙니다. 아마도 저 너머가 우트가르즈겠지요."

그렇게 말하는 윙비 왕자의 목소리는 흥분 때문에 평소보다 살짝 톤이 높아져 있었다.

"정돈된 모습이라니, 윙비. 여기서 보이는 건가?"

"예. 프레야 정도는 아니지만 저도 눈은 좋은 편이니까요."

"헤에, 대단한데…… 응?"

감탄하던 젠지로는 문득 작은 위화감에 사로잡혔다. 이쪽 세계에 와서 겪은 경험을 바탕으로 젠지로는 이런 위화감은 그냥 넘어가지 않는 게 좋다고 학습했다.

어디서 위화감이 들었을까? 그것은 웡비 왕자의 '눈이 좋다'는 말이다. 그렇다면 웡비 왕자의 눈이 좋다는 말이 잘못된 것일까? 아니, 그건 아니다. 젠지로한테는 아직 검은 선으로만 보이는 물체를 '인공 성벽'이라고 간파한 웡비 왕자가 최소한 젠지로보다는 눈이 훨씬 좋으리라는 것은 틀림없는 사실이다.

그런 젠지로가 품은 위화감의 정체는 웡비 왕자의 다음 한 마디 덕분에 판명됐다.

"그나저나 엄청나게 높은 벽입니다, 저거. 주위가 온통 빙원이다 보니 거리감을 파악하기 힘들어서 확실하게 말할 수는 없지만, 광휘궁의 성벽 따위는 비교도 안 될 만큼 높은 게 분명합니다."

"아, 그거다."

젠지로는 자기도 모르게 말했다.

"예? 매형? 뭐가 말씀이십니까?"

"아니, 위화감이 들었는데, 그 이유를 알았어. 저렇게 높은 성벽에 아주 멀리서부터 다가간다면, 시력에 큰 차이가 있는 나와 웡비가 거의 동시에 알아차렸다는 건 이상해. 마법인지 뭔가 다른 수단인지는 모르겠지만, 저건 아마도 일정한 거리까지 가까이 가야만 눈에 보이게 되어 있는 것 같아."

"아, 그렇군요."

젠지로의 말을 듣고서 윙비 왕자는 짝, 하고 손뼉을 쳤다.

현재 상자형 썰매가 달리고 있는 곳은 주위 360도 어디를 봐도 하얀 지평선만 보이는 트인 공간이다. 즉, 저 성벽은 지평선 저 멀리서부터 천천히 모습을 드러냈다는 뜻이다. 그렇다면 윙비 왕자가 먼저 발견했어야 했다. 젠지로의 시력으로는 지평선에서 아주 슬며시 머리를 내민 성벽을 눈으로 볼 수도 없고, 오히려 계속 앞을 보고 있던 윙비 왕자가 그것을 놓치고 못 봤을 리가 없다.

그런데 젠지로와 윙비 왕자가 거의 동시에 성벽의 존재를 알아차렸다는 건, 젠지로의 눈에도 보일 만큼 가까워질 때까지 윙비 왕자가 볼 수 없게 만든 뭔가가 있었다는 얘기다.

"……대단하군요."

"그러게. 거대한 성벽 자체를 눈으로 볼 수 없게 만들다니, 대체 얼마나 큰 규모의 마법일까?"

예상했던 대로 굳이 주어를 생략한 칭찬의 말이 통하지 않은 매형의 반응에 윙비 왕자는 즐겁다는 듯이 웃었다.

순록 두 마리가 끄는 상자형 썰매가 빙원을 달려간다. 거대한 성벽에 다가가자 양쪽으로 열리는 먹빛 문이 열리고, 상자형 썰매는 그대로 성문을 통과했다. 젠지로의 상식에서는 믿기 힘들 만큼 커다란 성문이다. 성벽이 제아무리 말도 안 되게 높다고 해도, 성문까지 거기에 맞춰서 거대하게 만들 필요가 있는 걸까? 크레인 차량 같은 대형 차량이 탑재한 크레인을 편 채로 여유 있게 지나갈 수 있을 만큼 크다.

"성문 개폐도 자동이군요."

그래서 윙비 왕자의 그 말이 젠지로에게는 조금 의외로 다가
왔다.

"오히려 저 큰 문을 사람 힘으로 여닫는 게 더 무섭지 않을까?"

젠지로의 감각으로는 저것을 인력으로 여닫는 것은 일종의 고문
으로 여겨졌다. 하지만 젠지로의 그런 솔직한 감상에 은색 머리카
락의 왕자는 고개를 살짝 젓더니,

"아닙니다. 아버님께 들은 '구전'에 의하면 우트가르즈는 거인
족의 후예라고 하니까요."

라며 하나의 가능성을 시사했다.

"아, 그래서 문도 저렇게나 큰 건가. 그렇다면 수동으로 여닫는
다고 해도 이상하지 않으려나. ……어? 그렇다면, 이제부터 만날
우트가르즈의 대표는, 거인?"

젠지로가 이제 와서 얼빠진 소리를 했다. 웁살라 왕국의 명예를
위해 덧붙이자면, 웁살라 왕국은 젠지로에게 우트가르즈에 대한
사전 정보를 충분히 제공했다. 그 중에는 분명히, '우트가르즈 백
성은 거인족의 후예를 자처한다'라는 정보도 포함되어 있다.

하지만 '거인족의 후예'라는 정보가 있어도, 우트가르즈에 거인
이 있으리라고까지는 생각하지 않았다. 거인족의 후예와 거인족은
절대 같은 말이 아니다. 기껏해야 거인의 피를 이어서 체격이 큰 사
람 정도를 상상했었는데, 이 성문을 수동으로 여닫을 정도라면 그
거인은 아프리카 코끼리를 토이 푸들처럼 무릎 위에 올려놓을 수

있는 크기가 아닐까?

"글쎄요, 어떨까요? 백 년도 더 된 기록이니까 신빙성은 거의 없지만, 우트가르즈에서 보낸 사자에 대한 묘사에서도 그들이 파격적으로 거대하다는 기록은 없었습니다."

윙비 왕자의 말에 젠지로가 "그렇군." 하고 맞장구를 친 그때, 상자형 썰매가 거대한 문을 통과하던 도중에 정지했다.

"멈췄나?"

"아마도 저것으로 갈아타라는 뜻이겠죠."

의아하다는 표정을 지은 젠지로에게, 눈치 빠른 윙비 왕자가 전방 창밖을 가리키며 말했다. 그쪽을 보니 거기에는 지금 타고 있는 상자형 썰매와 비슷한 대형 순록 두 마리가 끄는 탈것이 있었다. 하지만 그 순록 두 마리가 끄는 것은 썰매가 아니라 수레였다. 차체 아래쪽에 바퀴가 네 개 달린.

바깥은 온통 빙원이지만 안쪽까지 그렇지는 않겠지. 생각해 보면 일상을 영위하는 생활 공간에는 눈과 얼음이 없는 쪽이 좋으니까.

젠지로가 그런 생각을 하는 사이에 상자형 썰매의 문이 자동으로 열렸다. 휘몰아치는 바람은 남대륙 카파 왕국은 물론이고 같은 북대륙의 웁살라 왕국과 비교해도 훨씬 차가웠다.

"우와, 내 기준으로는 완전히 겨울인데."

"저는 그렇게까지 춥지 않습니다만, 웁살라보다 추운 건 분명하군요. 빨리 갈아타도록 하시죠."

"그래."

윙비 왕자의 말에 젠지로가 고개를 끄덕였다. 원래 짐이라고 할 만한 것을 들고 오지도 않았다.

"바다 조심하세요, 매형."

"그래, 알았어. 어이쿠, 이거 미끄러운데."

젠지로와 윙비 왕자는 정지한 상자형 썰매 대각선 앞쪽에 서 있는, 마찬가지로 커다란 순록 두 마리가 끄는 상자형 차량으로 갈아탔다.

———◆———

젠지로의 인상대로 갈아탄 상자형 차량은 지금까지 타고 온 상자형 썰매와 거의 같았다. 젠지로가 알아차린 큰 차이점은 둘.

하나는 말할 필요도 없이 아래쪽에 썰매 날이 아니라 바퀴가 달려 있다는 점.

그리고 또 하나는 상자형 차량 내부 중앙에 서 있는 패널에 처음부터 계속 '자동 운전'이라는 문자만 표시되고, 내부에서 조작할 수 없다는 점이다.

즉, 패널 조작으로 창문을 만들 수 있었던 상자형 썰매와 달리 상자형 차량은 전체가 회색 벽 그대로일 뿐이고, 안에서 바깥 상황을 살필 수가 없다.

"흔들리는군."

"오히려 안 흔들리는 편입니다, 매형. 마차 종류에서는 말이죠. 진동이 일정한 걸 보면 상당히 깔끔하게 정비된 석판 위를 지나가고 있는 것 같습니다."

윙비 왕자의 말을 듣고, 젠지로는 기준에 차이가 있다는 것을 깨달았다.

"그렇구나. 아까 그 썰매와 비교하면 흔들리는 편이지만, 보통 마차와 비교하면 흔들리지 않는 건가."

젠지로는 남대륙에서 마차가 아닌 용차에 탔던 기억을 떠올렸다. 분명히 그것과 비교하면 이 커다란 순록이 끄는 상자형 차량은 흔들리지 않는다고 해도 될 수준이다. 그렇지만 여기까지 타고 온 썰매와 비교하면 심하게 흔들리는 편이고.

당연한 일이다. 상자형 썰매는 거의 하늘을 날아왔고, 착륙한 뒤에는 거울처럼 잘 닦인 얼음 위를 미끄러져 왔으니까. 젠지로는 그 차이에서 작은 위화감이 들었다.

'뭐지? 생김새는 비슷하지만, 지금까지 타고 온 썰매와 이 차량은 성능이 크게 다른 것 같단 말이야.'

상자 그 자체의 생김새는 일부러 맞춘 것처럼 같았다. 안에 들어와도 얼핏 보면 전부 똑같아서, 온통 밝은 회색이고 한가운데에 조작 패널이 달린 낮은 기둥이 서 있다. 하지만 승차감이 다르다. 썰매에서는 가능했던 내부 조작도 안 되고. 간단히 말하자면 상자형 차량은 상자형 썰매와 비교하면 열화됐다고 할 수 있다. 이 차이는 대체 뭘까.

모양이 같고 능력이 다른 도구를 동시에 사용하는 일을 평범하게 생각하면 양쪽에 서로 다른 이점이 있다는 뜻이다.

성능이 좋지만 생산 비용이 많이 드는 것과 성능은 뒤떨어지지만 생산 비용이 적게 드는 것. 성능이 좋지만 망가지기 쉬운 것과 성능은 부족해도 튼튼한 것. 그렇게, 성능이 부족한 것에도 뭔가 이점이 있기에 성능이 좋은 것에 구축당하지 않고 남게 된다.

젠지로가 그런 생각을 하는 사이에 상자형 차량은 천천히 감속했고, 마침내 멈췄다.

'정지 상태' '하차 가능'.

패널에 그런 글자가 표시됐다.

"매형."

"응, 내리자."

윙비 왕자의 말에 대답하고 자리에서 일어난 젠지로는 문을 향해 손을 뻗었다.

"어서 와라, 야마이 젠지로. 어서 와라, 윙비 움살라. 나는 이 도시 우트가르즈의 대표, 당대의 로크다. 나는 이미르어밖에 못한다. 그리고 이미르어에는 경칭이나 경어라는 개념이 상당히 부족하다. 아예 없는 것은 아니지만.

그래서 때때로 다른 언어권의 지성체에게는 내 말이 무례하게 여겨진다고도 하지만, 이쪽에게는 그럴 의도가 없다. 불필요한 알력을 막기 위해, 사전에 사죄한다.

참으로 죄송합니다. 이렇게 사죄합니다."

젠지로와 윙비 왕자가 안내받은 곳은 거대한 신전 같은 건물의 '거대한 방'이었고, 자신을 로크라고 소개한 그 인물은 그렇게 말하며 고개를 깊이 숙였다.

본인이 말한 대로, 로크 대표의 말투는 일단은 타국의 왕족인 귀인에 대한 첫인사라고 생각하기 힘들 정도로 퉁명스러운 것이었다. 마지막 사과하는 말만 상당히 정중한 말로 번역된 탓에 위화감이 컸고, 오히려 놀리는 것이 아닌가 싶은 기분까지 들었다.

하지만 우트가르즈를 하나의 국가로 간주한다면 그 대표라는 존재는 왕으로 간주할 수 있다.

"카파 왕국 국왕 아우라 1세의 반려 젠지로입니다. 이렇게 뵙게 되어 영광입니다. 로크 대표님."

젠지로는 어디까지나 손윗사람에 대한 태도로 대응했다.

"웁살라 왕국 국왕 구스타프 5세의 둘째 아들, 웡비이옵니다. 로크 대표님."

굳이 젠지로를 따라 한 것은 아니겠지만, 웡비 왕자도 정중한 말투와 세련된 동작으로 인사를 마쳤다.

"그럼 젠지로, 웡비. 앉아서 얘기한다."

처음에 선언한 대로, 일반적인 경우라면 그 자리에서 이야기가 파탄이 나도 이상하지 않을 만큼 로크 대표의 말투는 무례했다.

하지만 처음에 그 이유를 설명했고, 무엇보다 젠지로도 웡비 왕자도 우트가르즈라는 신비한 베일에 둘러싸인 영역과의 교섭이라는 중요한 일을 겨우 말투 하나를 문제로 삼아 날려 버릴 만큼 바보는 아니다.

젠지로와 웡비 왕자는 얌전히 자리에 앉았다.

준비된 의자까지 걸어가는 사이에 젠지로는 새삼 이 '거대한 방'을 둘러봤다. 정확히 말하자면 '거대한 신전'의 '거대한 방'이다.

이 방만 거대한 게 아니라, 이 신전 자체가 거대했다.

이 경우에 거대하다는 것은 단순히 건물이 크거나 방이 넓다는 의미가 아니다. 입구가 크다. 문이 크다. 문에 달린 손잡이가 크다. 그리고 비치된 의자와 탁자도 크다. 건물도 가구도 전부 거인용 크기. 이 신전은 거인의 신전이었다.

특히 젠지로의 눈길을 끈 것은 창문이다. 거대한 창문에는 제대로 '창문 유리'가 끼워져 있었다. 그것도 즈워타 보르노시치 공화국에서 봤던 것보다 질이 좋다. 이 투명도라면 일반적인 유리가 아니라 산화납 유리(크리스털 글래스)가 아닐까? 그런 것을 거인 크기의 창문 유리로 끼워 놓았다. 가까이 가서 본 게 아니라 단언할 수는 없지만, 얼핏 봐서는 일그러지거나 흐릿한 부분을 찾아볼 수 없을 수준이었다.

물론 젠지로와 윙비 왕자가 거인용 의자에 앉을 수 있을 리가 없으니, 지금 두 사람에게 권한 자리는 지극히 평범한 인간 크기의 의자다.

거인용 소파와 탁자 옆에 인간 크기의 의자와 탁자가 마련되어 있었다. 상대적으로 인형 놀이용 장난감처럼 보였다.

젠지로와 윙비 왕자가 나란히 앉고, 탁자를 사이에 두고 맞은편에 로크 대표가 앉았다.

자리에 앉자 젠지로는 다시금 맞은편에 앉은 사내─로크 대표를 관찰했다.

우트가르즈의 대표를 자처하는 로크라는 사내는 인간 기준으로 보면 체격이 큰 사내였다. 젠지로가 가까이 지낸 사람 중에서 가장 체격이 큰 남자는 푸죠르 원수인데, 로크 대표는 그 푸죠르 원수보다 크다. 2미터는 우습게 넘겠지.

하지만 그렇다고 '거인'이라고 부를 정도 크기는 아니다. 현대 지구에도 프로 농구 선수 등을 필두로, 그와 비슷한 신장을 가진 사람이 그럭저럭 존재한다.

사실 맞은편에 앉은 로크 대표용 의자는 한눈에 봐도 특별히 주문한 것이기는 하지만, 저쪽에 있는 거인용 의자와 비교하면 젠지로와 윙비가 앉은 의자와의 차이는 오차 범위 내라고 할 수 있을 정도 크기였다.

세 사람이 자리에 앉자 제일 먼저 입을 연 사람은 로크 대표였다. 젠지로에게 '초대장'을 보내고 이 자리를 마련한 사람이 로크 대표 본인이니, 그가 대화를 주도하는 게 당연하다고 할 수 있다.

"그렇다면 다시 한 번, 야마이 젠지로에게는 감사한다. 갑작스러운 초대를 받아 줬다. 우리 우트가르즈는 카파 왕국과 거래하고 싶다."

갑자기 본론으로 들어가는 화법은 우트가르즈의 전통일까, 아니면 로크 대표의 개성일까. 어쨌거나 너무 갑작스레 이야기가 나온 탓에 젠지로는 약간 당혹스러워하며 일단 무난하게 대답했다.

"거래 말씀이십니까? 저는 왕족이기는 해도 왕은 아닙니다. 카파 왕국을 대표하는 입장이 아니다 보니, 제가 이 자리에서 확실하게 약속할 수 있는 것은 크게 제한됩니다. 그런 전제로도 괜찮으시다면 이야기를 듣도록 하겠습니다."

거짓말이다. 어쨌거나 국서라는 신분인 젠지로의 권한은 여왕과 다를 바 없을 만큼 크다. 그 거대한 권한에 걸맞은 능력을 지니지 못했다고 자각하는 젠지로 본인이 자주적으로 제한하고 있을 뿐이다.

그 대신, 최고 의사 결정권을 지닌 아우라 여왕과 언제든 만날 수 있는 신분과 '순간이동'이라는 반칙 그 자체인 이동 수단이 어우러지면서 '돌아가서 검토하겠습니다'라는 대답을 해도 외교관이 그 자리에서 바로 결정하는 것과 큰 차이가 없을 속도로 계약을 체결할 수 있는, 가장 우수한 전령 역할을 수행할 수 있다. 젠지로는 외교에 있어 스스로를 '아우라 여왕과의 직통 회선'으로 규정하고 있다.

"좋다. 일단 이야기를 들어 줘라. 카파 왕국에 의뢰하고자 하는 것은 '다른 세계로의 이동 수단' 확보다. 카파 왕국의 혈통 마법에 그것이 가능한 힘이 있다고 들었다."

너무나 잘 알고 있으면서도 예상을 벗어난 갑작스러운 요구에 젠지로는 표정과 목소리를 관리하는 것도 잊어버리고 솔직하게 대답해 버렸다.

"그건, 대체 무엇을 위해서입니까? 일단 그 부분을 들려주십시오."

긴장해서 심장이 빠르게 뛰는 걸 자각하며 젠지로는 되물었다.

"그것은 우트가르드와의 거래를 위해서다."

"우트가르드? 우트가르즈와 다른 것입니까?"

로크 대표의 말은 너무나 단적이라서 어쩔 수 없이 젠지로가 되묻는 횟수가 늘어나게 된다.

다행히 로크 대표는 젠지로의 그런 태도를 거북하게 여기지도 않고 그때마다 대답해 줬다.

"다르다."

문제는 그 대답도 너무 단적이라서 종잡을 수 경우가 많았다.

"구체적으로 어떻게 다르다는 말씀이십니까? 우트가르드란 무엇인가요?"

"우트가르드는 우리 조상의 고향. 우리의 주인, 거인들이 사는 이계(異界)다. 여기 우트가르즈는 우트가르드에서 이쪽 세계로 건너온 인류가 세운 도시다."

그 설명은 젠지로가 사전에 아우라 여왕에게 들었던, 쌍왕국의 브루노 선왕이 제공한 정보와도 일치했다.

그렇구나. 히로시마에서 홋카이도로 이주한 사람들이 세운 도시가 '키타히로시마'가 된 것과 같은 경우인가. 젠지로는 일단 그렇게 이해했다.

"우트가르즈의 백성들은 거인족의 후예라 들었습니다. 틀림없는지요?"

젠지로의 물음에 로크 대표는 이날 처음으로 표정이 크게 달라졌다.

바위에 조각한 것처럼 이목구비가 선명한 얼굴에 드리운 것은 씁쓸한 미소라고 불리는 표정이었다.

　"전승에 따르면 거인족의 피를 희미하게 이어받았다고 전해진다. 나처럼 몸이 큰 자는 특히 그 피가 진하다고 여겨져서 존경받는다. 내가 당대 '로크'의 이름을 이어받는 데 이 체격이 관계없다고 할 수는 없다. 하지만 우트가르즈에 전해지는 전승에 나오는 거인족과 인간은 너무나 다르다. 내 생각에 교배가 가능했을 것 같지 않다."

　로크 대표의 설명을 들은 젠지로는 일단 주위에 우뚝 솟아 있는 거대한 가구와 자신들이 들어온 거대한 문을 본 뒤에, 이해했다는 듯 고개를 끄덕였다.

　"그렇군요. 거인이란 저것을 기준으로 하는 크기입니까."

　"그렇게 전해진다."

　"전해진다? 사실이 아니라는 말씀이십니까?"

　확인하는 젠지로에게 로크 대표는 그 근육이 우락부락한 양쪽 어깨를 살짝 으쓱해 보이고는,

　"수백 년 전 이야기니까. 거인족과 같이 살았던 세대에서 벌써 몇 세대나 지났다. 증인이 없으니 단언할 수 없다. 물적 증거도 많이 있으니 일단은 사실이라고 생각하지만."

　이 거대한 신전에 갖춰진 거인 크기의 가구들은 최근에 새로 만든 것도 있지만 상당수가 우트가르즈 건국 이전의 물건이라고 한다. 그렇게 건국 이전부터 내려온 것들은 소파 중심 부분만 조금 가라앉았다든지 문손잡이 부분이 닳아서 반짝거리는 등, 거인이

실제로 사용했다고 볼 수밖에 없는 흔적들이 남아 있다고 한다.

"무기고에는 거인용 무기도 있다. 손잡이 부분에 닳은 흔적도 있으니, 예전에 거인이 존재한 것 자체는 틀림없다고 생각한다.

아, 또 하나. 증거라고 하기는 그렇고 단서라고 불러야 할 것이 있다. 거인이 어떤 모습이었는지 '보여줄' 수는 있다. 젠지로는 그것을 바라나?"

실제로 존재했던 것은 수백 년 전인데 '보여줄' 수 있다. 하지만 '보여줄' 수는 있어도 증거라고 하기에는 부족하다?

젠지로는 의미를 이해할 수 없어서 고개만 갸웃거렸지만, 옆자리에 앉은 처남은 바로 로크 대표가 말하는 의미를 눈치챘다.

"그건 혹시 '환영' 마법이 아닌지요?"

"그렇다, 왕비. 역대 로크가 대대로 '환영'을 보여주는 것으로 재현해서 정보를 계승해 왔다."

'환영' 마법은 우트가르즈의 '혈통 마법'이다.

우트가르드에서 우트가르즈로 이주했다고 한다면, '우트가르즈의 첫 세대' 주민들은 당연히 거인들을 직접 눈으로 봤을 것이다. 그런 이들이 부모 또는 조부모가 됐을 때, 기억에 있는 거인의 모습을 자신의 '환영' 마법으로 재현한다. 그것을 여러 세대 되풀이해왔다고 로크 대표가 말했다.

복사를 반복해 왔다. 그것이 무슨 의미인지 상상할 수 있는 젠지로가 자기도 모르게 물었다.

"그렇다면…… 실례입니다만, 정말로 정확한 영상인지요?"

젠지로의 지적에 로크 대표는 호탕하게 웃었다.

"역시 외부인은 그걸 의심하는가? 나도, 상당히 수상하다고 생각한다. 아무래도 내가 재현할 수 있는 거인은 남녀 모두 미남미녀뿐이니까. 전해 내려오는 이야기에는 자신의 용모가 추하다고 고민하는 거인의 이야기도 있는데 말이다."

우트가르즈 주민에게 거인은 숭배의 대상. 그래서 술자의 바람이나 편애가 더해지면서 대대로 미화되어 온 것이리라. 쓸쓸하게 웃으며 그렇게 말하는 당대 로크 대표의 말투에서는 거인에 대한 경의가 거의 느껴지지 않았다.

"그렇군요. 그렇다면 한 번 볼 수 있겠습니까?"

젠지로가 그렇게 말한 것은 정보 수집의 일환이라기보다는 호기심 때문이었다.

"좋다. 그렇다면, 저쪽의 거인용 의자를 주목하라."

시키는 대로 젠지로와 웡비 왕자의 시선이 거인 크기 의자 쪽으로 향했다. 신중한 성격인지, 로크 대표는 그 커다란 손으로 입을 가려서 입술의 움직임도 읽지 못하게 한 뒤 전혀 들리지도 않는 작은 목소리로 주문을 외웠다.

다음 순간, 그 효과가 나타났다.

"!!"

"오오, 이건!"

기쁜 기색이 크게 담긴 웡비 왕자의 놀란 목소리를 들으며 젠지로는 환영의 박력에 깜짝 놀랐다.

그것은 틀림없이 거인이었다. 거대한 의자에 편하게 앉아 있는 남자 거인이다. 거인의 수명은 모르겠지만 사람으로 친다면 30대

정도려나.

로크 대표가 '미화되었다'라고 추측하는 것도 이해할 수 있다. 상당히 단정한 얼굴이다. 만약 이 거인과 똑같이 생긴 사람이 길거리를 걸어 다닌다면 남녀를 가리지 않고 대부분의 사람이 돌아보리라고 확신할 수 있을 정도로 잘생겼다.

단정한 것은 얼굴만이 아니다. 체격도 상당히 균형 잡힌 근육질이라서 거인이라기보다는 다신교의 신화에 나오는 신들을 방불케 했다. 하지만 젠지로의 마음에 걸린 것은 거인의 몸 자체보다 그 몸에 걸치고 있는 의류와 장식품들이었다.

그들 중에서도 지위가 높은 인물인지 허리띠, 팔찌, 목걸이 등, 거인은 많은 장식품을 몸에 지니고 있다. 그것들의 재료는 아마도 황금이겠지. 거기까지는 문제없다. 사용된 황금의 양은 정말 말도 안 될 정도지만, 만드는 게 불가능하지는 않을 것이다. 하지만 거기에 박혀 있는 보석은 그야말로 말도 안 된다. 그 장식품에는 거인의 크기를 기준으로 봐도 '크다'고 할 정도로 커다란 보석들이 박혀 있었다.

대국 카파 왕국의 보물고를 탈탈 털어도 저렇게 큰 보석은 없을 것이다.

그리고 저 몸에 걸친 의류도 문제다. 저 의류는 어떻게 만들었을까? 면, 마, 비단, 어느 것이건 자연에 존재하는 섬유를 꼬아서 실로 만들고 짜서 천을 만들었다면 목화, 마 줄기, 누에가 젠지로가 생각할 수 있는 상식적인 크기인 경우, 말도 안 되는 수고가 든다.

사람에 대입해서 생각해 보자면 목화나 누에가 지금의 10분의

1도 안 되는 크기고, 얻을 수 있는 섬유의 굵기도 10분의 1이 안 된다는 뜻이다. 그것들을 모아서 거인용 크기의 실을 만드는 건 상당히 힘든 일이 아닐까?

가능하다고 해도 그 경우에 거인의 옷 한 벌을 만들기 위해 광대한 목화밭 하나를 통째로 소비할 것 같다. 오히려 허리의 벨트나 신발에 사용한 가죽은 용종이 존재하는 세계라면 그렇게까지 골치 아파할 양이 아니지만.

그런 생각을 하던 젠지로의 머릿속에 '거인이 사는 우트가르드는 다른 세계'라는 정보가 떠올랐다.

"……혹시, 거인이 큰 게 아니라 인간이 작은 건가?"

젠지로는 머릿속에서 맺어지기 시작한 결론을 혼잣말이라는 형태로 소리로 바꿔 흘렸다. 그리고 옆자리의 웡비 왕자는 그 말을 놓치지 않았다.

"그게 무슨 뜻입니까, 매형?"

"그러니까…… ."

이 자리에서 말해도 좋을지 고민하는 젠지로를 보고, 맞은편의 로크 대표가 슬며시 미소를 지으며 재촉했다.

"나도 듣고 싶다. 이야기를 듣고 싶다, 젠지로."

그 말을 듣고 젠지로는 입을 열었다.

"뭐, 조금 전에 말한 그대로입니다만, 거인이라지만 사실은 거인이 아니지 않을까, 라고 생각했습니다. 거인이 사는 우트가르드는 다른 세계라고 하셨죠? 그렇다면 그 세계에서는 모든 동식물이 거인 크기고, 그쪽 세계에서는 거인이라 불리지 않는다. 오히려 이쪽으로 이주한 인간들이 소인(小人)이라고 불렸던 건 아닐까, 라고 말이죠."

그 근거로 조금 전에 떠올린 의류와 장식품의 크기에 대해 설명했다. 더 얘기하자면 먹거리도 마찬가지. 밀 알곡이 이쪽 세계의 밀과 같은 크기라면 거인이 만족할 수 있는 크기의 빵을 굽는 데 얼마나 많은 밀이 필요할까?

우트가르드가 있는 세계에서 거인이 번성하고 세련된 의류와 보석 장식품을 만들 정도로 고도의 문명을 구축했다면, 자연이 전부 거인 크기라고 생각하는 쪽이 앞뒤가 맞다. 즉, 거인의 세계에서는 거인이 큰 게 아니라 인간이 작은 것이다.

그런 일련의 설명을 윙비 왕자와 로크 대표 두 사람 모두 상당히 흥미롭다는 표정으로 들었다.

"그렇군요, 역시 대단하십니다 매형. 참으로 재미있는 시점입니다."

"흥미로운 추측이군. 이론(異論)은 있지만 이치는 통한다. 상당히 흥미롭다. 언제 본격적으로 조사해 보고 싶다."

의외로 로크 대표 쪽이 더 큰 관심을 보였다. 로크 대표는 거대한 바위를 연상시키는 근육질의 거구를 젠지로에게 들이밀며 말했다. 하지만 젠지로는 그 말의 일부가 마음에 걸렸다.

"이론이 있다고 하셨습니까? 그런데도 이치가 통한다는 게 무슨 의미인지요?"

젠지로의 물음에 로크 대표가 대답했다.

"이론은 있다. 우트가르즈에 전해지는 전승에서 거인족의 문명은 상당히 뛰어난 마법이 토대가 되었다. 그 마법 중에 자연의 돌 여럿을 융합시켜 하나의 커다란 돌로 만드는 마법도 존재했다. 그렇게 생각하면 거인의 몸을 장식한 커다란 보석이 다수 존재하는 것도 그리 이상한 일이 아니다."

"아, 그렇군요. 마법입니까."

로크 대표의 지적에 젠지로는 얼굴이 살짝 화끈해질 정도로 창피해졌다. 의기양양한 얼굴로 주장한 설이 전제를 뒤집어 버리는 '마법'이라는 존재를 근본적으로 무시했다고 지적받았으니 당연한 일이다.

"그렇다면 제 설은 완전히 황당무계한 것이 되겠군요. 잊어 주십시오."

조금 빠르게 말한 젠지로에게 로크 대표는 고개를 저으며 대답했다.

"아니, 그건 너무 성급하다. 말했지 않은가. 이론은 있지만 이치는 통한다, 라고. 나도 지금 젠지로의 지적을 듣고 처음으로 알아차렸는데, 거인의 보석은 조금 이상하다. 아무리 작은 보석을 모아서 하나의 커다란 보석으로 만드는 마법이 존재했다고 해도, 세상에 존재하는 보석의 양은 변함이 없을 것이다. 그런데 보석을 몸에 지닌 거인이 너무 많다."

로크 대표가 '환영' 마법으로 계승한 거인의 모습은 지금 투사하고 있는 하나만이 아니다. 그 거인들 중에는 더 신분이 낮은 거인도 있는데, 그런 거인이라도 보석 장식을 하나쯤은 지녔다고 한다. 물론 크기도 더 작고 장식도 간소하지만.

　"그건, 단순히 보석 광맥이 이쪽 세계보다 윤택해서 그런 것일 수도 있지 않을까요?"

　젠지로의 말에 로크 대표가 반론했다.

　"아니, 그렇다고 하기에는 이번엔 오히려 보석이 너무 귀중한 것이 된다. 보석의 가치가 이쪽 세계 인간이 생각하는 가치와 같은 수준이다. 즉, 거인은 인간의 몇 배 또는 몇십 배나 되는 체구인데도 보석의 상대적인 희소성은 거의 같다는 점이 내가 젠지로의 설이 '이치가 통한다'라고 생각한 근거 중에 하나다."

　이쪽 세계와 우트가르드가 있는 세계의 자연환경이 같다면, 인간의 수십 배나 되는 몸을 가진 거인에게 보석의 희소성은 수십 배로 높아졌을 것이다. 하지만 우트가르드가 존재하는 세계의 보석 매장량이 이쪽보다 많다면, 너무 많아서 귀중품이 아니게 된다 해도 이상할 것이 없다.

　그 어느 쪽도 아니고 이쪽 세계와 거의 같은 가치라는 점에서 로크 대표는 젠지로가 제창한 '우트가르드에서는 거인이 평균적인 인간 설'의 신빙성을 느낀 것이다.

　"사실, 내 경우에는 희망적인 관측이 많이 포함되기도 했지만."

　그렇게 말하고, 로크 대표는 자조하는 것처럼 웃었다.

　"희망적인 관측, 말씀이십니까?"

고개를 갸웃거리는 젠지로에게 로크 대표는

"그렇다. 우트가르드로 가는 이동 수단 확보. 그 목적은 우트가르드에 있다고 여겨지는 '마퇴암(魔堆巖)' 수입이다."

"'마퇴암?'"

낯선 단어를 들은 젠지로가 고개를 갸웃거리고 있었더니, 로크 대표가 추가적인 정보를 줬다.

"그래. '마퇴암'이다. 이것은 우리 우트가르즈의 근간을 지탱하는 물질이라고 할 수 있다. 아무래도 마법 문자의 효과를 완전히 발휘할 수 있는 물질은 '마퇴암'과 '순마력 물질'뿐이니까."

'마법 문자'. 그 말에 젠지로와 윙비 왕자가 나란히 몸을 내밀었다.

"'마법 문자'의 효과를 발휘할 수 있는 물질. 이 이야기를 정말로 저희가 들어도 되겠습니까?"

젠지로가 새삼 확인한 것도 당연한 일이다. 젠지로는 물론이고 일단은 동맹국이라고 할 수 있는, 같은 북방 5개국의 왕족인 윙비 왕자조차도 지금 이 순간까지 알지 못했던 '마법 문자'에 관한 정보를 밝힌 것이다.

크게 관심이 가는 이야기지만, 사전에 확인하지 않으면 뒷이야기를 듣기가 무서울 지경이다.

그런 젠지로의 태도를 본 로크 대표는 그 거대한 어깨를 살짝 으쓱거리고는,

"바람직한 일은 아니다. 그래서 여기서 보고 들은 것은 가능한 입 밖에 내지 않기를 바란다. 구체적으로 말하자면, 각자 자국에서 본인보다 높은 지위에 있는 자 외에게는 말하지 않기를 바란다."

젠지로와 웡비 왕자는 서로 마주 봤다. 젠지로는 카파 왕국의 국서이고 웡비 왕자는 웁살라 왕국의 왕태자. 그래서 각자 자기 나라에 본인보다 지위가 높은 사람은 단 한 사람밖에 없다.

젠지로의 아내인 아우라 여왕, 웡비 왕자의 부친인 구스타프 왕. 그 사람 외에 발설해선 안 된다고 한다면 최고 기밀에 해당하는 이야기가 틀림없다. 하지만 그런 약정을 이 자리에서 구두 약속으로 끝내려 하다니, 너무 경솔한 것은 아닐까.

그래서 그 약속의 무게를 가늠하기가 힘들었다.

"……알겠습니다."

"……그렇게 하겠습니다."

일단 젠지로와 웡비 왕자는 승낙했다.

그 대답을 들은 로크 대표는 고개를 슬쩍 끄덕이고는 변함없이 담담한 투로 국가의 기밀을 밝혔다.

"마법 문자에 그저 오로지 기능만을 기대한다면 굳이 소재를 가릴 필요는 없다. 하지만 그 문자의 효과를 발휘하려면 소재를 엄선할 필요가 있다. '마퇴암'이 바로 그것이다. 예전에는 이 대빙하의 땅속에도 많이 퇴적되어 있었지만 지금은 그것이 바닥을 드러내

기 시작했다. 마법 문자는 우트가르즈의 근간을 이루는 기술이다. 필연적으로 '마퇴암'의 안정적인 공급은 가장 중요한 항목이다."

한 나라를 짊어진 사람의 말이라는 것을 믿을 수 없을 만큼 거리낌 없는 로크 대표의 말에 젠지로는 반사적으로 그 뒤에 담긴 뜻을 읽으려 했다.

'마퇴암'이라는 것이 정말로 우트가르즈라는 국가의 근간을 이루는 물질이라면, 그것이 고갈되어 가고 있다는 약점을 다른 나라 왕족에게 굳이 밝혀야 할까?

상황을 조금이라도 정확히 파악하기 위해 젠지로는 또다시 물었다.

"그것을 위해, 이세계 우트가르드와의 교역이 필요하다는 말씀이십니까? 그 전에 이쪽 세계에서 찾는다는 선택지는 없는 것인지요?"

"물론 그 또한 병행해서 진행한다. 그에 대해서는 나중에 윙비 왕자와도 교섭할 생각이었다."

그렇게 말하며 윙비 왕자 쪽을 보자, 왕자는 진심으로 즐겁다는 것처럼 웃고는,

"그 말씀은, 저희 국토에 '마퇴암'이 존재한다는 것입니까?"

그렇게, 확인했다.

"가능성이 있다는 정도도. 솔직히 오랫동안 이곳저곳을 깊이 파뒤집은 끝에 헛수고로 끝날 가능성이 더 크다. 하지만 가능하다면 우트가르즈 이외의 북방 5개국을 전부 찾아보고 싶은 심정이다."

"북방 5개국 외에는? 북대륙은 넓습니다만."

흥미롭다는 듯이 묻는 윙비 왕자에게 로크 대표는 얼굴에서 표정을 지우고 고개를 저었다.

"북방 5개국 외에는 힘들다. 그 외의 장소 중에 '마퇴암'의 퇴적 가능성이 있는 곳은 '교회'가 '성지'로 지정했다."

"················그렇군요."

잠시 조용히 생각한 뒤에 뭔가 생각난 것이 있는지, 윙비 왕자는 입을 커다란 초승달 모양으로 만들며 웃었다.

"그렇다면 남대륙은 어떻습니까? 솔직히 다른 세계로의 이동을 돕는 것보다는 그쪽이 훨씬 간단할 것 같습니다만."

윙비 왕자의 웃는 얼굴을 나중에 보고해야 할 사항이라고 기억하며 젠지로가 제안했다. 카파 왕국은 국력은 물론이고 국토 면적이라는 측면에서도 대국이다. 금광맥은 없지만, 철이나 은 등의 지하자원도 비교적 풍족한 나라다. 의외로 '마퇴암'이라는 것도 있지 않을까, 라는 젠지로의 희망적 관측은 간단히 부정당하고 말았다.

"소용없다. 상드리용 대륙―남대륙에는, 절대로 존재하지 않는다."

"그것은 어째서입니까?"

너무나 확신에 찬 부정적인 말에 큰 위화감을 품기도 했지만, 아쉽게도 젠지로가 기대한 대답은 돌아오지 않았다.

"모른다면 가르쳐 줄 수 없다. 어째서 가르쳐 줄 수 없는지도 가르쳐 줄 수 없다. 그러니 그에 대해서는 내게 묻지 마라. 정 마음에 걸린다면 독자적으로 알아 봐라. 그것을 막지는 않겠다."

"알겠습니다."

로크 대표의 대답이 너무나 마음에 걸렸지만, 그 말투를 통해 이 자리에서 더 이상 물어 봤자 의미가 없다는 걸 깨닫고 젠지로는 얌전히 물러났다.

　　"어쨌거나 우리에게 가장 중요한 것은 역시나 '우트가르드'다. 어떤가, 젠지로. 카파 왕국, 아니, 카파 왕가의 협력을 바라도 되겠는가?"

　　카파 왕국이라고 말하려다가 로크 대표는 중간에 카파 왕가라고 말을 바꿨다. 그것은 옳은 판단이다. 우트가르즈가 바라는 '우트가르드'로의 이동에 필요한 것은 '시공마법'. 그것을 지닌 곳은 카파 왕가이지 왕국이 아니다.

　　왕과 왕가와 왕국. 근대나 현대와 달라서 그것들의 구분이 상당히 애매하지만, 그렇다고 완전히 동일하다고 볼 수도 없다.

　　"현재까지 들은 범위 안에서는 뭐라 답할 수가 없습니다. 귀하께서 바라는 것은 알겠지만 그 이외의 정보가 너무나 적습니다. 기한은 언제까지입니까? 저희 쪽에 그리 요구하시는 대상으로 무엇을 제시하시겠습니까? 먼저 그런 정보를 제공해 주셨으면 싶습니다."

　　본격적으로 교섭 자세로 들어간 젠지로에게 로크 대표는 그 조각처럼 선명한 모양의 눈가를 살짝 찌푸리며 대답했다.

　　"기한은 명언할 수 없다. 허나, 2백 년이나 3백 년 정도는 기다릴 수 있는 일이다. 윙비 왕자와의 교섭이 잘 된다면 더 길어질 수도 있을 것이다."

　　한마디로 그 기한은 '마퇴암'이 고갈될 때까지의 기간이라는 뜻이다. 그 말대로라면 기한을 정확히 명시하지 못하는 것도 이해할 수 있다.

'마퇴암'이 정말로 이 우트가르즈의 근간을 이루는 물질이라면, 그것의 고갈되는 때가 나라의 수명이 다하는 때다. 그것을 다른 나라 사람에게 가르쳐 주는 게 이상한 일이다.

어쨌거나 기한이 수백 년이라는 정보에 젠지로는 안도한 표정을 감추지 못했다.

만약 '기한은 10년'이라고 했다면 '무리입니다'라고 대답하는 수밖에 없었으니.

젠지로가 알고 있는 '시공마법' 중에 다른 세계와 관련된 마법은 두 가지뿐이다.

하나는 '이세계 소환'. 굳이 말할 필요도 없는, 아우라 여왕이 젠지로를 이쪽 세계로 소환한 마법이다. 또 하나는 '이세계 전이'. '이세계 소환'의 바탕이 된 마법으로, 이름 그대로 대상을 다른 세계로 보내는 마법이다.

젠지로는 첫 번째 '이세계 소환' 이후에 일단 일본으로 돌아갔었는데, 그때 아우라 여왕이 사용한 '이세계 송환'은 '이세계 전이'를 개량한 것이다.

어쨌거나 현재 젠지로와 아우라 여왕 외에는 어린아이 둘밖에 없는 카파 왕가로서는 로크 대표의 희망에 응해 줄 도리가 없다. 하지만 기한이 백 년 단위라면 큰 문제가 아니다. 다음, 그다음 세대로 이어지며 '시공마법' 사용자를 늘려 가고, '이세계 이동' 계열 마법의 연구를 거듭하면 되는 것이다.

그런 전제로, 젠지로가 또다시 물었다.

"실례입니다만 '우트가르드'와의 왕래가 가능해진다고 해도 '마퇴암'을 구입하는 것이 가능할까요? 아니면, 거인족은 '마퇴암'을 무상으로 제공해 줄 만큼 자비로운 존재입니까?"

그것은 엄밀히 말하자면 젠지로나 카파 왕가와 직접 관계가 없는 이야기지만 확인해 두고 싶은 사항이기는 했다. 기껏 카파 왕가가 '우트가르드'와 연락을 취할 수 있게 해 줬는데 우트가르즈의 사자가 문전박대당하는 일은 바람직하지 않으니까. 좀 더 직설적으로 말하자면 '지불'에도 영향을 미칠 것 같으니.

젠지로의 그 물음에 로크 대표는 기분이 상한 기색도 없이 변함없는 말투로 대답했다.

"절대적인 보증은 없으나 문제는 없으리라 생각한다. 전승에 의하면, 옛 거인족이 우리를 원했던 이유는 '마법 문자'의 기술 때문이다. 그 기술을, 우리 '우트가르즈'의 백성은 오늘까지 열심히 연마해 왔다. 그렇게 연마한 '마법 문자' 기술을 '우트가르드'와의 거래에 이용할 수 있다고, 나는 생각한다."

로크 대표의 대답에 젠지로는 물론이고 윙비 왕자도 크게 반응했다.

"잠깐 기다려 주십시오. '거인족이 우리를 원했다'? 그러니까, 거인족과 우트가르즈 사람의 관계가 인간이 거인족에게 의지한 것이 아니라 거인족 쪽이 인간을 필요로 했다는 말씀이십니까?"

그리고 그런 젠지로의 물음에 이어서,

"'마법 문자' 기술이 거래 재료가 된다는 말씀이십니까? 거인족은 고도의 마법 문명을 이뤘다고 들었습니다. 로크 대표 본인께서도 그리 말씀하셨죠. 그런데, 귀국 우트가르즈의 '마법 문자' 기술을 거래에 이용할 수 있다는 것입니까?"

윙비 왕자도 의문을 던졌다. 그런 두 사람의 의문에 로크 대표는 차분하게 대답했다.

"먼저 젠지로의 물음에 답한다. 그렇다. 거인족과 그를 따르는 인간의 관계는, 인간이 거인에게 의지한 것이 아니라 거인이 제안한 것이다. 솔직히 말하자면 거인에게 우리 인간은 꼭 휘하로 끌어들이고 싶은 피지배 종족, 더 말하자면 유익한 능력을 지닌 가축 같은 것이었다."

로크 대표의 말은 상당히 험한 것이었지만, 그 말투에서 거인에 대한 분노나 혐오감은 느껴지지 않았다.

"피지배 종족, 가축······."

젠지로가 그다지 듣기 좋다고 할 수 없는 말을 혼잣말로 되새기는 사이에도 로크 대표의 설명은 계속 이어졌다.

"물론 가축이라 해도 돼지처럼 고기를 얻으려 하는 것도, 산양처럼 털이나 젖을 짜는 것도 아니다. 거인이 우리 인간에게 바란 것은 '마법 문자'를 새기는 기술이었다."

그렇게 말하고, 로크 대표는 그 먹빛 눈동자가 바라보는 대상을 젠지로에게서 윙비 왕자 쪽으로 옮겼다.

"여기서부터는 윙비의 물음에 대한 답이기도 하다. 거인은 지극히 뛰어난 마법 문명을 이뤘고, 그것은 틀림없는 사실이다. 그야말로 '교회' 것들이 숭배하는 고대 용족과 어깨를 나란히 할 정도로.

우리가 다루는 '마법 문자'도 거인에게서 배운 것이고, 우리가 배운 '마법 문자' 따위는 거인족이 알고 있는 '마법 문자'에 비하면, 샘에서 퍼 올린 물 한 바가지 정도에 불과하다."

"…………."

웬일로 윙비 왕자가 아무 말이 없었다. 그저, 그 얼음 같은 파란색 눈동자에 강한 빛을 깃들이고서 가만히 로크 대표의 말을 기다렸다.

"허나, '마법 문자'를 아는 것과 '마법 문자'를 사용하는 것 사이에는 그럭저럭 귀찮은 벽이 존재한다. 그것은 '마법 문자'가 그 효과를 발휘하려면 정확히 새겨야만 한다는 것이다. 그리고 '마법 문자'의 크기는 그 효과에 일절 관여하지 않는다는 점이고."

"그렇군요, 그런 것입니까."

"………… 아, 그래서 인간을."

로크 대표의 설명을 듣고서 윙비 왕자는 바로, 젠지로도 조금 늦게 로크 대표가 하려는 말이 무엇인지 이해했다.

"문자가 정확할 경우 크기가 크건 작건 효과에 차이가 없다면, '마법 문자'를 새기는 작업은 거인보다 인간 쪽이 훨씬 적합하겠군요."

"그러하다."

젠지로의 말을 듣고 로크 대표가 만족스레 고개를 끄덕였다.

인간과 거인의 손재주가 같은 수준이라고 간주할 경우, 작은 문자를 정확하게 그린다는 점에 한해서는 거인이 인간의 발밑에도 미치지 못한다. 거인 크기 반지에 '마법 문자'를 새길 경우, 그것이 가능한 거인은 원래 손재주가 아주 좋거나 오랜 세월 전문적인 훈련을 거듭해 온 기술자뿐이겠지만, 인간이라면 일부 손재주가 없는 이가 아니라면 간단한 훈련만 받아도 가능할 것이다.

"전승이 옳다면 '우트가르드'에 남은 인간도 많다고 한다. 그 자손이 남아 있다면 그들이 우리의 경쟁자가 되겠지. 하지만, 나는 승산이 크다고 생각한다."

"이유를 여쭤도 되겠습니까?"

재촉하는 젠지로에게 로크 대표는 담담하게 말했다.

"간단한 이유다. 거인족 아래에 있던 무렵, 우리는 오로지 거인만을 위해 '마법 문자'를 새겨 왔다. '우트가르드'에 남은 인간들은 지금도 그 상황 그대로라고 생각하는 것이 자연스럽다. 그에 비해 우리는 이 우트가르즈를 이룬 뒤로 지금까지 우리 자신을 위해 '마법 문자'를 새기는 기술을 향상시켜 왔다."

그 표정에서 강한 긍지와 자부심이 엿보였다.

자신들을 위해 '마법 문자'를 새긴다. 즉, 우트가르즈에서는 인간 크기 물건에 '마법 문자'를 새기는 기술을 연마해 왔다는 뜻이다. 그 기술로 거인 크기 물건에 '마법 문자'를 새긴다면, 훨씬 많은 '마법 문자'를 새길 수 있을 것이다.

"……그렇군요. 우트가르즈에는 뛰어난 장인이 많다는 말씀이십니까?"

젠지로의 머릿속에 신전의 창문 유리가 떠올랐다. 북대륙의 공화국에서는 고급 숙소일수록 창문에 유리를 사용했는데, 현대인의 감각에서는 한눈에 봐도 일그러진 데다 약간 흐릿한 부분이 눈에 띄었다. 판 모양 유리를 연마하는 기술과 작고 정확한 마법 문자를 새기는 기술은 다른 것이지만, 손재주와 인내심이 필요한 기술이라는 점에서는 공통점이 있다.

"그렇다. 질도 숫자도 뒤지지 않는다고 자부한다."

물론 그렇게 대답하는 로크 대표는 정말로 자신만만해 보였지만, 로크 대표의 말에 희망적인 관측이 많이 섞여 있다는 점은 의심할 여지가 없다.

'우트가르드'에 남은 인간들에게 전승되는 '마법 문자'를 새기는 기술이 우트가르즈로 건너온 사람들이 연마해 온 기술보다 뛰어날 가능성도 얼마든지 있다.

'마법 문자' 기술을 보여준다 해도 거인들이 "그 정도로는 '마퇴암'과 교환할 수 없다."라는 판단을 내릴 가능성도 있고. 더 삐딱하게 생각하자면 원래 뛰어난 마법 문명을 이룬 거인들이 그 뒤에도 마법 문명을 계속 진보시켜 와서 지금은 '마법 문자' 자체가 과거의 유물이 되어 버렸을 가능성도 부정할 수는 없다.

어쨌거나 '마법 문자' 기술 하나만을 교역 거리로 삼기는 위험하겠지.

"거인의 전승을 가르쳐 주실 수 있으시겠습니까? 거인이 원할 가능성이 있는 것. 그것이 저의 카파 왕국에 존재하고 우트가르즈에는 존재하지 않을 가능성도 있겠죠. 그럴 경우에 저희 카파 왕국과 우트가르즈 사이에도 교역이 성립되리라고 저는 생각합니다."

젠지로의 제안에 로크 대표는 오늘 지은 표정 중에서 가장 크게 허를 찔렸다는 표정을 보였다.

"…………괜찮겠나? 전승대로라면 거인의 세계는 최소한 초선진국, 초대국. 오히려 차원이 다른 신의 영역, 그렇게 평가하는 쪽이 옳을 정도의 세계다."

로크 대표는 그렇게 강조했다.

카파 왕국에 거인과의 거래 대상이 될 수 있는 물자가 있다면 카파 왕국과 우트가르즈 사이에서 거래를 하자. 그런 젠지로의 제안은 한마디로 "카파 왕국은 '우트가르드'와 직접 교역하지 않겠다."라는 것이나 마찬가지였다.

로크 대표가 이 자리를 마련한 이유는 '시공마법' 사용자인 카파 왕가에서 이세계 '우트가르드'와 우트가르즈를 오갈 수 있는 수단을 확립해 주기를 바랐기 때문이다.

즉, '우트가르드'와 우트가르즈의 거래가 성립된다면 '우트가르드'와 카파 왕국도 거래가 가능한 상태가 되어야 한다. 그런 상태에서 카파 왕국에도 '우트가르드'가 원하는 것이 있는데도 굳이 우트가르즈를 중간에 넣는다는 것은 카파 왕국 입장에서 봤을 때 틀림없이 괜한 수고를 들이는 일이다. 국익에 반하는 일이라 해도 좋다.

물론 그 정도는 머리가 그다지 좋지 않은 젠지로도 이해하고 있다. 하지만 젠지로는 이해한 상태에서 망설임 없이 고개를 끄덕였다.

"상관없습니다. 거인의 나라가 아무리 뛰어난 문명국이라 해도, 오히려 뛰어나면 뛰어날수록, 거인에 대해 무지한 저희가 직접 관계를 갖는다면 위험 부담이 커지게 됩니다."

"흐음?"

젠지로의 대답에 로크 대표는 고개를 살짝 갸웃거렸다. 일단 논리적으로는 문제가 없는 판단이지만, 아무래도 너무 소극적이고 겁이 많은 태도로 보인다. 내정이건 외교건 위험 부담이 없는 판단이란 존재하지 않는다. 이번에 젠지로가 내린 판단은 그 부분만 생각해 보면 피할 수 있는 위험 부담과 버리는 위험 부담의 수지가 전혀 맞지 않았다.

당연히 젠지로가 노리는 것은 그게 아니었다.

"그러니까, 저희는 '우트가르드'와의 교역에 관해서는 전부 우트가르즈를 통하는 방식을 제안합니다. 그 대가로서 우트가르즈의 이쪽 세계에 대한 창구를 저희 카파 왕국에 일임해 주셨으면 합니다."

젠지로는 그렇게 제안했다.

"매형?"

파란 얼음색 눈을 가늘게 뜬 윙비 왕자가 지금껏 들어 본 적이 없는 낮은 목소리로 옆자리에 앉은 젠지로를 불렀다.

어느 정도 예상은 했지만 그 예상 이상의 박력을 보이는 처남에게 젠지로는 조금 빠르게 추가 설명을 해 줬다.

"물론 우트가르즈가 지금까지 행해 온 외교, 무역까지 일원화하겠다는 것은 아닙니다. 앞으로 새롭게 접촉해 오는 국가, 조직에 대한 거래 창구를 저희에게 맡겨 주십사, 그런 의미입니다."

이것은 평범한 자리였다면 로크 대표가 자리를 박차고 일어나도 이상하지 않을, 상당히 실례되는 제안이다. 순수하게 상대국의 외교 방침을 이쪽의 편의에 맞춰 구속하겠다는 제안이기에. 그것도 외교 대부분을 쥐고 흔들겠다는 말도 안 되는 제안이다.

"흐음, 그것은 어떤 이유 때문인가?"

하지만 로크 대표는 고개만 살짝 갸웃했을 뿐, 딱히 불쾌한 기색은 보이지 않았다.

그 모습을 보자 없는 용기를 쥐어짜서 그 제안을 했던 젠지로는 마음속으로 커다란 달성감을 맛봤다.

로크 대표의 반응은 젠지로의 예측을 강하게 긍정하는 것이었기 때문이다.

현재 우트가르즈와 다른 나라 사이의 외교는 없는 것이나 마찬가지.

같은 북방 5개국으로 꼽히는 웁살라 왕국의 기록에도 마지막으로 우트가르즈로 초대받은 사람에 관한 내용은 백 년 이상을 거슬러 올라가야 찾을 수 있다. 아마도 북방 5개국 중에 나머지 세 나라도 비슷한 상황일 테고, 그 이외의 나라들은 말 그대로 실제로 존재하는 나라인지 의심하고 있을 가능성도 있는 지경이다.

그런 우트가르즈에게 '다른 나라와의 거래'를 제한한다는 것은 현상 유지 이상의 의미를 지니지 않는다.

그렇기에 보통은 '무례', '타국에 대한 과잉 간섭'이라는 이유로 일축당해 마땅한 이 제안이 현실적으로 보일 거라고 젠지로는 생각했다.

"그것이 저희 카파 왕국이 우트가르즈에 바라는 이익입니다. 자각하고 계시겠지만, 우트가르즈의 문화는 저희 남대륙은 물론이고 북대륙의 다른 나라들과도 상이한 독자적인 것입니다. 그 문화의 창구를 저희에게 맡겨 주신다면 틀림없이 큰 이익이 발생하겠지요."

의도적으로 솔직하면서도 속물처럼 말한 젠지로에게 로크 대표는 어느 정도 이해했다는 기색을 보이면서도 확인하려는 듯한 대답을 했다.

"그것이 카파 왕국에 이익이 된다면 이쪽으로서도 이론은 없다. 허나, 젠지로가 노리는 것이 '마법 문자'라면, 그것은 무리라고 미리 말해 둔다. 개인 단위 거래는 가능하지만 국가 단위로 거래할 여지는 없다."

'마법 문자'는 수출할 수 없다. 로크 대표는 미리 그렇게 선언했다. 그 말은 지금까지의 설명에 모순되지 않는다.

원래 우트가르즈는 '마법 문자'를 새기는 '마퇴암'이 바닥을 드러냈기에 그것이 있으리라 여겨지는 '우트가르드'로 가는 이동 수단을 원했다. 그 대가로 '마법 문자'를 새긴 '마퇴암'을 제공하는 것이 가능할 리가 없다.

아무래도 그 정도는 젠지로도 이해하고 있는 바다.

"알겠습니다. 가능하다면 '마퇴암'을 이용한 '마법 문자'는 무리더라도 그렇지 않은 '마법 문자'는 한 번 생각해 주셨으면 싶습니다만."

특별한 효력이 있는 진정한 '마법 문자'가 아니라 평범한 만능 번역으로 기능이 한정되는 '마법 문자'라도 충분한 가치가 있다. '언령' 덕분에 대화에서는 거의 의식하는 일이 없지만, 남대륙만 해도 여러 언어가 존재한다. 누구나 읽을 수 있는 문자라는 것은 그 자체로 충분한 가치가 있다.

젠지로의 말을 듣고 로크 대표는 잠시 생각했지만, 결국 고개를 저었다.

"아니, 안 된다. 예외는 없다."

그것은 번역 능력밖에 없는 '마법 문자'를 새길 물자도 아깝기 때문인지, 아니면 '마법 문자' 기술의 유출을 두려워했기 때문인지는 알 수 없다. 어쨌거나 이렇게 딱 잘라 거절했으니 젠지로도 거기에 집착하지 않았다.

"알겠습니다. 그렇다면 그 외에는 괜찮으시다는 말씀이겠죠?"

일부러 가벼운 말투로 확인하는 젠지로에게 로크 대표는 고개를 슬쩍 끄덕이면서 대답했다.

"괜찮다. 헌데, 그 말이 카파 왕국이 우리의 제안을 받아들이겠다는 대답이라고 생각해도 되겠나?"

"저희도 좋습니다. 단, 저희도 '시공마법' 사용자의 숫자가 한정되다 보니, 현재 상황에서는 '우트가르드'에 이르는 길을 어떻게 개척해야 좋을지 짐작도 할 수 없는 상황입니다. 방금 로크 대표께서 말씀하신 것처럼 의뢰 기한을 백 년 단위, 여러 세대 단위라고, 그렇게 생각해도 되겠습니까?"

현재 카파 왕국에서 확실한 '시공마법' 사용자라고 할 수 있는 이는 젠지로와 아우라 여왕 두 사람뿐. 젠지로는 '불러오기'와 '공간 차단 결계', '순간이동' 세 가지 마법을 간신히 다룰 수 있을 뿐이고, 그에 비하면 아우라 여왕은 나쁘지 않은 마법 사용자이기는 하지만, 그렇다고 마법 연구가는 아니다.

선왕 카를로스를 비롯해 카파 왕국의 역대 마법 연구가였던 사람들이 남긴 자료가 존재하기에 이세계 이동용 마법의 연구를 시작할 수는 있지만, 본격적인 연구는 아마도 '시공마법' 사용자가 어느 정도 늘어난 다음 세대 이후가 되겠지.

젠지로가 독자적으로 할 수 있는 일이라면 용피지나 경우에 따라서는 목간으로 보존된 역대 '시공마법'의 연구 자료를 컴퓨터에 입력하고 디지털화해서 정리하는 정도일까.

결혼 초기에 비하면 많이 바빠진 젠지로지만, 그래도 젠지로와 아우라 중에 어느 쪽이 시간에 여유가 있는지 따진다면 젠지로 쪽이 여유가 있다.

'당분간은 내가 주체가 돼서 정보를 모으고, 그렇게 모은 정보를 아우라가 검토하고 의견을 말해 주는 형태가 무난하려나. 에스피리디온의 조언을 받을 수 있다면 마음이 든든하겠지만, 그건 아우라가 판단할 문제겠지.'

젠지로가 그런 생각을 하는 사이에 로크 대표도 마찬가지로 조용히 생각에 잠겨 있었고, 마침내 힘차게 고개를 끄덕였다.

"좋다. 시간이 걸린다는 것은 이해할 수 있다. 하지만 형식적인 노력만 하며 계약이 진행 중이라고 주장하면 곤란하다. 자세한 내용을 정리한 뒤에 마법으로 정식 계약을 체결할까 한다. 괜찮겠나?"

"마법으로 계약을 체결? '마법 문자'로는 그런 것도 가능합니까?"

놀라움을 감추지 못하는 젠지로에게 로크 대표가 말했다.

"불가능한 일은 아니지만, 이번에는 다르다. 보다 확실히 하기 위해, '계약' 마법 도구를 사용한다."

'계약' 마법 도구.
젠지로도 그 의미를 모를 정도로 우둔한 사람은 아니다.

"'하얀 제국'의 유산."

"그러하다."

담담하게 긍정하는 로크 대표와 반대로, 젠지로는 놀라움을 감추지 못했다. 그 놀라움의 절반은 '정말로 있었구나'라는 것이고, 나머지 절반은 '굳이 그걸 쓰겠다는 건가'라는 점이다.

젠지로는 자기가 잘못 판단했다는 사실을 이해했다. 일부러 젠지로에게 '초대장'을 보내면서까지 이런 자리를 마련했을 정도니, 우트가르즈 쪽이 괜히 '우트가르드'와의 접촉을 바라는 게 아니라는 정도는 알고 있었다.

그리고 이 자리에서 나온 말은 '2백 년이나 3백 년 정도는 기다려 줄 수 있다'. 그래서 속된 말로 '여유 있는 거래'라고 생각했었다.

그런데, 굳이 '하얀 제국'의 유산인 마법 도구까지 써 가며 계약을 체결하겠다는 것을 보면, 이것이 그런 여유가 있는 거래일 리가 없다. 하지만 거래의 큰 흐름에 영향을 줄 만큼의 문제도 아니다.

"알겠습니다. 단, 그 정도 일이라면 저 혼자서 판단하고 정할 수가 없습니다. 계약의 자세한 사항이 정해질 때까지는 통상적인 서면으로 교섭을 진행하고, 양쪽이 동의한 단계에서 '계약 마법 도구'를 사용하는, 그런 형태를 제안드립니다."

"알았다."

"…………."

아직 구두 약속 단계이지만 우트가르즈와 카파 왕국이 계약을 체결하는, 역사적으로도 국제 정치적으로도 중요한 이 장면을 윙비 왕자는 그 파란 얼음색 눈에 강한 야심의 불꽃을 밝히고 미소 짓는 얼굴로 지켜보고 있었다.

[막간 1] **왕과 왕자의 밀담**

　역사적이라고 말할 수 있는 우트가르즈에서의 젠지로, 윙비 왕자, 로크 대표와의 회담에서 며칠 뒤.

　웁살라 왕국 왕궁 ─ 광휘궁의 한 방에서는 구스타프 왕과 윙비 왕자가 다른 사람들을 물린 채 극비리에 대담하고 있었다.

　"…………그렇게 되었습니다, 아버님. 마지막에 저희 웁살라 왕국과 매형의 카파 왕국은 우트가르즈 시내에 주재할 장소를 확보했습니다. 매형은 그곳으로 '순간이동' 허가도 받았습니다. 이것으로 단번에 우트가르즈로 갈 수 있게 됐군요."

　"………… ."

　우트가르즈에서 있던 일들의 경과를 들은 웁살라 왕국 국왕은 말없이 눈을 감고는 몇 번이나 고개를 저었다.

　"뭐라 해야 좋을지…. 나 자신이 변화의 시대, 혁명의 시대라 주장했건만, 아무리 그래도 이건 변화가 너무 급격해서 따라가기가 힘들구나…….."

　왕의 입에서 자기도 모르게 그런 나약한 말이 흘러나왔다.

　"따라가기 힘드시다면 언제든 옥좌를 물려주시죠. 여기에 믿음직한 후계자가 있으니."

　"후계자가 믿음직하게 자란다면 당장이라도 그렇게 하겠다."

싱글싱글 웃으며 손가락으로 자신을 가리키는 차남에게 왕은 쌀쌀맞게 대답했다.

윙비 왕자는 보란 듯이 불만이라는 표정을 지으며 어깨를 으쓱해 보였다.

"알겠습니다, 앞으로도 계속 열심히 노력하겠습니다. 그리고 그 일환으로, 카파 왕국에 다녀오겠습니다. 괜찮겠지요, 아버님?"

윙비 왕자의 카파 왕국행. 그것은 읍살라 왕국 차기 국왕인 윙비 왕자가 카파 왕국에서 아내를 맞이하겠다는 선언이다.

"좋다. 우트가르즈와의 일을 제하더라도, 반대로 이번에 있었던 우트가르즈와의 일을 고려하더라도 '시공마법' 사용자인 카파 왕가와의 연줄은 반드시 필요하다. 제1 부인은 국내나 북대륙 왕가에서 맞이해야 한다만."

당연하다는 듯 덧붙인 아버지의 말에 윙비 왕자는 잠시 생각한 뒤에 확인하는 질문을 했다.

"카파 왕국에서 데려올 여성을 제1 부인으로 삼을 수는 없겠지요?"

"당연하지 않느냐. 그리 된다면 네 읍살라 왕국은 네 치세에 '교회' 세력은 물론이고 북방 5개국과도 거리를 두게 될 것이다. 그 사람이 카파 왕가 직계 공주라면 주위도 이해할 수 있겠지만, 파나 전하가 성인이 될 때까지 기다릴 수도 없는 노릇이니 말이다."

현재 카파 왕가에 여성 왕족은 두 명밖에 없다. 기혼자이자 나라의 주인인 아우라 여왕은 당연히 논외고, 그밖에는 젖먹이인 파나 왕녀뿐이다. 그렇게 되면 윙비 왕자가 아내로 맞이할 수 있는 카파 왕국의 여성은 최대한 노력한다 해도 카파 왕국 고위 귀족의 딸 정도가 한계다. 그것도 '혈통 마법' 유출을 막으려 한다는 것을 전제로 삼는다면 최고위 귀족의 딸도 아니게 될 가능성이 있다.

북대륙에서는 남대륙을 한 수 아래로 보는 풍조가 있다. 그런 남대륙 귀족의 딸을 웁살라 왕국 차기 제1 왕비로 삼으면 제2 왕비, 제3 왕비로 자국 왕족이나 귀족을 보내 줄 나라는 없다고 생각해도 될 것이다.

그리고 거기서 끝나지 않고 국내의 유력 귀족 가문에서 제2 왕비, 제3 왕비를 찾는 것도 상당히 어려우리라는 것은 쉽사리 상상할 수 있다.

그 정도는 웡비 왕자도 알고 있을 것이다. 그런데도, 이 나라를 강대국으로 만드는 것을 가장 큰 삶의 목적으로 생각하는 젊은 왕족이 굳이 카파 왕국에서 맞이한 여인을 제1 부인으로 삼아도 되는지 확인했다. 구스타프 왕은 그 의미를 이해하지 못할 정도로 우둔한 사람이 아니었다.

"말해라. 너는 카파 왕국에서 얼마나 큰 가치를 찾아냈느냐? 그것이 '교회' 세력과 명확하게 적대하더라도 손에 넣어야 할 정도인가? 북방 5개국과 갈라서는 한이 있어도 놓칠 수 없을 정도의 것인가?"

"…………."

아버지의 엄한 질책을 듣고 잠시 생각에 잠겼던 왕자는 마침내 남자로서는 긴 편인 은색 머리카락을 흔들며 고개를 저었다.

"아닙니다. 아무래도 그만한 가치는 찾아낼 수가 없군요. 알겠습니다, 아버님. 카파 왕국 여성은 어디까지나 제2 부인이나 제3 부인. 그 입장을 받아들일 여성으로 한정해서 찾아보겠습니다."

그 말에는 이 조건에 해당하는 인물이 카파 왕국에 없을 때는 포기하겠다는 의미도 담겨 있었다. 그리고 윙비 왕자는 이렇게 덧붙였다.

"이쪽에서 맞이하게 될 제1 부인은 아버님께 맡기도록 하겠습니다. 단, 조건은 카파 왕국의 제2 부인과 같습니다."

"그래, 당연하겠지."

아들의 말에 왕은 고개를 끄덕였다.

이 경우에 '카파 왕국의 제2 부인과 같은 조건'이란 제1 부인과 제2 부인이 평등하다는 의미가 아니다. '카파 왕국에서 맞이하는 제2 부인에게 서열을 받아들이고 그에 걸맞은 언동을 바라는 것처럼, 국내 또는 북대륙의 다른 나라에서 맞이하는 제1 부인에게도 서열을 고려한 언동을 바란다'는 의미다.

즉, 제2 부인이 될 카파 왕국 여성을 남대륙 사람이라는 이유로 부당하게 낮잡아 보고 제2 부인으로 인정하지 않을 사람은 사양하겠다고 말한 것이다.

구스타프 왕이 인정한 것처럼, 그것은 당연한 조건이라고 할 수 있다.

제1 왕녀인 프레야 공주가 측실이라는 형태로 카파 왕국으로 시집갔고, 차기 왕인 윙비 왕자가 카파 왕국 귀족을 제2 부인으로 맞이한다. 이 시점에서 웁살라 왕국이 카파 왕국을 얼마나 중요하게 여기고 있는지는 일목요연. 그런데도 출신지를 구실로 제2 부인을 정당한 부인으로 취급하지 않는 인간을 제1 부인으로 맞이하는 것은 안 될 일이라고 해야 할 것이다.

"헌데, 남대륙 출신 제2 부인과 원활한 관계를 쌓아 나갈 수 있는 제1 부인 후보라. 난제로군."

구스타프 왕이 미간에 주름을 지은 것도 당연한 일이다. 남대륙을 얕보는 북대륙의 풍조는 뿌리가 깊다. 물론 일시적으로 '타국에서 온 빈객'으로 대접하는 정도라면 어지간한 왕후 귀족 자녀들도 큰 문제없이 해낼 수 있겠지만, 같은 사내와 결혼한 두 여자는 좋건 나쁘건 아주 오래 이어지면서도 가까운 관계다.

마음속으로는 어찌 생각하건 상관없지만, 수십 년이나 되는 세월 동안 계속 속내를 숨길 수 있는 이성을 지닌 사람은 희소할 테고, 그렇다고 진심으로 남대륙 사람을 얕보지 않는 제1 부인 후보는 역시 희소한 존재다.

"아예 그라츠 왕국도 고려할까요?"

그라츠 왕국은 '교회' 세력권에 있으면서도 정령 신앙인 북방 5개국과 적극적으로 혼인 정책을 취하고 있는 나라다.

왕비 왕자의 말에 구스타프 왕은 낮게 억누른 목소리로 아들을 질책했다.

"농담이라도 그런 소리는 하지도 마라. 우리까지 오프스 꼴이 날 것이다."

원래 국민의 20%가량이 용 신앙을 믿었던 오프스 왕국은 그렇다 쳐도 거의 모든 국민이 정령 신앙인 웁살라 왕국에서 왕족이 용 신앙자를 배필로 맞이하게 되면 국내의 반발이 클 것이다.

차기 국왕인 윙비 왕자의 제1 부인이 용 신앙자, 제2 부인은 남대륙 사람. 그래서는 반발을 감당할 도리가 없다.

　윙비 자신도 그 점을 잘 알고 있는지, 큰 한숨을 한 번 쉬고는 얌전히 긍정했다.

　"역시, 무리입니까. 가능하다면 그렇게 하고 싶었습니다만. 다른 나라에 혈통 마법을 내보내 줄 왕가도 그곳뿐이고 말이죠."

　그라츠 왕국 왕가는 '혈통 마법'을 지녔는데, 그러면서도 '혈통 마법' 유출을 전혀 꺼리지 않고 적극적으로 혼인 정책을 펼치고 있다.

　"이것도 저것도 너무 많은 걸 바라는 것이 너의 나쁜 버릇이다. 너는 자기 평가가 너무 높다. 자신이 할 수 있는 것과 자신이 '확실히' 할 수 있는 것을 구별할 줄 알아야 한다. 실패의 대가로 돌이킬 수 없는 일이 벌어질 가능성이 있는 경우, 원칙적으로 도전해도 되는 것은 후자 쪽이다."

　"……예, 아버님."

　왕의 엄한 말에 윙비 왕자는 목을 살짝 움츠리며 반성했다. 질책하는 말에 반감이 들기도 했지만, 동시에 아버지의 쓴소리가 옳았던 과거 사례들이 기억 속에 잔뜩 존재하고 있기에, 반감을 억누르고 그 말을 받아들였다.

　"그럼 대상을 카파 왕국으로 좁히겠습니다. 아니, 경우에 따라서는 젠지로 매형으로 좁혀도 되겠군요."

　"그래. 카파 왕국을 중시하는 것은 이해한다. 에리크와 프레야의 이야기를 절반만 받아들인다 해도 상당한 대국이라는 점에는 의심할 여지가 없고, 이번 우트가르즈에서의 일을 보면 앞으로 우리 북방 5개국에도 큰 영향력을 지니게 될 것이 틀림없으니. 무엇보다 '순간이동'의 존재가 반칙이다. 그런 의미에서 본다면 사실상 유일하게 '순간이동'을 실용적으로 행사하는 젠지로 공을 중요시하는 것은 이해한다. 허나, 네가 하려는 말이 그것이 전부는 아니겠지?"

아버지의 말에 윙비 왕자는 입을 초승달 모양으로 만들며 웃었다.

"예. 그분의 가치는 그것만이 아닙니다. 방금 말씀드린 것처럼 저와 젠지로 매형은 우트가르즈에서 준비한 하늘을 나는 썰매를 탔는데, 그때 그분은 공중전에 대해 얘기했었습니다. 공중전에서 중요한 것은 고도, 속도, 선회 반경이라고. 그리고 그것이 '그냥 일반론'이라는 것 같더군요."

그렇게 말하고, 윙비 왕자는 큭큭 소리를 내며 웃었다.
"공중전의 '일반론'을 말했다는 얘긴가."
구스타프 왕의 눈이 슥, 하고 가늘어졌다.

"그렇습니다. 그리고 이건 저도 한참 뒤에야 알아차린 것인데, 아마도 단순한 탁상공론이 아닙니다. 그분은 이번 우트가르즈의 썰매 이전에도 하늘을 날아 본 경험이 있을 것입니다."

그렇지 않고서는 그때의 그 반응은 이상하다. 처음에 썰매 안쪽은 전체가 회색 벽이었고 안쪽에서 조작할 수 있는 방도가 없었다. 그 상태에서 젠지로는 '지금 이 썰매는 하늘을 날고 있다'고 단언했다.

나중에 생각해 보면 윙비 왕자도 젠지로의 주장을 이해할 수 있었다. 분명히 상자형 썰매가 움직이기 시작했을 때 몸이 대각선 아래 방향으로 떠밀리는 듯한 힘을 느꼈다. 평지에서 앞으로 달릴 때는 뒤쪽으로 향하는 압력이 비스듬히 아래쪽으로 느껴졌으니까, 그건 전진한 게 아니라 대각선 위쪽으로 나아갔다―즉 날아올랐다고 추측할 수 있다.

하지만 그건 어디까지나 나중에 알게 된 사실이다.

"썰매의 이륙도 착륙도, 그리고 비행하는 중에도 너무나 자연스러웠습니다. 솔직히 저는 젠지로 매형이 말하기 전까지는 날고 있는 건 고사하고 이동한다는 것조차도 자각하지 못했을 정도였습니다. 게다가 젠지로 매형은 그 뒤에 썰매 내부에 표시된 '마법 문자'를 조작해서 벽을 투명하게 만들고 내부 조명의 강약을 바꾸기도 했습니다. 그건 틀림없이 '마법 문자' 그 자체, 또는 최소한 그와 유사한 뭔가의 조작에 익숙한 손놀림이었습니다."

"비행 이동 수단에 익숙하단 말인가. 설마 너는 젠지로 공의 지식을 통해서 비행 이동 수단을 입수할 수 있으리라고 생각하는 것이냐?"

부왕의 말에 은발 왕자는 놀랐다는 것처럼 고개를 저었다.

"설마 그럴 리가요. 아무래도 그렇게까지 뻔뻔한 생각은 하지 않습니다. 애당초 젠지로 매형의 지식에 그것을 가능하게 할 정도의 뭔가가 있을 거라고 생각하지도 않고요. 솔직히 젠지로 매형의 지식만 가지고 비행 이동 수단을 만들 수 있다면, 카파 왕국이 이미 시작했을 겁니다."

조금만 생각해 보면 알 수 있는 일이다. 웜비 왕자 자신도 웁살라 왕국 왕족의 소양으로서 마차나 배 조종, 간단한 수리 정도의 지식과 기량은 익혔지만, 마차나 배를 처음부터 만들어 내라고 한다면 두 손 들고 항복하는 수밖에 없다.

비행용 탈것은 최소한 그와 같은 정도이거나, 틀림없이 그 이상으로 전문가여야만 감당할 수 있을 거라고 웜비 왕자는 추측했다.

"제가 젠지로 매형에게 기대하는 것은 그런 직접적인 뭔가가 아닙니다. 좀 더 막연한 무언가입니다. 북대륙의 기술도 남대륙의 마법도 아닌, 전혀 다른 문화권에서 쌓아 왔을 지식, 기술, 상식의 집합체. 그 대부분이 당장의 이용은 불가능하겠지만, 개중에는 이쪽의 기술 진보를 위한 열쇠가 될 만한 것이 있지 않을까. 저는 그렇게 생각합니다."

웜비 왕자는 좋건 나쁘건 속물이다. 아무리 위대한 미지의 지식이라도 그것이 직접적인 국력 증강으로 이어지지 않는다면 관심을 보이지 않는다. 반대로 국력 증강에 도움이 되는 유익한 지식에 대해서는 무서울 정도로 탐욕스럽고 유연하다.

그런 부분이 영리하고 비범한 구스타프 왕의 눈에 믿음직하게 보였고, 동시에 위태롭게 보이기도 했다.

국력 증강을 위해서라면 편견이나 과거의 관습을 떨쳐 내는 정신은 앞으로 격동이 예상되는 북대륙에서 나라의 앞날을 맡기기에 아주 믿음직한 요소다.

하지만 직접적인 국력 증강만 너무 중시하다가 국력 증강에 기여하지 않는 요소를 경시하고, 때에 따라서는 완전히 무시한다는 점이 두렵다.

전사들의 상무 정신을 경시한다. 대학의 연구에도 '그 학문에서 어떤 성과를 기대할 수 있는가?'라고 추궁하게 된다.

그것은 나라의 운영자로서 미숙하다고밖에 말할 수 없는 일이다. 얼핏 봐서는 무의미해 보이는 것이라도 토대로 필요하고, 그 부분을 경시한다면 초장기적으로 봤을 때 나라가 막다른 길로 접어들어 헤맬 수도 있다는 감각을 아직 갖추지 못한 탓이겠지.

그렇기에 그런 근시안적인 감각으로 국익을 생각하는 윙비 왕자가 카파 왕국과 젠지로에게 집착하는 것을 그냥 넘어갈 수 없다.

"그러고 보니 젠지로 공은 우트가르즈와 독점적인 무역 조약을 맺었다고 하던데. 우리나라를 비롯한 우트가르즈 이외의 북방 5개국은 그 틀에서 벗어난다고 하니 괜찮다 치더라도, 너 자신은 아무렇지도 않았느냐?"

그렇게까지 카파 왕국, 젠지로에게 양보할 필요가 있었는가? 그렇게 날카로운 질문을 던지는 부왕에게 윙비 왕자는 어깨를 살짝 으쓱거리고는,

"그건, 아무렇지도 않았다기보다는 아무렇지도 않다고 하는 수

밖에 없었다, 라는 것이 솔직한 심정입니다. 옆에서 끼어들 수도 있었겠지만, 만약 그랬다면 젠지로 매형은 제게 아주 강한 반감을 품었을 겁니다. 그런 불이익을 허용하면서까지 끼어들 이야기는 아니었다고 판단했습니다."

"강한 반감이라…. 네가 젠지로 공에 대해 왕후 귀족에서는 찾아볼 수 없을 만큼 온후하고 허용 범위가 넓은 이라고 평가하지 않았더냐? 나도 동감이기는 하다만."

부왕의 말에 윙비 왕자는 그 파란 얼음색 눈을 가늘게 뜨고는 고개를 살짝 끄덕였다.

"예. 그 평가는 지금도 변함이 없습니다. 오히려 이번에 우트가르즈에 동행하면서 확신으로 바뀌었다고 할 수 있을 정도입니다. 그런데도 강한 반감을 살 거라고 생각했습니다. 그야말로, 향후 외교에 지장을 가져올 정도의 반감을 말이죠."

"그만큼, 젠지로 공은 우트가르즈와의 교역 독점에서 큰 이익을 찾아냈다는 것인가?"

구스타프 왕이 말하자, 윙비 왕자가 이번에는 잠시 생각한 뒤에 고개를 저었다.

"……아닙니다. 어디까지나 제 생각입니다만, 큰 이익을 찾아냈다기보다는 큰 불이익을 회피하려 했다는 인상을 받았습니다. 저희 북방 5개국을 예외로 삼은 시점에서 무역 독점을 통한 이익 확대에는 구멍이 생겼으니까요. 그것을 감수하면서까지 그 자리에서 졸속이라고도 할 수 있는 형태로 독점 무역 계약을 맺은 것은 우트가르즈와의 직접 거래를 용납하고 싶지 않은 제3국이 있기 때문이 아닐까요."

"흐음, 제3국이라."

구스타프 왕은 윙비 왕자에게 불안한 기분을 품고 있기도 하지만, 후계자로서 인정하고는 있다. 무엇보다 아주 짧은 시간에 상대의 됨됨이를 간파하는 점에서는 탁월한 능력을 보여 왔다.

그런 윙비 왕자가 이렇게까지 말한다면, 증거라 할 뭔가가 없다 하더라도 어느 정도 무겁게 받아들일 수밖에 없었다.

"멋대로 단정하는 건 위험하지만, 그쪽 방향으로 알아보는 쪽이 좋을지도 모르겠군."

"예, 저도 그럴 생각입니다."

부왕의 말을 들은 윙비 왕자는 의기양양하게 웃으며 고개를 끄덕였다.

물론 윙비 왕자의 기본 방침은 카파 왕국, 젠지로와의 우호다. 그래서 윙비 왕자의 상상이 맞아서 젠지로가 우트가르즈와의 교역을 허락하고 싶지 않은 제3국이 있다고 해도, 굳이 그 부분을 건드릴 생각은 없다.

건드릴 생각은 없지만, '알면서도 건드리지 않는' 상태가 된다면 어느 정도 생색은 낼 수 있을 것이다. 젠지로라는 남자의 성격을 생각해 보면 그런 성의를 눈에 보이는 형태로 보여준다면 그것만으로도 일정한 이익을 바랄 수 있을 것이다.

그 정도 타산은 당연히 윙비 왕자의 머릿속에도 있었다.

[제2장] **책략과 암약**

 웁살라 왕국의 광휘궁에서 윙비 왕자와 구스타프 왕이 밀담을 나누던 그때, '순간이동'으로 카파 왕국으로 귀국한 젠지로도 아우라 여왕과 회담하고 있었다.

 장소는 후궁 본관 거실. 둘은 마주 보고 앉았다. 젠지로와 아우라가 복잡한 내용을 진지하게 의논할 때의 위치다.

 젠지로가 직접 우트가르즈에서 있었던 일을 대략적으로 설명한 뒤에, 아우라 여왕은 진지한 표정을 유지한 채 딱딱한 투로 말했다.

 "……그래. 하늘을 나는 썰매. 거인용 신전. 그런 것들을 가능케 하는 '마법 문자'라. 솔직히 말해서 이쪽과 문명이 너무 달라서 상상하기도 힘들어."

 아우라 여왕은 거기까지 말하고 잠시 생각에 잠겼는지 침묵을 가졌다.

 "문제는, 그 우트가르즈와의 독점 무역 계약을 젠지로, 당신이 독단적으로 체결했다는 점이야. 여기에 대해서는 제대로 설명해 줘야겠어."

아내가 아닌 순수한 여왕의 눈으로 젠지로를 보는 아우라 여왕. 젠지로가 당황하면서도 어떻게든 그 시선을 정면으로 받아낼 수 있었던 것은 처음부터 이렇게 되리라고 각오했기 때문이다.

자세를 바로잡고 허리를 곧게 편 젠지로는 말투 외에는 다른 나라의 왕과 교섭할 때와 같은 마음가짐으로 자국의 왕에게 말했다.

"응. 내가 그 자리에서 독점 무역 계약을 맺은 이유는 단 하나. 샤로와 지르벨 쌍왕국과 우트가르즈가 직접 교류하는 일을 바라지 않았기 때문이야."

말투 하나만은 평소처럼 편하게 한 것은 그것까지 왕궁식으로 했다가는 오히려 솔직하게 말하는 데 지장이 생길 거라는 판단 때문이었다.

"쌍왕국……. 자세히 말해 봐."

굳은 표정을 유지한 채 계속 말하라고 재촉하는 아우라 여왕에게 젠지로는 고개를 살짝 끄덕이고서 설명했다.

"우선 첫 번째로 우트가르즈에는 유리가 존재했어. 이건 내 눈으로 봤으니까 틀림없는 사실이지. 안내받은 신전에서 사용하고 있었어. 그리고 아까도 설명한 것처럼 우트가르즈는 '마퇴암'이라는 물질에 '마법 문자'를 새겨서 문명을 유지하고 있어. 아마도 그 영향 때문이겠지만, 날 안내했던 신전의 조각들은 남대륙, 북대륙의 그 어떤 나라에서 봤던 것보다 치밀하고 섬세했지. 창문 유리도 공화국에서 봤던 것보다 일그러지거나 탁한 부분이 적었던 것 같아.

그리고 여기서부터는 내 추측인데, 아마도 우트가르즈는 실용 가능한 유리구슬을 만들 수 있을 거야. 어디까지나 장인의 수작업으로 만들어야 할 테니까 최종적인 양산성은 우리가 더 유리하겠지만, 장인의 숫자에 따라서는 출발부터 뒤처지게 될지도 몰라."

"……."

젠지로의 변명, 또는 설명을 들은 여왕은 한층 굳은 표정을 지었다. 하지만 그 표정을 짓게 만든 감정의 대상은 젠지로에게서 국제 정세 쪽으로 옮겨가 있었다.

아우라가 보기에도 젠지로의 판단이 옳았기 때문이다. 물론 그것은 젠지로의 추측이 전부 맞았다는 것을 전제로 한 이야기지만.

현재 카파 왕국과 샤로와 지르벨 쌍왕국은 언젠가 찾아오게 될 북대륙 열강에 대항하기 위해 동맹을 맺고 있다. 그런 의미에서 보면 쌍왕국의 국력과 군사력을 증대시킬 유리구슬의 수입처를 제한하는 것은 배신 행위라고도 할 수 있다.

하지만 그렇다고 해서 쌍왕국과 우트가르즈의 거래를 묵인할 수도 없다. 현재 전투용 마법 도구 양산화는 쌍왕국이 '부여 마법'을 사용하고 마법 도구의 매체가 되는 유리구슬은 카파 왕국이 제공해서 성립하도록 만들 예정이다.

사람은 쌍왕국, 물자는 카파 왕국이라는 대등한 관계다. 여기서 물자를 카파 왕국이 아닌 곳에서 구입할 수 있게 된다면 양국의 역학 관계를 대등하게 유지하기 힘들어진다.

카파 왕국이 쌍왕국에 휘둘리게 되는 동맹 관계는 사양하고 싶다. 물론 그렇다고 해서 카파 왕국과 쌍왕국이 나란히 북대륙 열강에 석권당하도록 만드는 건 바보짓의 극치.

그럴 바에는 카파 왕국을 휘두르려 드는 쌍왕국 아래로 들어가는 한이 있더라도 북대륙 열강을 쫓아내는 쪽이 차라리 나은 미래다.

최선을 고집하다가 최악을 맞이하느니 타협도 필요하다. 그 결단을 내리기 위해서라도 정확한 정보는 필수 불가결하다.

카파 왕국에서 북대륙을 가장 많이 보고 온 사람이 젠지로고, 북대륙의 위협을 가장 크게 주장한 사람도 젠지로다. 그런 젠지로가 굳이 우트가르즈와 쌍왕국의 직접 거래를 방해하겠다고 했으니, 큰 문제는 없지 않을까?

한순간 여왕의 머릿속에서 그런 낙관론도 고개를 들려고 했지만, 바로 부정했다.

아우라 여왕은 남편 젠지로의 인격을 전폭적으로 신뢰하지만, 그 능력과 안목은 인격만큼 신뢰하지는 않는다. 그렇다고 젠지로가 독단적으로 독점 무역 계약을 체결해 버렸다는 사실은 간단히 바꿀 수 없다. 세세한 내용의 조정과 정식 조인은 보류했지만, 큰 줄기를 확실하게 만들어 버린 이상, 이 계약을 체결한 사람이 젠지로라고 말하더라도 반론할 수는 없을 것이다.

아우라 여왕은 자기 생각을 정리하며, 동시에 지식을 공유하기 위해 일부러 소리 내서 말하며 생각했다.

"유리 자체는 북대륙에서도 봤다, 고 했었지. 그런데 북대륙 국가들에 유리가 있다고 해도 어떤 의미에서는 문제가 없다?"

"응. 쌍왕국이 북대륙 나라들에서 유리를 수입할 수 있을 정도라면 만사가 해결되니까."

아무리 쌍왕국이 만만치 않다고 해도 북대륙 열강을 상대로 전략 물자를 당사자인 북대륙 국가들에서 계속 수입할 만큼 괴물은 아닐 것이다. 젠지로가 말한 대로 그런 일이 가능할 정도의 외교력이 있다면 애당초 침략당할 걱정도 필요가 없다.

하지만, 다소의 우려는 남는다.

"그러고 보니 얀 사제에게서 유리 장인의 소개장을 받아왔거든. 전에 유리 장인을 데려올 수는 없을지 얘기했었잖아? 쌍왕국이 같은 일을 하는 것만은 좀 무서워서 말이야."

무역이 아니라 장인을 직접 빼 온다. 만약 쌍왕국이 그런 짓을 저지른다면 쌍왕국 국내에서 마법 도구 양산 계획을 진행할 수 있게 돼 버리고, 그렇게 되면 틀림없는 위협이다.

젠지로가 이런 걱정을 하는 이유는 현재 카파 왕국의 유리 장인 유치가 생각 외로 잘 될 것 같은 분위기로 흘러가고 있기 때문이다.

얀 사제가 소개장을 써 준 보헤비아 왕국으로는 '순간이동'으로 날아갈 수 없기에 현지 상인을 통해서 들은 이야기지만, 남대륙 이주에 긍정적인 장인이 있다고 했다.

하지만 아우라 여왕은 잠시 생각한 끝에 젠지로의 우려를 부정했다.

"……분명히 그건 위험하지만, 아무리 그래도 거기까지 생각할 필요는 없겠지.

제일 먼저, 쌍왕국에는 당신과 달리 '소개장'이 없어.

둘째로 이건 우리 카파 왕국도 마찬가지지만, 쌍왕국에는 장인이 굳이 이주할 만큼의 이점이 없고. 태어난 고향을 떠나서 다른 나라에 뼈를 묻는다는 것은 엄청나게 큰 결단이야. ……내가 당신에게 할 말은 아닌 것도 같지만.

셋째로 쌍왕국에는 우리와 달리 '순간이동' 사용자가 없지. 게다가 대륙 간 항해 기술도 없고, 항구조차도 없어. 이 상태에서 쌍왕국이 북대륙에서 장인을 데려오는 것은 아닌지 걱정하는 것은, 그쪽에 신경 쓰다가 발생할 폐해 쪽이 더 클 거야."

나라의 자원에는 한계가 있다. 하지만 걱정되는 사항은 수도 없이 많다. 그래서 우선순위를 정하고, 일어날 가능성이 낮은 일이나 일어나도 비교적 피해가 적을 것으로 예상되는 일들에는 사실상 대책을 마련하지 못하게 된다.

아우라 여왕의 판단으로는 지금 젠지로가 말한 '쌍왕국이 북대륙의 유리 장인을 데려올 가능성'이 바로 그런 것이었다.

참고로 카파 왕국의 유리 장인 초빙이 예상 밖으로 잘 될 것 같은 이유는 일자리가 없는 유리 장인들이 있기 때문인 듯하다. 현재 북대륙은 여러 방면에서 기술 진보가 빠르다.

새로운 기술이 태어났다 해도 모든 장인이 그에 대응할 수 있는 것은 아니다. 새로운 기술이 태어나고, 낡은 기술은 진부해지고, 결국 낡은 기술의 수요가 사라진다. 그 순환이 빨라질 때, 탈락하는 장인들이 생겨난다. 수요가 없어진, 또는 그것만 가지고는 먹고 살 수 없을 정도로 수요가 적어진 오래된 기술밖에 없는 장인이다.

본인에게는 더할 나위 없이 불행한 일이지만, 마침 이 타이밍에 기술 혁신에 뒤처진 유리 장인이 있다니, 카파 왕국으로서는 그저 요행일 따름이다.

어쨌거나 아우라 여왕의 설명을 일단 이해한 젠지로는,

"그렇다면 일단 문제가 없다고 생각해도 될까? 그렇게 되면 역시 우트가르즈가 문제라고 봐야겠지. 어라? 쌍왕국이 직접 거래하기는 힘들다, 라는 점에서는 우트가르즈도 마찬가지, 인가?"

그렇게 말하고 자신 없다는 듯이 고개를 갸웃거렸다.

말하는 도중에 자신이 행한 일에 대한 정당성을 의심하기 시작하는 남편을 보며, 여왕은 슬쩍 난처하다는 표정을 지으며 긍정했다.

"아니, 지금까지 들은 정보의 범위에서 본다면 판단 그 자체는 옳았다고 생각해. 쌍왕국 입장에서 봤을 때 우트가르즈는 여타 북대륙 제국과 달리 정치적인 문제가 아니라 그저 이동 수단이 없다는 점이 문제니까. 유리구슬 입수 루트를 우리가 독점하는 건 옳은 일이야. 내가 걱정하는 것은 당신이 그 자리에서 바로 결정하고, 임시라고는 해도 국가 간의 계약을 체결해 버렸다는 사실 그 자체지."

"월권행위였나?"

쭈뼛쭈뼛 그렇게 말한 젠지로는 머릿속에서 자신에게 주어진 권한들을 되새기며 고개를 갸웃거렸다. 실제로 국서이자 사실상 유일하게 '순간이동'을 이용해 돌아다닐 수 있는 왕족인 젠지로가 지닌 권한은 상당히 크다.

젠지로가 항상 말하는 '제가 바로 결정할 수 있는 일이 아니니 돌아가서 본국의 아우라 폐하께 이야기를 전하겠다'는 말은 실제로는 허언에 가깝다. 젠지로에게 없는 것은 능력과 담력이지, 권한 그 자체는 가지고 있다.

그래서 아우라 여왕은 떨떠름한 표정인 채로 고개를 저었다.

"아니, 권한면에서는 아무런 문제가 없어. 문제가 없다는 점이 가장 큰 걱정거리일 뿐이지."

"그게 무슨 말이야?"

고개를 갸웃거리는 남편에게 아내의 얼굴로 돌아온 여왕이 자세히 설명했다.

"이번 교섭을 직접적으로 알고 있는 사람은 우트가르즈의 로크 대표와 웁살라 왕국의 왕비 왕자인데, 사람 입은 막을 수가 없어. 무엇보다 교섭 결과는 언젠가 공표되어야 하는데, 눈치 빠른 사람이 이번 일의 경과를 조사해 보면 당신이 단독으로 계약을 체결했음을 간단히 알아차리겠지. 그게 무엇보다 무서운 일이야. 당신이 그 자리에서 바로 결정하고 계약을 맺었다는 사실이 다른 나라에 알려지면 외교 자리에서 당신에게 가해지는 압력이 지금보다 훨씬 커질 테니까."

국서 젠지로가 독단적으로 외교 교섭을 처리했다. 그것을 알게 되면 다른 나라들도 같은 것을 노리려 들 것이다. 아우라 여왕은 그렇게 말한 것이다. 분명히 교섭 상대로서 버거운 데다 먼 곳에 있는 아우라 여왕과 다루기 쉬운 데다 '순간이동'으로 직접 자국까지 와주는 젠지로 중에서라면 젠지로 쪽을 어떻게든 해 보려는 이들이

속출하는 것이 필연적인 흐름이라고 할 수 있을 것이다.

"아, 그건 그러네."

아우라 여왕이 무엇을 우려하는지 이해한 젠지로는 자기가 생각이 너무 모자랐다고 자각했다. 동시에 여왕의 사려 깊음과 아내의 깊은 애정도 뼈저리게 깨닫고, 자리에 어울리지 않게 팔불출 같은 미소를 지을 뻔했다.

간신히 진지한 표정을 유지한 채, 젠지로는

"알았어. 당장 구체적인 대책은 생각나지 않지만, 일단 명심해 둘게."

"그게 좋을 거야. 외교라는 것은 말로 하는 싸움이야. 자각하고 사전에 단단히 마음을 먹어 두는 것만으로도 싸움이 크게 달라지니까."

일단 젠지로가 성급하게 독점 무역 계약을 체결한 건에 대해서는 이것으로 끝났다.

화제를 바꿔서, 젠지로는 체결한 계약의 내용 자체에 대한 논의를 시작했다.

"그래서, 상대방이 바라는 이세계 '우트가르드'로 전이할 수 있는 가능성에 대한 건데…."

"음. 솔직히, 난 짐작도 못 하겠어."

바로 백기를 들어 버리는 여왕의 말을 듣자 젠지로는 소파에 앉은 채로 살짝 비틀거렸다.

"뭐? 아우라도? 그렇게 되면 얘기가 바로 끝나 버리는데. 장래에 태어날 자손에게 기대한다, 그렇게 말이야. 아우라는 '이세계 소환'과 '이세계 전이'를 쓸 수 있잖아?"

자신을 불러들이고 일단 원래 세계로 돌려보낸 실적을 이야기하는 남편에게 아내는 아무렇지도 않게 대답했다.

"완성된 마법을 습득해서 행사하는 것과 마법어를 해명해서 새로운 마법을 개발하는 건 전혀 다른 능력이니까. 습득해서 행사하는 능력은 그럭저럭 있지만, 개발 쪽은 문외한이야. '이세계 전이'를 개량해서 '이세계 소환'을 개발하는 일은 거의 카를로스 숙부님이 하셨으니까. 나는 마지막 미세 조정만 했을 뿐이야."

그 미세 조정이라는 것은 바치는 마력량을 바꾸거나 남대륙 서방어로는 같은 의미가 되지 않는 복수의 마법어를 순서대로 시험해보는 정도. 그렇게 대단한 지식이 없어도 할 수 있는 트라이 & 에러 부분만 실행했을 뿐이다.

"그렇다면 카를로스 선생님이 기록한 '이세계 소환' 마법에 관한 자료는 남아 있다는 뜻이지? 그걸 내가 정리해도 괜찮을까? 괜찮다면 일단 전부 컴퓨터에 입력해 두고 싶은데."

젠지로가 남대륙 서방어에서 사용하는 문자를 전부 컴퓨터 워드 프로세서에 문자 코드로 등록해 뒀기 때문에 이쪽 세계의 문장을 컴퓨터로 입력하는 것이 가능했다.

다행히도 꾸준한 노력 덕분에 젠지로의 남대륙 서방어 읽고 쓰기 능력은 일본에서 고등학교까지 영어 교육을 받은 사람의 영어 능력 정도까지는 성장했다.

아무래도 고도로 전문적인 마법 연구 문서 수준이 되면 모르는 단어가 더 많겠지만, 단어의 의미를 모른 채 그냥 컴퓨터로 입력만

하는 정도라면 문제는 없다.

젠지로의 말을 듣고, 여왕은 턱에 손을 얹고서 잠시 생각했다.

"하긴, 난잡한 정보를 정리하는 데는 도움이 되겠네. 문제는 둘이야. 남대륙 서방어 문자로는 마법어의 발음을 정확하게 표기하는 게 불가능하다는 점. 정리한 데이터를 다루려면 그 컴퓨터라는 도구의 사용에 숙달될 필요가 있다는 점이려나."

일단 두 가지 문제점을 얘기했지만, 둘 다 그렇게까지 큰 문제는 아니다.

첫 번째는 이번 건만이 아니라 마법 연구 기록 전반에 공통되는 문제고, 두 번째는 어차피 '시공마법'을 연구할 수 있는 사람은 카파 왕국 왕족으로 한정된다. 동시에 컴퓨터 사용 방법을 천천히 가르치면 해결할 수 있다.

"파일로 만들어서 정리하면 종이에 적은 것보다 조사하기 쉽지만, 문제는 보존이겠지. 이제서야 생각이 났는데, 저장용으로 대용량 하드디스크를 가지고 올 걸 그랬어. 뭐, 몇 년이나 지난 뒤에야 필요하겠지만."

젠지로의 입에서 자기도 모르게 무의미한 탄식이 흘러나왔다.

카파 왕가의 비장 마법에 '시간 역행'이 있는 덕분에 발전기나 컴퓨터 등 왕가의 무기가 될 수 있는 전자 제품은 반영구적으로 계승하는 것도 가능하지만, 그 경우에 문제가 되는 것은 컴퓨터의 내용물이다.

'사간 역행' 마법은 어디까지나 '시간 역행'일 뿐이고 물체 복원이 아니다. 파손된 컴퓨터를 있는 그대로 1년 치 '시간 역행'하면,

컴퓨터가 고쳐지는 대신 내부의 데이터도 1년 전 상태로 돌아가 버린다.

그것을 피하려면 지우고 싶지 않은 데이터를 사전에 컴퓨터 밖으로 백업해 두는 수밖에 없다. 일단은 젠지로가 SD 카드와 USB 메모리 등을 여러 개 가지고 있기는 하지만, 다 합쳐도 그렇게 대단한 용량은 아니다.

워드 프로세서나 수식 계산 소프트웨어의 데이터 하나하나의 용량은 미미하지만 티끌 모아 태산이라고도 하니까. 예정대로 이세계 이동용 마법 연구를 백 년 단위로 계속 이어 가며 그 데이터를 전부 컴퓨터로 입력한다면 언젠가는 용량이 부족할 것이다.

컴퓨터의 용량 한계는 크게 신경 쓸 필요가 없겠지만, 백업용 SD카드나 USB 메모리의 한계는 신경 써 두는 쪽이 좋겠지.

"장래가 걱정된다면 새로 사는 것은 어때? 별들이 모이는 30년 뒤라면 '이세계 송환'으로 당신을 원래 세계에 다녀오게 할 수도 있어. 그쪽 돈을 다 쓴 건 아니겠지?"

여왕의 말을 듣고 순간적으로 희색을 띄운 젠지로였지만, 잠시 생각하고는 고개를 저었다.

"가능한 방법이기는 하지만, 솔직히 크게 기대하지 않는 쪽이 좋을 것 같아. 그쪽 세계의 기술은 하루가 다르게 진보하고, 특히 이런 전자기기에서는 발전이 현저해. 30년 뒤에 이 컴퓨터에서 사용할 수 있는 보조 기억 장치가 남아 있을 거라는 보장이 없어."

10년이면 강산이 변한다고 하는 세상에서 30년이면 엄청나게 긴 세월이다.

게다가 하루하루가 아니라 분이나 초 단위로 발전한다는 말까지 있는 전자기기 세계다. 30년 뒤에 일반적으로 판매되는 기기가 젠지로의 컴퓨터와 다른 규격을 사용하는 것도 이상한 일은 아니다.

실제로 젠지로는 데이터 백업 수단인 클라우드 스토리지라는 존재를 모르고 있다. 10년도 지나지 않았는데 이 정도로 발전하는 세상이다.

물론 아우라 여왕이 그런 속도의 세계관을 이해할 수 있을 리가 없다. 그래도 해결책을 고민했다.

"그렇다면 컴퓨터라는 것도 사 오는 건 어떨까?"

"남은 돈으로 그걸 살 수 있을지를 모르겠어. 내 가치관을 기준으로 한다면 여유 있게 살 수 있겠지만, 물가가 달라질 테니까. 그리고 30년이 지나면 지폐가 달라질 가능성도 있는데, 그런 상황에서 옛날 지폐로 컴퓨터를 사려고 하면 수상해 보일 것 같아. 30년 동안 한 번도 사용하지 않는 은행 계좌가 어떻게 돼 있을지도 모르겠고, 가게에서 현금으로 컴퓨터를 사는 자체가 어려워질 가능성도 있겠지?"

30년 뒤에 일본으로 돌아가면 젠지로의 입장은 어떻게 되어 있을까? 이미 사망 신고가 되어 있거나 여전히 행방불명으로 처리되어 있을지도 모른다. 어쨌거나 만에 하나라도 수상하다고 여겨져서 경찰 신세를 지거나 신원 조회라도 받는다면 아마도 엄청나게 귀찮은 일이 벌어지게 될 것이다.

"음. 자세한 건 모르겠지만 크게 우려되는 일들이 너무 많아서 기대하지 않는 편이 좋겠다는 건 알겠어."

"응. 그래도 아우라가 말한 대로, 어차피 워드 프로세서 데이터만이라면 당분간은 가지고 있는 SD 카드와 USB 메모리로 백업해두면 문제없을 테니까."

"알았어. 그럼 우트가르즈와 체결한 '우트가르드'로 가는 전이수단 모색은 이번 세대에서는 정식으로 젠지로 당신에게 맡길게."

국왕 폐하의 정식 명령에 젠지로는 자세를 바로잡고 정중하게 대답했다.

"알겠습니다."

"이번 세대에서는 맡긴다는 게 무슨 의미인지는 알지? 일단 난 도울 수 없다는 얘기야. 시간이 없으니까. 그리고 다음 세대로 인수인계하는 일도 당신이 대응해야 하고."

"알았어."

카파 왕국에 이번 세대는 젠지로와 아우라 여왕 두 사람밖에 없다. 그래서 이번 세대에서는 필연적으로 젠지로가 책임자, 바꿔서 말하자면 유일한 종사자가 되는 수밖에 없다.

문제는 다음 세대에 대한 인수인계 작업도 젠지로가 담당해야 한다는 점이다. 다음 세대 담당자(젠지로와 아우라의 자식 중에 누군가)가 성인이 되어 인수인계가 가능한 나이가 될 때까지 젠지로는 어느 정도 인수인계가 가능할 정도로 체제를 갖춰 둬야만 한다.

다음 세대로 이어질 때마다 다시 처음부터 시작하게 된다면 중간에 마법 연구의 천재라도 등장하지 않는 한은 언제까지고 목표를 달성할 수 없다.

그 시작을 맡아야 하는 젠지로의 책임이 그럭저럭 중대하다고 할 수 있을 것이다.

"오랜만에 좀 본격적으로 공부해야겠네. 솔직히 독학으로는 조만간 넘을 수 없는 벽에 부딪힐 것 같은데, 누구한테 조언을 구하면 될까? 아우라? 옥타비아 부인? 에스피리디온?"

약간 편한 투로 묻는 젠지로의 말에 아우라 여왕도 약간 편한 자세를 취하며 대답했다.

"당연히 나는 아무 문제없어. 장소는 여기 후궁으로 한정되고, 지식도 자유로운 시간도 그리 많지는 않지만."

그래도 현시점의 젠지로보다는 훨씬 많은 지식을 지녔다. 마법 전반이 아니라 특히 '시공마법'에 한정한다면 살아 있는 사람 중에서는 제일인자라고도 할 수 있다. 제2위와 최하위가 같은 사람인 랭킹에 무슨 의미가 있는지는 모르겠지만.

"옥타비아 부인은 안 돼. '혈통 마법'에 관해서도 우트가르즈와의 거래에 대해서도, 밖으로 누설해선 안 될 정보가 너무 많아."

옥타비아 부인은 인격적으로는 카파 왕국에서도 손꼽히는 신뢰할 수 있는 인물이지만, 왕가에 충성을 맹세한 사람은 아니다. 독립성이 강한 대귀족인 마르케스 백작의 아내다. 그 입장 상, 말할 수 없는 일이 많다.

"마지막으로 할아범ー 에스피리디온 말인데, 이쪽은 한정적으로 허가할게. 장소는 후궁의 어느 방으로 한정. 만날 때는 다른 사람들은 전부 물리고ー예외로 시녀 이네스만 대동을 허가할게ー단 둘이서만 만날 것. 모든 대화는 구두로만 해야 해. 후궁 밖에서 메모를 적었다가 만에 하나 분실하기라도 하면 큰일이니까."

"녹음은?"

젠지로가 일본에서 가져온 녹음 매체의 존재와 그 능력에 대해서는 아우라 여왕도 이미 알고 있다. 여왕은 잠시 생각한 뒤에 살짝 고개를 끄덕였다.

"그쪽도 한정적으로 허가할게. 사용할 때는 반드시 그날 아침에 나한테 보고하고, 밤에 무사히 가지고 돌아왔다고 보고해 줘."

젠지로가 어디선가 녹음 매체를 분실했다가 그것을 못된 자가 손에 넣고, 시행착오 끝에 매체를 제대로 사용하는 방법을 이해하고 재생한다. 그럴 가능성은 상당히 낮다.

게다가 재생되는 내용은 언령이 작용하지 않는 단순한 소리. 그 못된 자가 마법어에 어지간히 숙련된 자가 아닌 이상은 그 마법어를 이해하지도 못할 것이다. 그렇게 작은 위험까지 전부 피하려고 하면 아무래도 효율이 너무 떨어진다.

"알았어. 한정적이라고는 해도 에스피리디온의 도움을 받을 수 있다면 의외로 진척이 있을지도 모르겠네."

"그랬으면 좋겠네."

젠지로의 희망적 관측에 여왕도 동의했다.

시간적인 여유는 백 년 단위로 있지만, 목표 자체가 뜬구름 잡는 듯한 이야기다 보니 젠지로 세대에서도 진척이 있다면 나쁠 것은 없을 것이다.

———◆———

그리고 한 달이 지나. 카파 왕궁의 한 방에서는 웁살라 왕국의 쌍둥이 왕자와 왕녀가 오랜만에 대면하고 있었다.

"잘 와 주셨습니다 왕비 전하. 카파 왕국을 대표해서 환영합니다."

"정중히 맞이해 주셔서 감사합니다, 프레야 님."

바깥의 빛이 전혀 들어오지 않는 석실에서 은발 쌍둥이는 그렇게 인사를 나눴다.

그 말과 동작은 어디까지나 타국 사람들을 대하는 방식이었지만, 두 사람의 완전히 똑같은 파란 얼음색 눈동자에 깃든 감정이 사실은 그렇지 않음을 보여 주고 있었다.

일부러 거창한 언동으로 장난치는 아이들. 그런 이미지가 느껴졌다.

실제로 석실을 지키고 있는 카파 왕국 병사도, 미리 카파 왕국에 따라와 있던 왕비 왕자 전속 웁살라 왕국 기사도 두 사람을 보며 미소짓고 있다.

단 한 사람. 프레야 공주 뒤에 서 있는 키가 큰 여전사 —스카디만이 타고난 고지식한 성격 탓인지 '퍽 난처하군'이라고 말하는 것처럼 살짝 한숨을 쉬고 있었지만.

"그럼, 안내하도록 하겠습니다."

"예, 잘 부탁드리겠습니다."

은발 쌍둥이는 각자의 뒤에 심복 기사들을 거느리고 석실을 뒤로했다.

왕궁 별관, 손님용으로 마련한 방. 잠시 자신의 방이 될 그 방에서 윙비 왕자는 바로 소파에 앉아 쉬고 있었다.

쉬는 척하는 게 아니라 정말로 쉬고 있다.

처음 오는 방은 물론이고 처음 온 나라, 처음 온 남대륙인데. 그 배짱은 프레야 공주와 너무나 닮았다.

지금 방 안에 있는 사람은 윙비 왕자와 프레야 공주, 각자의 심복인 젊은 기사와 여전사 스카디뿐. 어떤 의미에서 '식구들'만의 공간이 되자 두 사람의 태도와 말투는 친근한 사람을 대하는 것으로 돌아갔다.

"후우, 여기는 정말 덥네. 처음에는 밀폐된 석실에 화톳불까지 피워 놓은 탓인 줄 알았는데, 밖에 나와도 똑같은 걸 보고 정말 놀랐어."

윙비 왕자는 그렇게 말하고는 소파에 편하게 앉은 채 손을 파닥거려서 자기 얼굴에 부채질을 했다.

"그래도 많이 좋아진 편이야, 지금 기온은. 혹서기─북대륙에서 말하는 여름에는 농담이 아니라 정말로 죽는 사람이 나올 지경이니까."

윙비 왕자에 비하면 훨씬 오랫동안 남대륙의 세례를 받은 프레야 공주는 슬쩍 가슴을 펴고 대답했다.

평소에 남대륙의 기후에 적응하지 못하고 주위 사람들을 걱정하게 만들던 프레야 공주로서는 자신보다 힘들어하는 상대가 나타난 것이 은근히 즐거웠다.

프레야 공주의 말을 듣고, 윙비 왕자는 거창한 동작으로 천장을

올려다보며,

"우와, 그거 진짜 힘들겠네. 우리나라하고는 너무 달라. 어쩐지 젠지로 매형이 몇 번이고, 몇 번이고 다짐을 받더라니."

'순간이동' 사용자인 젠지로는 누구보다 많이 카파 왕국과 웁살라 왕국을 오가고 있다.

그리고 젠지로는 웁살라 왕국 측—좀 더 정확히 말하자면 구스타프 왕과 윙비 왕자에게 몇 번이고 다짐을 받아 냈다.

"카파 왕국에 주재하는 웁살라 왕국 외교관은 이쪽에서 가능한 더위 대책을 마련하고 있다. 그 대가로 웁살라 왕국에 주재하는 카파 왕국 외교관들에게 동등한 방한 대책을 요구한다."

그렇게 말하고, 웁살라 왕국 외교관을 위해 구입한 안개를 발생시키는 마법 도구 구입 금액이 적힌 용피지를 제출했다. 카파 왕국에 주재하는 웁살라 외교관이 '카파 왕국에 대한 감사'를 적은 감사장과 함께.

결과, 웁살라 왕국의 카파 왕국 대사관은 모든 방에 난로를 설치하고, 언제든 장작과 석탄을 마음껏 써도 된다는 대우가 보장됐다.

동생 입에서 남편의 이름이 나오자, 프레야 공주는 그제야 그 존재가 생각났다는 것처럼 물었다.

"젠지로 님은 잘 지내시고?"

오늘 윙비 왕자가 웁살라 왕국에서 카파 왕국으로 '순간이동'했다는 사실만 봐도 알 수 있겠지만, 현재 젠지로는 웁살라 왕국에 머무르고 있다.

"잘 계셔. 아주 열심히 활약하고 있지. 한동안은 이쪽에 돌아오지 않을 거야."

"⋯⋯⋯⋯무슨 일이 있었어?"

윙비 왕자의 대답에 프레야 공주가 바로 진지한 표정을 지었다.

원래 예정대로라면 젠지로는 내일 '순간이동'으로 귀국할 예정이었다. 이번 '순간이동'은 오로지 윙비 왕자를 맞이하기 위한 것이었으니까 당연한 일이다.

그런데 당장 오늘이 되어서야 갑자기 한동안은 돌아오지 않는다는 보고가 들어왔다.

잘 지낸다고 했고, 실제로 이렇게 윙비 왕자를 '순간이동'으로 카파 왕국으로 보냈다. 윙비 왕자의 표정을 봐도 젠지로가 다치거나 한 것 같지는 않지만, 무슨 일이 일어난 것만은 분명해 보인다.

프레야 공주의 질문에 윙비 왕자는 웃는 얼굴 자체는 유지한 채 눈빛만 진지하게 바꾸고는,

"오늘 아침에 대륙에 심어 둔 간첩에게서 연락이 들어왔어. '교회'가 얀 사제를 구속한 것 같아. 가능한 빨리 대응하고 싶다고 했더니, 젠지로 매형이 사람을 왕궁에서 로그포트까지 '순간이동'시켜 주시기로 했거든."

왕궁이 있는 읍살라 왕국 수도는 메타 호수라는 거대한 호수 북

쪽에 있다. 로그포트는 그 메타 호수 동쪽에 있는 군항이고.

메타 호수 동쪽은 원래 여러 하천이 바다를 향해 흘렀었는데, 역대 움살라 왕들이 여러 대에 걸친 대규모 하천 공사를 시행한 결과 '황금나뭇잎호'급 대형 선박도 아슬아슬하게 통행이 가능한 넓고 깊은 운하가 만들어졌다.

왕도와는 메타 호수의 수운으로 이어지고, 다른 나라와는 운하를 경유하는 해운으로 이어진다.

그래서 원래는 외국에서 왕도로 들어온 사람이 다시 외국으로 돌아가려면 메타 호수의 수로를 이용해서 로그포트로 돌아가고, 거기서 외양선으로 갈아타는 루트가 가장 짧고 빠르다.

갈아탈 필요가 있다고는 해도 이동 대부분에 수로를 이용하기 때문에 이쪽 세계 기준으로는 상당히 신속한 이동이 가능하다고 할 수 있다. 하지만 굳이 말할 필요도 없이, '순간이동'에 비할 바는 아니다.

사태의 심각성을 이해한 프레야 공주가 진지한 얼굴로 확인했다.

"로그포트까지? 직접 외국으로 '보낼' 수는 없었고? 젠지로 님은 공화국에도 주재하셨었는데."

프레야 공주가 카파 왕국의 일원이 되기는 했지만, 그래도 카파 왕가의 '혈통 마법'인 '시공마법'에 대해 자세히 알려주지는 않았다. 그래도 '순간이동'이라는 마법이 한 번 가 본 적이 있는 곳으로 이동할 수 있다는 정도의 지식은 있다.

"젠지로 매형 말로는 무리, 라는 것 같았어."

마법 발동에 필요한 것은 정확한 발음, 정확한 마력량, 그리고 정확한 인식이다. 젠지로의 부족한 마법 실력으로는 잡생각이 조금이라도 섞이게 되면 실패하는 수준이다.

　그래서 정식 허가를 받은 곳 외에는 '위법 행위를 저지르고 있다'는 인식이 머릿속에 자리 잡기 때문에 금지된 장소에서의 '순간이동'과 금시된 장소로의 '순간이동' 성공률은 거의 0에 가까웠다.

　"그렇구나. 그래도 왕도에서 로그포트까지 '순간이동'해 주시는 것만 해도 시간을 크게 단축할 수 있겠네."

　"아버님은 가능하다면 젠지로 매형이 로그포트까지 가 주시고, 로그포트 사령관을 일단 왕도로 보내서 사령관과 직접 이야기를 나누고 싶다고 하셨어."

　"아무리 그래도 그건 젠지로 님을 너무 함부로 부리는 게 아닐까? 뭐, 그러고 싶은 마음은 정말 이해가 되지만."

　프레야 공주는 한숨을 쉬면서 일부는 이해한다는 뜻을 보였다. '순간이동' 사용자가 얼마나 편리한 존재인지는 프레야 공주도 뼈저리게 이해하고 있기에. 특히 이번 같은 긴급 상황에 멀리 떨어진 곳과 정보를 주고받을 때는 경이적인 효력을 발휘한다.

　서면이나 전령을 사용하는 것과 달리, 당사자나 책임자가 직접 정보를 교환하는 것은 속도는 물론이고 정보의 농도에 있어서도 차원이 다르니까.

　"그러고 보니, 왕비는 그런 긴급 사태가 벌어졌는데 이쪽으로 와도 되는 거야? 이젠 에리크 오라버니도 안 계신데."

정식 왕태자가 된 윙비 왕자가 사전에 예정이 있었다고는 해도 이렇게 남대륙으로 온 것에 대해 프레야 공주가 이제 와서 의문을 보였다.

하지만 윙비 왕자는 어깨를 살짝 으쓱거리고는,

"단순한 우선순위 문제야. 얀 사제의 구속은 큰 움직임의 전조일 테니까 주시가 필요하지만, 우리가 행동을 벌일 여지가 생길 때까지는 시간이 있거든. 오히려 지금은 내 결혼이 우선이야."

그렇게, 이글이글 타오르는 향상심을 감추지 않고 말했다.

"서두를 필요가 있다는 건, 역시 반발이 큰가 보네."

"그렇지 뭐. 동시에, 서둘러서라도 성립시키려는 것으로 나와 아버지가 진심이라는 것을 알아 줬으면 싶어."

'교회'의 얀 사제 구속은 장래 북대륙에 높은 확률로 동란의 폭풍이 휘몰아치게 될 전조다.

다행히 웁살라 왕국은 '교회' 세력권과 지리적으로도 정치적으로도 거리가 있어서 영향을 받지 않을 가능성도 크지만, 영향을 받게 될 가능성도 당연히 있다.

그런 때에 남대륙에서 차기 왕의 제2 부인(장래의 제2 왕비)을 맞이하면 어떻게 될까? 국내에 큰 파문이 일어나리라는 것은 쉽사리 예상할 수 있다.

당연히 지금은 시기가 아니다, 그만둬야 한다는 의견이 나올 것이다. 그래서 윙비 왕자는 얀 사제 구속 정보가 국내에 퍼지기 전에 미리 카파 왕국에 들어와서 '이미 정해진 일이다'라고 말할 수 있는 상황을 만들어 두려 하는 것이다.

그것은 윙비 왕자의 말대로 윙비 왕자와 구스타프 왕이 이 혼인을 중요시한다는 증거라고도 할 수 있었다.

윙비 왕자의 들은 프레야 공주는 일단 북대륙의 정세에 대해서는 뒤로 미루기로 했다.

"그 부분은 내가 아니라 아우라 폐하께 어필해야겠지. 젠지로 님이 예정을 변경해서 웁살라 왕국 주재 기간을 연장하게 됐다는 것도 보고해야 하니까, 그때 같이 말씀드리는 건 어때? 잠깐, 뭐야? 그 표정은?"

중간부터 쓸쓸한 표정으로 변한 윙비 왕자의 얼굴을 보고 프레야 공주가 의아하다는 듯이 물었다.

"그게, 그 예정 변경 말인데, 젠지로 매형이 이렇게 말씀하셨거든. '내가 협력하는 대가에 대해서는 아우라 폐하와 의논해 줘'라고 말이지."

윙비 왕자의 말에 프레야 공주가 쿡쿡 웃었다.

"정말 안 됐네. 아우라 폐하는 참 버거운 분이야, 젠지로 님과 달라서."

"살살 좀 해 주셨으면 좋겠는데 말이야, 웁살라 왕국은 가난뱅이니까."

윙비 왕자는 연기하는 듯한 거창한 동작으로 천장을 바라봤다. 하지만 그 얼굴과 목소리에 깃든 감정이 그의 말이 진심이라는 사실을 대변하고 있었다.

며칠 뒤. 예정보다는 늦어지기는 했어도 무사히 카파 왕국으로 귀국한 젠지로는 후궁 거실에서 아우라 여왕과 대담 자리를 가졌다.

예정이 어긋나면서 언제 귀국할지 전혀 모르는 상태가 되었던 젠지로가 무사히 귀국했다는 소식이 들어오자, 아우라 여왕은 모든 공무를 중단하고 후궁으로 돌아왔다.

사랑하는 반려를 걱정하는 감정에 따른 행동이었지만, 동시에 왕으로서도 옳은 행동이다. 머나먼 북대륙의 일이라고는 해도 이 정도로 큰 사건에 관한 정보는 빠르고 정확히 알아 둘 필요가 있으니까.

아우라가 맞은편 자리에 앉자 젠지로는 바로 본론으로 들어가 이야기를 시작했다.

"솔직히, 여기에서 말할 수 있는 정보는 왕비 전하께 들은 것과 크게 다르지 않을 거야. 왕비 전하를 보낸 날부터 지금까지 새로운 정보가 들어오지 않았으니까."

당연한 얘기지만 이쪽 세계는 일부 예외를 제외하면 정보 전달 속도가 엄청나게 느리다.

결국 구스타프 왕의 요청을 받아서 로그포트의 책임자인 사령관을 보내기 위해 젠지로는 홀로 로그포트로 '순간이동' 했지만, 로그포트에서도 딱히 새로운 정보는 입수하지 못했다.

당연한 일이다. 정보원은 북대륙 본토에 있으니까. 그 정도 날짜에 북대륙 본토와 로그포트를 오가기란 힘든 일이다.

"하지만, 이렇게 온 걸 보면 보고할 일은 있다는 거겠지?"

눈치 빠르게 그렇게 말하는 아내에게 젠지로는 굳은 표정으로 고개를 살짝 끄덕이고는,

"응. 외국에서 정보를 입수하기에는 너무 짧은 시간이지만 국내에서 이야기를 나누기에는 충분한 시간이었으니까. 웁살라 왕국 수뇌진은 '얀 사제 구속' 정보를 통해서 다음 전개를 예측했어. 얀 사제와 '교회'—이 교회란 얀 사제를 구속한 '발톱파'를 말하는데—가 각자 주장을 양보하지 않고, 최종적으로 얀 사제를 처형하리라는 것을 기정사실로 생각하는 것 같아."

이야기하는 젠지로의 말꼬리는 한심할 정도로 떨리고 있었다. 이쪽 세계에 온 지도 벌써 몇 년이나 지났지만, 그의 생사관은 여전히 현대 일본의 것에 머물러 있었다. 아는 사람이 구속되고 처형당할 가능성이 크다는 말을 듣고서 아무렇지 않은 척할 정도의 담력은 없다.

사실 지금은 그러려고 하지도 않았지만.

여기에는 자신과 아우라 여왕뿐이다. 이 자리에서 허세를 부리는 것은 무의미한 정도를 넘어 유해하기까지 하니까. 아우라가 젠지로라는 사내의 본성을 오해하게 만들어서는 안 된다.

"흐음, 처형 얘기까지 나올 정도라니. 처형하는 '교회' 쪽이 물러서지 않는다는 건 알겠는데, 처형당하는 얀 사제인가 하는 자도

물러서지 않는다는 건 좀 이해하기 힘든데. '교회'가 얀 사제가 물러날 방도가 없을 만큼 말도 안 되는 소리를 하며 처형으로 끌고 가려 한다는 뜻인가?"

대화를 나눴다는 알리바이만 만들었을 뿐이고, 실제로는 처음부터 상대가 받아들일 수 없는 제안을 해서 처형하는 것이 정해져 있었다. 그런 식의 이야기는 아우라 여왕이 지금까지 살아온 정치계에서는 그렇게 드문 일도 아니었다.

이번에도 그런 경우일 거라 추측했지만, 젠지로는 잠시 생각한 뒤에 고개를 저었다.

"…………아니, 어디까지나 웁살라 왕국 수뇌부의 예측이 전면적으로 옳다는 전제에서 본다면, '교회' 쪽은 어느 쪽이건 상관없다는 자세인 것 같아. 굳이 말하자면 '교회'는 설득이 성공하기를 바랄 거야."

젠지로는 그렇게 말하고 좀 더 소상히 설명했다.

얀 사제가 일단 적을 두고 있는 '교회'와 반목하는 이유는 현재의 '교회'의 존재 방식을 비난하고, 그 근간에 있는 용 신앙의 존재 방식도 잘못되었다고 공공연히 말했기 때문이다.

'교회'는 지금까지 그런 얀 사제의 행동을 비난하고, '말조심하고 교회 전체의 뜻에 따르라'고 명해 왔지만, 얀 사제는 사제라는 지위와 대학 용학부 학부장이라는 입장을 교묘하게 이용해서 그 비난을 피해 왔다(학문으로서의 연구라면 현재 상황에 비판적, 회의적인 태도를 취하는 것도 허용된다).

이번 구속은 참다못한 '교회'가 강경한 수단에 나선 결과다.

'교회'로서도 힘든 결단이겠지. 사제이자 대학 용학부 학부장인 얀 사제를 존경하는 사람은 많다. 처형이라도 하면 상당한 반발이 예상된다.

그래서 '교회'의 이상은 처형이 아니라 얀 사제가 뜻을 굽혀서 '내가 틀렸다. 내가 지금까지 했던 말은 잘못된 것이다'라고 선언하는 것이다.

물론 그 경우에도 '교회가 얀 사제에게 목숨을 위협하며 말을 바꾸길 강요했다'라는 반발은 일어날 것이다. 하지만 아무리 목숨을 위협받아서라고는 해도, 일단 뜻을 굽힌 얀 사제의 구심력은 그 시점에서 크게 떨어질 테니까 반발이 모여서 큰불로 번지는 일은 없을 것이다.

그런 젠지로의 설명은 아우라 여왕도 이해할 수 있는 것이었다.

"그렇군. 그러니까, 얀 사제라는 사내는 처형이냐 뜻을 굽히느냐 중에서 처형을 택할 정도로 고집이 센 자라는, 그런 뜻인가."

"최소한 읍살라 왕국 수뇌부는 그렇게 생각하는 것 같아."

"젠지로, 당신 생각은?"

질문을 받은 젠지로는 얀 사제와 만났던 때의 기억을 떠올렸고, 잠시 생각한 뒤에 고개를 저었다.

"……모르겠어. 나는 이성적이고 온화하고 포용력 있는 사람이라는 인상을 받았어. 자기 뜻을 굽히느니 죽음을 선택할 정도의 사람으로 보였냐고 묻는다면, 모르겠어. 정말로 모르겠어. 그렇게까지 그 사람의 됨됨이를 파악하지는 못했으니까.

그래도 공화국의 포모제 후작은 얀 사제를 '좋건 나쁘건 산과도 같은, 동시에 폭풍 같은 분'이라고 평가했었지."

그 평가 중에 '산과도 같다'는 부분은 젠지로도 바로 이해할 수 있었다. 크고, 관대하고, 움직이지 않는. 그런 좋은 의미의 산에 비유할 수 있는 인격을 얀 사제에게서 쉽사리 느낄 수 있었으니까.

반면에 '폭풍과도 같다'는 부분은 전혀 느낄 수 없었다.

하지만 얀 사제와 나름대로 오래 알고 지난 포모제 후작이 그렇게 말한 것과, '교회'가 이렇게까지 강경한 수단으로 나선 것, 그리고 웁살라 왕국 수뇌부가 설령 처형당한다 해도 자신의 뜻을 굽히지 않으리라고 예상한 것까지 합쳐서 생각해 본다면 아마도 '폭풍과도 같다'고 불리는 일면도 지니고 있을 것이다.

"그렇군. 어쨌거나 거리가 너무 멀리 떨어져 있으니까 우리가 할 수 있는 정보 수집에 집중하거나, 아니면 '미리 정하고 행동'하는 수밖에 없겠는데."

뒷부분은 혼잣말처럼 말하고, 아우라 여왕은 잠시 생각에 잠겼다.

사람, 물자, 정보. 모든 것의 이동과 전달 속도가 느린 이 세계에서는 멀리 떨어진 나라에 뭔가 공작을 부리는 일이 상당히 어렵다. 그런 의미에서 봐도 카파 왕국이 지닌 '순간이동'이라는 카드는 반칙이라고까지 할 수 있는 힘을 지닌 것인데, 그 카드에도 횟수 제한, 인원 제한, 전이 장소 제한이 있기 때문에 그렇게까지 절대적인 것은 아니다.

그렇게 되면 지금 아우라가 말한 것처럼 멀리 떨어진 나라의 동란이나 소란에 손을 쓰려면 자신의 예상이 어느 정도 맞으리라는 전제하에 '미리 정하고 행동'하는 수밖에 없다.

　당연한 일이다. 젠지로나 아우라 여왕처럼 '순간이동'을 사용할 수 있는 당사자가 현지에 간다면 정보 전달에 걸리는 시간이 하루 이틀 정도로 끝나지만, 그렇지 않은 사람을 보내는 '순간이동'은 편도 티켓이다.

　"…………."

　아우라가 혼잣말처럼 그렇게 말한 것이 생각을 정리하기 위한 행동임을 알고 있는 젠지로는 가만히 아우라의 다음 말을 기다렸다.

　"…………."

　"…………."

　조용히 생각한 뒤에, 아우라 여왕은 천천히 입을 열었다.

　"그러고 보니 이름이 같은 용병 대장이 있다고 했었지. 예전 보고에서는 상당히 뛰어난 지휘관이고 얀 사제에게 심취했다고 했었는데, 그 녀석의 동향은 어떻게 예측되고 있어?"

　이미 구속된 사제보다 지금 자유롭게 움직일 수 있고 강한 무력을 지닌 사람의 동향이 궁금한 것은 당연한 일이다.

　실제로 웁살라 왕국에서도 얀 대장의 동향에 대해 얀 사제의 동향보다 긴 시간을 들여서 예측했었다.

　"'교회'도 세심한 주의를 기울이는 것 같아. 얀 사제의 구속만 해도 공화국 안나 왕녀와의 계약이 끝난 얀 대장이 얀 사제 곁으로 이동하는 사이에 벌어진 것 같아."

"그렇군. 그렇다면 최소한의 피해로 끝나려나."

얀 대장은 즈워타 보르노시치 귀족제 공화국의 안나 왕녀에게 고용됐고, 사실상 전군 사령관으로서 '탄넨발트 전투'의 지휘를 맡았다.

전투는 무사히 공화국의 승리로 끝났고, 사후 처리를 마친 얀 대장의 계약이 종료돼서 안나 왕녀의 곁을 떠나는 때를 노려서 '교회'가 얀 사제를 구속했다.

젠지로의 말대로 그 일을 통해 '교회'가 얀 대장을 얼마나 경계하는지를 엿볼 수 있다.

만약 얀 대장이 얀 사제 곁으로 돌아온 뒤였다면 이렇게까지 쉽게 얀 사제를 구속할 수 없었다.

그리고 얀 대장이 안나 왕녀 밑에서 만 단위의 병사를 지휘하고 있던 때에 같은 짓을 저질렀다면, 얀 대장이 그 병력을 이끌고 '교회'에게서 사제를 구하려 했을 우려가 있다.

물론 얀 대장은 어디까지나 고용된 지휘관일 뿐이기에 그 병력을 사적인 감정으로 움직일 수는 없다. 하지만 현장의 현실을 생각해 보면 충분히 있을 수 있는 일이다.

계약상으로는 단순한 고용 지휘관에 불과하지만, 현장에서 승리를 거듭하며 신뢰를 쟁취한 지휘관이 '예정 변경, 이쪽을 친다'고 말하면 부대는 상당히 높은 확률로 그 지휘에 따르게 된다. 물론 얀 대장이 그렇게 하려면 지금까지 쌓아 온 용병으로서의 신용, 실적을 전부 버릴 각오가 필요하지만, 얀 대장은 얀 사제를 위해서라면 그렇게까지 할 수 있을 거라고 예상할 수 있었다.

"얀 대장의 동향이 신경 쓰이는군. 그저 이야기만 들었을 뿐이지만, 아무리 생각해도 가진 병력이 부족하다는 이유로 얀 사제 구출을 포기할 인물이 아닐 것 같아."

아우라 여왕의 감상에 젠지로도 동의를 표했다.

"웁살라 왕국 수뇌부도 같은 말을 했어. 얀 대장의 움직임을 파악할 수 없게 된 것을 보면 뭔가를 하려는 건 분명하다, 라고. 하지만 데리고 있는 용병들은 대부분 위치가 판명됐으니까 단독이거나, 아니면 많아야 심복 몇 명만 데리고 행동하는 것으로 보이고, 그렇다면 완전히 이성을 놓아 버리지는 않은 것 같다고 예상하고 있어."

얀 대장은 자기 용병 부대를 이끌고 있지만, 그 대부분은 이번에 '탄넨발트 전투'에 승리한 보수로 성과급과 휴가를 받아서 느긋하게 쉬고 있다는 게 확인됐다고 한다.

"모습을 감췄다는 건 뭔가를 하려는 게 틀림없다. 하지만 자기 병력 대부분을 데려가지 않았다는 것은 직접적인 전투라는 수단으로 해결하려 들지 않을 만큼의 이성은 남아 있다는, 그런 뜻인가."

아우라 여왕의 분석에 젠지로가 고개를 끄덕였다.

"응. 얀 대장은 자기가 무기를 들고 싸워도 상당한 실력자고 큰 부대를 지휘하는 실력도 북대륙에서 손꼽히지만, 아무리 그래도 수백, 수천이나 되는 적을 소수로 물리칠 만큼 초인은 아니니까. 소수로 행동하는 이상은 어떻게든 얀 사제가 잡혀 있는 곳에 잠입해서 해방하려고 생각하는 게 아닌가 싶어."

"하지만 그런 얀 대장의 동향을 계산하고도 웁살라 왕국 수뇌부는 얀 사제가 처형당할 가능성이 크다고 판단했다는 거지? 그건 얀 대장의 역량으로도 구출할 가능성이 낮거나, 또는 전혀 없다고 간주한 건가?"

"반쯤은 그렇지. 나머지 절반은 설령 얀 대장이 잠입에 성공한다고 해도 얀 사제가 구출을 거부하리라는 예상이고."

"그렇게까지 고집이 센 인물인가?"

놀라서 한쪽 눈썹을 치켜든 아우라 여왕에게 젠지로는 한숨을 쉬며 대답했다.

"아무래도 그렇다는 것 같아. 최소한 웁살라 왕국 수뇌부는 그렇게 보고 있어."

구스타프 왕을 비롯한 웁살라 왕국 수뇌부에 얀 사제와 직접 면식이 있는 사람은 없다. 그래서 얀 사제에 대한 평가는 어디까지나 전해 들은 정보나 공표된 언동을 바탕으로 예측한 것에 불과하다.

그래서 함부로 단정하는 것은 위험하지만, 세상에 알려진 얀 사제의 인간성을 바탕으로 판단해 보면 얀 사제는 탈옥이라는 위법 행위를 저지르지 않고 어디까지나 정면으로 자신의 정당성을 주장하리라고 간주되고 있다. 처형당하는 그 순간까지.

"얀 사제라는 사내가 남대륙에 없어서 다행이야."

여왕의 입에서 자기도 모르게 그런 말이 흘러 나왔다.

실제로 위정자로서는 정말 견디기 힘들 것이다. 사람들을 끌어

모으는 카리스마가 있고, 사람들을 이끌며 세상을 바꿀 수 있는 행동력도 지닌 데다, 위협이나 뒷거래 때문에 자기 뜻을 굽히지 않는 정신적인 강인함까지 지닌 사람. 위정자로서는 이만큼 자기 나라에 없었으면 싶은 사람도 없다.

"그만큼 아쉽네. 살아 있기만 하면 좋은 '시간 벌이'가 되어 줄 텐데………. 젠지로."

"왜?"

한층 더 굳어진 표정으로 변한 아우라 여왕이 이름을 부르자, 젠지로는 반사적으로 자세를 바로잡았다.

"분명히, 얀 사제는 '마력이 전혀 없다'고 했었지?"

"응, 그랬지. 본인이 그렇게 말했고 실제로 나는 마력을 전혀 시인하지 못했어. 어째선지 언령은 작용했지만, 그건 뭔가 장치가 있다는 것 같다는 말도 했었고. 아우라?"

이 시점에서, 아우라 여왕의 입에서 얀 사제의 특이 체질에 대한 언급이 나온 것을 통해, 젠지로는 아우라가 하려는 말을 어느 정도 이해했다.

꿀꺽 소리까지 내며 침을 삼키고, 젠지로는 조심조심 물었다.

"얀 사제에게…… 얀 사제의 유체에 '시간 역행'을 시험할 셈이야?"

카파 왕국에 전해지는 비장의 마법 '시간 역행'. 그것은 이름 그대로 대상의 시간을 되돌리는 마법이다. 단, '시간 역행'의 대상은 마력을 보유하지 않은 것에 한정된다. 그래서 보통은 부러진 보검이나 소실된 미술품처럼 마법 도구 이외의 귀중품의 복원에만 사용했는데, 예외적으로 마력이 없는 생물 —벌레나 작은 물고기 같은— 을 대상으로 할 경우 소생 수단으로도 사용할 수 있다는 사실이 확인됐다.

그리고 얀 사제는 극히 보기 드문(현재까지 알려진 한에서는 유일한) 마력을 지니지 않은 사람이다.

"그래. 시험할 가치는 있지."

고개를 끄덕이는 여왕에게 젠지로는 진지한 눈빛으로 말을 건넸다. 물론, 일부러. 아무래도 이 자리에는 제안자인 아우라 본인을 제외하면 젠지로 한 사람밖에 없다. 아우라의 계획에 있는 구멍, 위험성에 대해 지적할 수 있는 사람도 젠지로뿐이니까.

"위험을 무릅쓸 만큼의 가치가 있을까? 처형당한 죄인이야. 현지에서 사체를 회수하려면 상당한 부담이 따를 것 같은데."

책략이나 모략에 관해서라면 젠지로와 아우라 중에서는 아우라 쪽이 압도적으로 뛰어난 수준이다. 하지만 그렇다고 젠지로의 지적이 아무 의미도 없다는 것은 아니다. 신참 장인이나 저지르는 실수를 숙련된 장인이 저지르는 경우도 있다. 초보자도 지적할 수 있는 결점을 프로가 알아차리지 못하는 경우도 있고.

그래서 작전이나 계획은 입안자 이외의 사람이 검토해야 한다. 그것도 많으면 많을수록 좋고. 하지만 검토하는 사람이 많아진다는 것은 그만큼 기밀성이 떨어진다는 의미가 된다. 무결성과 기밀성. 상반되는 두 조건의 최선을 맞추는 것은 어려운 일이다.

어쨌거나 지금 아우라의 계획에 참견할 수 있는 사람은 젠지로 하나뿐이다. 그렇게 되면 능력이 떨어진다는 이유로 가만히 있을 수도 없다. 당연한 질문도, 무의미해 보이는 질문도, 황당무계하고 상정할 필요가 없어 보이는 질문이라도 어쨌거나 하고 또 하면서 아우라의 계획에 있는 맹점을 샅샅이 찾아내야만 한다.

그것을 알고 있기에 아우라 여왕은 젠지로의 너무나 당연한 지적에도 아주 꼼꼼하게 대답했다.

"위험을 무릅쓸 가치는 없어. 그 말이 옳아. 그래서 위험을 무릅쓰지는 않을 거야. 어느 정도 신뢰할 수 있는 현지 사람을 찾고, 그 사람에게 접촉하게 할 거야. 얀 대장이 얀 사제의 유체를 무사히 회수하면 부활시킬 뿐이지. 만약 우리가 접촉하게 전에 얀 대장이 행동을 벌여서 '교회'에서 지명수배라도 된다면, 이 계획은 그 시점에서 포기할 거야."

부담은 가능한 얀 대장에게 떠넘긴다. 실제로 얀 대장이 얀 사제에게 심취한 정도를 고려해 보면 얀 사제를 부활시킬 수만 있다면 그 어떤 위험 부담이 있다 해도 받아들일 공산이 크다.

"그러니까, 위험 부담 없이 할 수 있다면 하겠다. 부담이 발생할 것 같으면 바로 계획을 파기하겠다는 얘기지? 응, 그 방침이 좋을 것 같아. 그런데, 아무리 얀 대장에게 부담을 뒤집어씌운다고 해도 우리 사정이 얀 대장에게 알려진다는 위험 부담만은 남을 것 같은데 말이야."

얀 대장은 역전의 용병, 지용이 뛰어난 인물이다. 그런 사람에게 카파 왕국의 비장 마법인 '시간 역행'의 존재와, 무엇보다 얀 대장을 이용해서 얀 사제의 부활을 꾀했다는 사실이 알려지는 자체가 하나의 부담이 된다. 그런 젠지로의 지적은 분명히 어떤 면에서는 옳은 것이다.

물론, 여왕은 그것까지 생각하고 있었다.

"그 부분은 얀 대장이라는 사내의 정보를 더 수집한 뒤에 판단하고 싶어. 최종적으로는 내가 직접 만나 보고, 우려된다고 생각하면 거기서 계획을 중단할 생각이야. '시간 역행'에 관해서는 괜히 허탕 치지 않도록, 현시점에서 확실하게 알고 있는 사실만을 말할 테고. 그리고 그쪽이 받아들이지 않는다면 마찬가지로 그 시점에서 이 이야기는 끝이야."

"현시점에서, 확실히 알고 있는 사실?"

되묻은 젠지로에게 여왕은 유난히 작은 소리로 말했다.

"'시간 역행'이 효과를 발휘하는 대상은 마력이 없는 존재뿐, 이라는 것은 전에도 설명했지? 그러니까 '시간 역행'은 사체에도 효과를 발휘해. 사체에는 마력이 남지 않으니까."

"아, 그렇구나. 못 하는 건 어디까지나 '시간 역행'에 의한 '사자 소생'이지, 사체에 '시간 역행'을 거는 자체는 가능하다는 말인가. 그럼, 혹시 마법 도구도?"

젠지로의 물음에 여왕은 살짝 고개를 끄덕였다.

"맞아, 모양만은 고칠 수 있어. 마법 도구로서의 능력은 여전히 소실된 상태지만. 아, 얘기가 샛길로 빠졌네. 어쨌거나, 그렇게 얀 대장에게는 어디까지나 얀 사제의 사체를 회수하면 그 사체를 복원할 수 있다고, 그렇게만 말할 생각이야."

사체를 깔끔하게 갖춰서 제대로 매장하는 데 의미를 두는 사람은 많다. 사체를 회수하는 난이도에 따라 달라지겠지만, 되찾기만 하면 사체를 깔끔하게 만들 수 있다는 조건만으로도 얀 대장이 독자적으로 사체를 회수하기 위해 움직일 가능이 크지 않을까. 그런 여왕의 추측에 젠지로도 동의했다.

"아, 그럴 가능성은 크겠네. 얀 사제가 배교자로 처형을 당할 경우에는 화형에 처해질 가능성이 커. 그럴 경우에 화장된 사체를 원래대로 되돌릴 수 있다면 얀 대장은 그야말로 목숨을 걸고 움직일 거야, 아마도. 얀 대장도 '용 신앙'을 가진 사람이니까."

"음? 그게 무슨 뜻이지?"

고개를 갸웃거리는 여왕에게 젠지로는 자신도 북대륙에서 막 들은 지식을 피로했다.

"응. '교회'라고 할까, '용 신앙'을 가진 사람에게 올바른 장례 방법은 땅에 매장하는 거야. 화형이라는 행위는 혼에 대한 '심판'으로 이어지고. 진룡의 숨결로 죄인을 영혼조차 남기지 않고 태워버렸다는, 그런 고사에서 나온 세계관이라는 것 같더라고."

'교회'에서의 올바른 장례란 깔끔하고 청결하게 단장한 유체에 마찬가지로 깔끔한 의복을 입히고, 사람 크기의 관에 넣어서 땅에 묻는 것이다. 유체가 크게 파손되거나 유체가 분실돼서 매장하지 못하게 되면 죽은 이가 헤매고 고통에 시달린다고 전해진다. 화형은 그 중에서도 특히, 혼에 상처를 입히는 행위로 정해져 있다고 한다.

당연히 '교회'에 화장이라는 개념은 존재하지 않는다.

젠지로의 정보에 여왕은 입가에 살짝 미소를 드리웠다.

"호오, 화장을 꺼린단 말이지. 우리와는 가치관이 많이 다른데. 그런데, 이런 말을 하긴 그렇지만 우리한테는 좋은 소식이야. 그렇다면 틀림없이, 얀 대장이 우리 제안에 넘어올 가능성이 크겠어."

카파 왕국처럼 정령 신앙을 가진 국가에서는 화장이 아주 일반적이다. 주된 정령은 지수화풍 네 종류. 그래서 매장, 수장, 화장, 풍장 모두 정령 곁으로 돌아간다는 의미가 되기 때문에 정령 신앙에서는 딱히 화장을 기피하지 않는다. 풍장만은 위생상의 문제나 잘못하면 육식 용종을 불러들일 수도 있다는 문제 때문에 허가하는 나라가 많지 않지만.

본인들의 심정을 무시하고 물리적인 현상만을 말하자면, 화형에 처해진 사체는 매장된 사체보다 작고 가볍다. 원래 모양을 유지한 채 관에 들어간 사체를 훔치는 것보다는 어느 정도 간단할 것 같다.

"응, 얀 대장을 끌어들이는 건 어렵지 않을 것 같아. 그래도, 만약 화장 상태의 사체라 해도 '교회'에게서 훔쳐 내는 건 역시 어려울 것 같은데 말이야. 얀 대장이 '교회'에 붙잡힐 경우 얀 대장의 입에서 이 일의 배후가 카파 왕국이라는 말이 나올 우려도 불식할 수 없고."

위험 부담에서 눈을 돌리지 않는 것이 젠지로의 좋은 점인데, 반대로 그 부담에만 집착하는 것이 젠지로의 나쁜 점이다.

"음, 그 위험 부담을 피할 방법도 없는 것은 아니야. 예를 들어 우리가 직접 얀 대장과 만나는 게 아니라 신뢰할 수 있는 대리인을 내세우고, 그 대리인에게도 우리 정체를 밝히지 말라고 엄명한다든지 말이야. 하지만 그렇게 되면 얀 대장이나, 우리 계획대로 됐을 때 얀 사제의 신뢰를 얻을 수 없지. 그래서 나는 이 점에 대해서는 어느 정도 위험 부담을 감수해야 한다고 생각해. 물론 얀 대장이 붙잡혔을 때의 위험 부담을 감수하는 이상, 얀 대장이 잡힐 가능성을 최대한 줄이기 위한 방법도 강구해야겠지."

"그 방법은?"

"간단해. 얀 대장을 설득해서 잠잠해질 때까지 기다린다. '교회' 인간들도 집중력이 무한한 괴물은 아니겠지. '교회'에게 얀 사제가 제아무리 위험한 사내라고 해도, 일단 처형해 버리면 그저 말 없는 사체일 뿐이잖아. 처형 직후라면 모를까, 한 달이나 반년, 일 년 뒤에도 경비 체제를 똑같이 유지할 리는 없겠지."

아우라 여왕의 제안은 지극히 단순했고, 그렇기에 더더욱 절대적인 효과를 발휘하는 수단이었다. 어떤 조직이건 인재라는 자원에는 한도가 있고, 불필요하다고 여겨지는 부분부터 삭감당하는 운명이다.

산채로 구속된 상태라면 모를까, 무사히 처형된 사체를 언제까지고 엄중하게 경비하리라고는 생각하기 힘들다.

하지만, 젠지로는 그런 아우라 여왕의 의견에서도 걱정거리를 찾아냈다.

"분명 '시간 역행'은 되돌리는 시간이 길어지면 길어질수록 막대한 마력이 필요하다고 하지 않았던가? 그 점은 괜찮겠어?"

마법에 대해 그렇게 잘 아는 편은 아닌 젠지로지만, 그래도 비장마법인 '시간 역행'에 대해서는 기억하고 있다. 솔직히 원래 젠지로에게 가르쳐 준 장본인인 아우라가 그 문제점에 대해 모를 리가 없다.

"맞아. '미래 대상(代償)' 마법 도구를 쓸 거야. 나는 당신만큼 마법을 쓸 기회가 없으니까 마력이 많이 모여 있어. 인체 정도 크기라면 최대 일 년 정도는 되돌릴 수 있을 거야."

'미래 대상' 마법 도구. 그것은 예전에 프란체스코 왕자와 아우라 여왕이 공동으로 만든 마법 도구다.

'미래 대상'은 카파 왕가의 혈통 마법인 '시공마법'의 일종으로, 이름 그대로 미래의 자기 마력을 사용할 수 있게 해 주는 마법이다.

카파 왕가의 '시공마법'에는 강력한 것들이 다수 존재하지만, 그 강력함에 비례해서 요구되는 마력량도 많아진다. 아무리 왕족이 일반인들의 수준을 뛰어넘는 마력량을 지녔다고 해도 한도는 있다. 그런 최대 마력량이라는 벽을 넘을 수 있는 수단이 '미래 대상'이라는 마법이다.

'미래 대상'으로 사흘분의 마력을 사용하면 오늘 것까지 포함해서 자신의 나흘분 마력을 한 번에 사용할 수 있다. 그 대신 당일과 이후 사흘 동안은 마력이 전혀 회복되지 않는 상태가 이어진다.

강력하지만 사용하기 힘든 그 마법을 아우라 여왕이 프란체스코 왕자에게 마법 도구로 만들어 달라고 해서 사용 편의를 극적으로 개선했다.

프란체스코 왕자가 제작한 '미래 대상' 마법 도구의 특히 뛰어난 점은 마력을 '보충' 가능하다는 점이다. 좋건 싫건 옥좌에 묶여 있는 아우라 여왕에게는 분명 마법을 사용할 일이 없는 날이 존재한다. 그런 날의 마력을 '미래 대상' 마법 도구에 조금씩 모아 뒀고, 지금은 상당한 마력이 모여 있다고 한다.

"분명히 '미래 대상' 마법 도구에 마력을 조금씩 보충해서 모아둘 수 있지만, 사용할 때는 한 번에 전부 방출해 버린다고 했었지. 어차피 그렇게 된다면 일 년 정도는 시간 여유가 있다는 뜻이 될 텐데. 그렇다면 괜찮으려나?"

아무래도 처형이 끝나고 매장(또는 유기)된 사체를 언제까지고 엄중하게 경호할 리가 없다는 이야기는 젠지로도 받아들일 수 있었다.

그래도 젠지로는 아우라 여왕의 제안을 긍정적으로 생각할 수가 없었다.

"그래도 실패할 가능성이 무섭네. 얀 대장에게 '교회'와 정면으로 교섭하도록 하는 건 안 되려나? 사체만이라도 돌려 달라고."

"그건 나도 생각했어. 문제는 성공률과 그 이후의 악영향이 어느 정도인지야. 얀 사제를 흠모하던 얀 대장이 사체 반환을 바라는 것은 자연스러운 일이지. 그래서 교섭을 시도하는 자체는 문제가 없어. 그렇게 해서 사체를 돌려준다면 그보다 좋은 일은 없고. 하지만 교섭이 결렬된다면 한동안은 사체의 경비가 엄중해질 수밖에 없겠지. 그렇게 되면 강경 수단의 실패 확률이 높아질 뿐이고.″

여왕은 술술 대답했다. '교섭'이 성공하면 가장 좋지만, 실패하면 다음 수단인 '힘으로 탈취'의 성공률이 낮아져 버린다. 그렇다면 상대에게 들키지 않고, 천천히 시간을 들여서 한순간의 기회에 '힘으로 탈취'하는 쪽이 좋다.

아우라 여왕의 말이 무슨 뜻인지 젠지로도 이해했다.

″아, 성공한다면 가장 좋겠지만 성공할 확률이 그렇게 크지도 않고, 실패한다면 다음 수단의 성공률이 낮아지겠구나.″

″맞아. 무엇보다 나는 만약에 얀 대장이 실패해서 '교회'에 구속당한다고 해도 우리에게 피해가 미칠 가능성은 적다고 보고 있어. 애당초 얀 대장은 얀 사제 신봉자로 알려져 있잖아? 그렇다면 사체 탈취를 시도했다가 실패한다고 해도 누군가가 배후에 있다고 생각하기는 힘들 거야.″

얀 대장에게는 얀 사제를 구한다는, 또는 처형된 이후의 얀 사제의 사체를 탈취할 만큼의 동기가 있고, 능력도 있다. 그렇다면 단순히 본인의 의지에 의한 행동이라고 여겨지리라는 아우라 여왕의 말에는 나름대로 설득력이 있다.

″그건 그러네. 그렇게 되면 교섭하지 않고 강탈하는 쪽이 종합적으로 봤을 때 위험이 적은가.″

말로는 이해하면서도 표정은 그렇지 않았다. 그런 젠지로의 안색을 민감하게 읽어 들인 여왕은, 확인하기 위해서 물었다.

"왜 그래? 또 뭐가 마음에 걸리는 게 있어?"

추궁받은 젠지로는 잠시 난감하다는 것처럼 시선을 다른 곳으로 돌렸지만, 이 문제에 대해서는 생각하고 느낀 것을 솔직하게 말해야겠다고 생각하고는 입을 열었다.

"아~ 이 작전을 결행한다면 카파 왕국이 '교회'와 명확하게 적대한다는 뜻이 되는 거니까. 아무래도 그 부분이 마음에 걸려서 말이야. 결단을 내릴 수가 없어."

"··········?!"

젠지로의 대답에 아우라 여왕은 아무 말도 없이, 오늘 지은 것 중에 가장 놀란 표정을 보였다.

"아우라?"

젠지로가 무슨 일이냐는 것처럼 이름을 불렀지만, 너무나 놀란 아우라는 바로 대답하지 못했다. 그만큼 지금 젠지로가 보여 준 태도는 아우라 여왕에게, 이 세계의 위정자에게 충격이 강한 것이었다.

젠지로는 다른 세계의 사람이다. 가치관이 근본적으로 다르다. 그 차이를 젠지로가 열심히 배우고 이성으로 언동을 수습해서 어떻게든 맞춰 주고 있을 뿐이다. 아우라 여왕은 그 사실을 오랜만에 통감했다.

"후우··········."

크게 숨을 내쉬어서 강제로 정신 상태를 되돌린 여왕은 담담하게 사실을 말했다.

"젠지로, '교회'는 이미 오래전부터 우리 적이거든?"

"응, 잠재적인 적이라는 건 알고 있는데 말이야."
알고 있는 듯하면서도 전혀 모르고 있는 국서에게 여왕은 꼼꼼하게 설명했다.

"그게 아니야. 당신이 생각하는 것보다 훨씬 확실한 적이야. 당신을 비롯해 북대륙에 갔던 사람들에게서 수집한 '교회'의 정보. 거기에서 산출한 교회라는 조직의 신조, 존재 방식, 향후 활동에 대한 예상은 명확하게 우리 카파 왕국을 비롯한 남대륙 제국과 부딪치게 돼.
지금 '교회'가 우리를 적으로 간주하지 않는 이유는 오로지 눈에 들어오지 않았기 때문이야. 그리고 북대륙의 조선과 항해 기술이 급속도로 발달하고 있는 지금, 우리 남대륙이 그자들의 시야에 들어가게 되는 건 시간문제고. 게다가 시간 여유가 그렇게 많이 남지 않았어.
그러니까 젠지로, '교회'를 화나게 만들거나 적개심을 불러일으키지 않으려고 하는 노력은 아무런 의미가 없어. 최소한 우리의 행동을 제한할 만큼의 가치는 없지."

딱 잘라서 말하는 여왕의 태도에 이번에는 젠지로가 할 말을 잃었다.
젠지로도 알고는 있다고 생각했었다. 그렇게 각오하고 있었다.

하지만 지금 지적받으면서 어쩔 수 없이 이해하고 말았다.

자신이 무의식적으로 '적국'이라는 존재에서 시선을 피하고 있었다는 것을.

'교회'와 북대륙의 '교회' 세력권 국가들은 카파 왕국의 잠재적인 적. 거기까지는 젠지로와 아우라의 인식이 공통된 부분이다. 하지만, 거기서부터가 결정적으로 다르다.

젠지로는 '잠재적인 적'을 '완전한 적'이 되지 않도록 주의해야 할 존재라고 인식했다. 그렇게 해서 최소한 '완전한 적'이 될 때까지 시간을 벌 수 있고, 잘만 하면 끝까지 적대하지 않고 넘어갈 수 있을지도 모른다.

한편 아우라 여왕에게 '잠재적인 적'이란 이미 적이다. 중요한 점은 '완전한 적'이 될 때까지 이쪽이 조금이라도 우위에 설 수 있는 위치를 구축하는 것이지, 적국의 심정을 배려하는 일은 생각조차 하지 않는다. 무엇보다 나라와 나라의 관계에서 서면으로 남긴 약정조차 짓밟는 자들이 흔할 지경인데, 이쪽이 일방적으로 상대를 배려하는 짓은 이익보다 해가 많다고 생각할 지경이다.

사상으로 봤을 때 어느 쪽이 옳고 어느 쪽이 틀렸다고 할 수 있는 이야기는 아니지만, 이쪽 세계의 위정자 중에서는 아우라 여왕의 사고방식 쪽이 다수파다. 그리고 대다수가 아우라의 사고방식이라면 젠지로의 사고방식이 통용되기 힘들다는 것 또한 틀림없는 사실이고.

젠지로도 그런 사실을 이해하지 못할 만큼 우둔한 사람은 아니었다.

"…………알았어. 나도 생각을 전환할게. 그런데 그렇게 되면, 얀 사제 부활은 내가 생각하는 것보다 훨씬 중요한 일이 아닐까? 한마디로 적인 '교회'의 활동을 저해하는 수단이라는 뜻이잖아?"

"그건 틀린 말은 아니지만 옳다고 할 수도 없어. 북대륙 놈들이 본격적으로 남대륙에 진출하는 것을 조금이라도 늦추고 싶은 건 분명한 사실이야. 얀 사제 소생은 그러기 위한 수단이고. 하지만 우리가 아무것도 안 하고 가만히 있어도 아직 10년 단위의 시간은 있다고 나는 보고 있어. 그래서 가장 우선해야 할 것은 상대를 방해하는 게 아니라 우리 쪽을 강화하는 거야."

아우라 여왕이 가장 우선시하는 것은 카파 왕국 단독으로 대륙 간 항행 선박을 운용하는 것이다. 이것이 없으면 남대륙은 북대륙과 같은 입장에 설 수가 없다. 일방적으로 때리려 드는 입장을 서로 치고받는 입장까지 끌어내리지 않으면 외교로서의 전쟁조차 성립되지 않는다.

그러기 위해 필요한 것은 자국의 강화. '교회 세력'을 방해하는 행위는 자국 강화를 위한 시간을 번다는 의미밖에 없다.

"그렇구나. 그러니까 실행하려면 비용 대비 효과를 생각할 필요가 있는 거고."

젠지로가 이해했는지 표정이 살짝 풀어졌다.

북대륙에 공작을 가해서 몇 년의 시간을 벌었지만 그쪽에 너무 힘을 쏟아서 국력을 키우지 못한 경우와, 북대륙 쪽에 전혀 손을 쓰지 않아서 남은 시간은 그대로지만 국력이 비약적으로 강화된 경우라면 카파 왕국에게는 뒤쪽이 더 좋은 미래라고 할 수 있다.

"맞아. 우리로서는 성공한다면 좋은, 그 정도의 일이야. 그 정도 자원만 들일 테고, 그 정도 위험만 감수할 거야."

설명이 끝나자, 이야기가 처음에 말했던 결론으로 돌아갔다.

"그러니까, 정확히 어떤 얘기야?"

"얀 사제 사형이 집행될 때까지는 상황을 지켜본다. 그 사이에 얀 대장이 행동을 벌인다면 우리는 간섭하지 않을 거야. 얀 사제의 사형이 집행된 뒤에는 얀 대장이 행동을 벌이기 전까지 어떻게든 접촉할 수 있도록 노력하는 거지. 사형이 집행되고 우리가 접촉하기 전에 얀 대장이 행동을 벌인 경우에도 간섭하지 않아. 그 경우의 행동은 아마도 우리가 생각할 수 있는 행동─사체 탈취는 아닐 거야."

아마도 복수. 그렇게까지 큰 행동을 저질러 버린 얀 대장과 접촉하는 일은 위험 부담이 너무 크다.

즉, 얀 대장과 접촉을 가질 기회는 얀 사제의 사형이 집행된 때부터 얀 대장이 구체적인 행동을 벌일 때까지의 짧은 기간뿐이라는 얘기가 된다.

"…………그래서, 정말로 접촉할 수 있겠어? 잠복해 있는 얀 대장한테 사람을 보낼 필요가 있을 텐데 말이야."

지리적 이점이 없는 북대륙에서 뛰어난 용병이라 불리는 얀 대장이 잠복한 곳을 짧은 제한 시간 안에 찾아내야 한다. 그게 쉬운 일이 아니라는 정도는 젠지로도 이해할 수 있다.

젠지로의 회의적인 발언에 여왕이 간단히 긍정했다.

"뭐, 힘들겠지. 중요한 건 그 정도 책략, 밑져야 본전이라는 책략이라는 점이야. 이런 말을 하기는 그렇지만, 이 정도 일은 몇 번이고 해야 할 거야. 앞으로의 시대를 생각해 보면 말이지."

성공하면 횡재, 실패해도 대세에는 영향이 없고, 애당초 책략을 실행하지 못할 가능성이 크다. 입가에 미소를 드리우며 그 정도 책략이라고 말하는 여왕을 보며 젠지로는 새삼 등줄기가 오싹해지는 기분이 들었다.

"뭔가 대단하네. 이런 책략을 몇 개나 세우는구나. 꼭 책사 같아."

실패하면 본전, 성공하면 행운. 그 정도 감각으로 타인의 인생을, 경우에 따라서는 생사까지 좌우한다. 그것이 왕족, 위정자로서는 올바른 존재 방식이겠지만, 젠지로는 도저히 흉내도 못 낼 것 같았다.

공포와 감탄이 뒤섞인 표정을 짓는 젠지로에게 여왕이 씁쓸하게 웃으며 고개를 저어 보였다.

"이 정도로는 책사라고 할 수도 없지. 진짜 책사는 정말 무서워. 책략에 걸린 쪽이 책사의 존재나 자기가 책략에 걸렸다는 사실조차 모를 지경이니까."

"그렇게 무서운 사람이 있어?"

젠지로는 자기도 모르게 물었다.

여왕의 대답은 확실한 긍정이었다.

"있지. 대국이라면 반드시 한두 사람은 있어. 즉, 우리나라에도 있다는 뜻이니까, 당신이 그렇게까지 무서워할 필요는 없어."

그렇게 말하고, 여왕은 국서를 안심시키려는 것처럼 온화한 미소를 지어 보였다.

◆

다음날 아침.

왕궁 집무실에 발을 들인 여왕을 한 통의 서신이 기다리고 있었다.

보낸 이의 이름은 주앙. 봉납에 찍혀 있는 인장은 '싹이 돋은 수많은 산호'. 그것은 남대륙 서부의 대국 투칼레 왕국의 문장이다.

"………하필이면 주앙인가. 하다못해 주앙 87세였다면 다행이었을 텐데."

아우라 여왕은 두통을 참는 듯한 씁쓸한 표정으로 중얼거리며 약간 난폭하게 의자에 앉았다.

주앙. 그 이름은 남대륙에서는 너무나 흔한 이름이지만, 투칼레 왕국의 문장과 함께 적혀 있는 경우에는 특별한 의미를 지닌다.

투칼레 왕국에는 특이한 풍습이 있는데, 원칙적으로 왕족 남자는 모두 주앙, 여성은 모두 주아나라는 이름을 사용한다. 그래서 역대 왕만이 주앙 ○○세라는 이름을 사용하고, 그 외의 왕족은 본명 이외에 별명을 지니며, 일반적으로는 별명 쪽을 이름으로 사용한다.

그리고 이번 편지처럼 주앙이라는 이름만 사용하는 경우, 이것은 투칼레 왕국의 남성 왕족 전체의 뜻이라는 의미다. 국왕 한 사람의 뜻으로 보내는 주앙 87세의 서명보다 무거운 것이다. 그보다 위에 있는 것은 왕족 전체의 뜻임을 의미하는 주앙, 주아나라는 이름을 둘 다 적은 것이 있다.

"안 좋은 예감이 드는군요."

"과거 사례에 미뤄 보면 확실하게 일어날 수 있는 일은 '예감'이라고 하지 않는다."

말과는 반대로 표정이 전혀 달라지지 않은 중년 남성 심복 —파비오 비서관에게 화풀이를 하며 여왕은 봉납을 뜯고 서신을 훑어보았다.

"…………."

그리고, 말없이 하늘을 바라봤다.

"뭐라고 적혀 있습니까?"

"…………."

여왕이 말없이 내민 서신을 읽어 본 파비오 비서관이 보기 드물게 진지한 표정을 지었다.

"이것은 사람의 소재 정보, 입니까. '얀 대장의 현재 위치와 이후에 이동할 가능성이 큰 잠복 장소'? 상당히 상세한 정보로군요. 일단 확인은 해 보겠습니다만, 이건 폐하께 유익한 정보입니까?"

"더할 나위 없이, 유익하지."

여왕은 내뱉는 것처럼 말했다.

파비오 비서관이 말한 것처럼 그것은 상당히 유익한 정보였다.

서장에는 얀 대장의 소재가 상세히 적혀 있었다. 아쉽게도 아우라는 북대륙의 지명을 잘 모르기 때문에 이것만 가지고는 알 수가 없지만, 북대륙의 지리에 밝은 사람에게 묻는다면 바로 판명될 것이다.

"투칼레 왕가의 '해득(解得) 마법'입니까."

"그래. 여전히 짜증 나는 놈들이다."

중년 비서관의 말에 여왕은 진심으로 짜증 난다는 표정으로 긍정했다.

투칼레 왕가의 '혈통 마법'인 '해득 마법'.

그 효과는 '올바른 질문에 올바른 대답이 돌아오는 것'. 여러 제약이 있는데다 질문마다 새로운 마법을 개발해야 하는 수고도 들여야 하기 때문에 그렇게까지 절대적인 힘이 있는 것은 아니지만, 지극히 유익한 마법이라는 점에는 틀림이 없다.

원래 알려지지 않아야 할 일을 알고 있다는 점은 커다란 무기가 된다. 어떤 기밀이건 투칼레 왕국을 상대할 때는 '어쩌면 들켰을지도 모른다'라고 상정해야 하기 때문이다.

투칼레 왕국은 그 무기를 유효하게 이용하는 방법을 잘 알고 있다. 이번처럼.

"그래서, 이 정보가 폐하께 어떠한 형태로 유익한 것입니까?"

"이 정보 덕분에, 밑져야 본전이었던 책략이 높은 확률로 성공할 책략이 됐다.”

그래도 스스로를 제어해 보인 여왕은 다시 차분해진 목소리로 대답했다.

얀 대장이 잠복한 장소의 날짜는 사흘 전이라고 되어 있지만, 이동할 가능성이 높은 잠복 장소 후보의 상세한 정보까지 적혀 있었다. 이렇게까지 핀포인트로 위치를 알 수 있다면 사람을 보내서 접촉하는 일은 그렇게까지 어렵지 않다.

문제는 갈색 피부를 지닌 카파 왕국 사람이 북대륙으로 가면 아무래도 눈에 띄기 때문에, 보내기에 적합한 인재를 따로 찾아야 한다는 점이다.

“그렇다면 프레야가 데리고 있는 병사를 빌릴까. 아니, 그럴 바에는 현지 사람을 고용하는 쪽이 좋겠지. 읍살라 왕국에 부탁해서 알아보면 될 테고. 그러고 보니 젠지로가 ‘순간이동’으로 정보 수집에 협력해 준 빚이 있었지. 기왕이면 ‘거점’을 달라고 할까. 문제는 이쪽의 정보를 어디까지 밝혀야 좋을지, 인데…….”

생각을 정리하기 위해 일부러 소리내 말하며 아우라 여왕은 오른손 집게손가락으로 탁자를 똑똑 두드렸다.

어쨌거나 한 가지 확실한 점이 있다. 이번 책략에 투칼레 왕국이 정보 제공이라는 형태로 끼어들었다는 사실은 절대 밖으로 드러나지 않을 것이라는 점이다.

협력을 요청받을 읍살라 왕국이건 책략을 실행하게 될 얀 대장이건, 책략이 성공하면 부활하게 될 얀 사제건 아우라 여왕에게는 굳이 ‘정보원은 투칼레 왕국의 ‘해득 마법’이다’라고 말해 줄 의미가 없다.

　그렇게 되면 이 책략이 성공한 경우, 투칼레 왕국은 아주 큰 활약을 했음에도 불구하고 자신들이 암약했다는 사실을 얀 대장 쪽에도, '교회' 쪽에도 일절 알리지 않는다는 뜻이 된다.

　"진짜 책사는, 책략에 걸렸다는 사실이나 책사의 존재조차 상대가 알아차리지 못하게 한다, 라는 말인가."

　아우라 여왕은 어제 자기가 젠지로에게 했던 말을 되새겼다.

[제3장] 능력과 기호

젠지로가 웁살라 왕국에서 귀국하고 며칠이 지난 밤. 카파 왕국 왕궁에서는 성대한 파티가 열리고 있었다.

파티의 목적은 타국 왕족 환대.

높은 천장에 매달린 반짝이는 샹들리에에는 수많은 양초가 불을 밝히고, 각 테이블 위에도 화려하게 장식한 촛대가 주위를 밝게 비추고 있다.

그리고 지금까지와 조금 다른 점이라면, 몇몇 테이블 위에는 자연스레 흔들리는 촛불이 아니라 전혀 흔들리지 않는 부자연스러운 구형 불을 밝혀 뒀다는 점이다. 그것은 '부동화구' 마법 도구다.

샤로와 지르벨 쌍왕국에서는 일반적인 조명 기구로, 당연하다고 해야 할까, 쌍왕국의 프란체스코 왕자와 보나 왕녀가 제공해 준 것이다. 쌍왕국에서도 귀중한 '빛 마법' 마법 도구는 아무래도 가지고 오지 못한 것 같지만, '부동화구' 마법 도구라도 자연적인 불꽃과 비교하면 훨씬 뛰어난 조명 기구다.

그런 마법 도구 덕분에 평소보다 아주 조금 밝아진 파티장 중앙에서는 파티 주최자 남녀 한 쌍이 주빈 남성을 접대하고 있었다.

"다시 인사드립니다. 왕비 전하, 카파 왕국에 오신 것을 환영합니다. 오늘 밤은 전하를 환영하기 위해 이런 자리를 마련했습니다.

좋은 시간을 보내신다면 기쁘겠습니다."

"예, 지극히 황송할 따름입니다, 젠지로 폐하."

주최자 남자―젠지로의 말에 주빈 남자―윙비 왕자가 공손한 태도로 답했다.

"즐거운 시간을 보내 주세요, 윙비 전하."

이어서 젠지로의 팔에 손을 얹고 있는 그 측실―프레야 공주가 남을 대하는 태도로 쌍둥이 동생에게 미소를 지어 보였다.

"감사합니다, 프레야 님."

웃으며 대답하는 윙비 왕자의 얼굴은 굳이 말할 필요도 없지만 프레야 공주와 정말 닮았다. 말투와 대략적인 몸놀림은 다른 나라 왕족 사이에서의 예의를 확실하게 지키고 있지만, 표정과 목소리에서는 거리가 가깝다는 느낌이 전해졌다. 옆에 서서 그 두 사람의 대화를 듣고 있는 젠지로가 약간 부럽다는 생각을 할 정도로.

아내의 형제에게 질투할 정도로 어린애는 아니지만, 자신보다 프레야 공주와 마음이 통하는 사람을 보면 가벼운 부러움 정도는 들게 된다.

"윙비 전하는 새로운 것을 좋아하시니 음식은 일부러 이쪽의 것으로 준비했습니다. 입에 맞으시면 좋겠습니다만."

"배려해 주셔서 감사합니다. 최근 며칠 동안 겪은 바로는 괜찮을 것 같습니다."

윙비 왕자가 카파 왕국에 온 것은 며칠 전의 일이다. 파티라는 형식은 아니었지만, 이미 여러 번 남대륙의 요리도 먹어 봤다.

고기는 산양이나 돼지가 아니라 용고기. 소금으로 간을 하는 건 공통이지만, 허브를 거의 사용하지 않고 향신료를 잔뜩. 음식에 따라서는 설탕도 듬뿍 사용했다. 그리고 채소나 과일도 처음 보는 것들이 정말 많았다.

그런 미지의 음식이지만, 젠지로가 말한 대로 새로운 것을 좋아하는 윙비 왕자는 딱히 기피하는 기색을 보이지 않고 받아들여 줬다.

"음식은 물론이고, 복색도 정말 흥미롭군요. 젠지로 폐하의 복장은 눈에 익었습니다만, 프레야 님께서 그 의상을 몸에 두른 모습은 처음 뵙습니다."

윙비 왕자가 말한 대로 젠지로는 이미 익숙해진 카파 왕국의 민속 의상에서 유래한 제3 정장. 프레야 공주도 거기에 맞춰서 빨간색 바탕의 카파 왕국 민속 의상을 입었다.

젠지로와 결혼해서 카파 왕가의 일원이 된 뒤로는 카파 왕가의 빨간색을 입는 일이 많아졌지만, 그중 대부분은 북대륙풍 드레스였다. 공식적인 자리에서 카파 왕국 민속 의상을 입은 일은 이번이 처음이다.

"예. 전부터 관심은 있었습니다만, 이제야 다른 분들 앞에 나설 수 있을 만큼 의상을 소화할 자신이 생겼답니다."

프레야 공주는 본인의 말처럼 자신 있는 미소를 지었다.

몸에 맞춰서 짓는 드레스와 달리 카파 왕국의 민속 의상은 몸을 옷에 맞춰서 소화해야 할 필요가 있다. 몸에 감고, 천과 천을 접어서 맞추고 끈으로 묶는 그 옷은 익숙하지 않은 사람이 입으면 무리한 움직임 때문에 옷매무새가 엉망이 돼 버릴 우려가 있다.

일반인들의 일상생활에서라면 신경 쓸 필요가 없을 수준이라도, 왕족이 왕궁에서 그런다면 큰 실수가 된다. 그래서 프레야 공주의 민속 의상 첫 공개를 오늘까지 미뤘던 것이다.

"정말 훌륭하군요. 그 의상 덕분인지 프레야 님이 단아하게 보입니다."

"어머나, 그 말씀이 무슨 의미일까요?"

"프레야 님이 생각하시는 그대로가 아닐까요?"

살짝 노려보는 프레야 공주의 표정과 어깨를 슬쩍 으쓱하는 웡비 왕자의 몸짓도, 보고 있던 사람들이 자기도 모르게 씁쓸한 미소를 지을 만큼 화기애애하게 어울리는 분위기를 자아냈다.

"하하하. 역시 피를 나눈 가족이군요. 웡비 전하 앞에서는 프레야가 평소와 달리 다양한 표정을 보이니."

젠지로도 그렇게 말하며 일부러 큰 소리로 웃어서 프레야 공주와 웡비 왕자의 응수를 승인해 줬다.

그렇게, 한동안 젠지로는 웡비 왕자와 시시한 대화를 나눴다. 음식 이야기, 의류 이야기, 용종 이야기, 기후 이야기. 무의미한 것은 아니지만, 젠지로가 정말로 하고 싶은 이야기는 하나도 하지 않았다.

우트가르즈 이야기, 얀 대장과 얀 사제의 동향, '교회'의 반응, 그에 따른 북대륙 주요국의 움직임 등, 웡비 왕자와 이야기하고 싶은 일들이 잔뜩 있지만, 그중에 이런 자리에서 할 수 있는 이야기는 하나도 없다.

무엇보다 오늘 이 파티는 확실하게 명언한 것은 아니지만 웁살라 왕국 차기 국왕인 윙비 왕자가 카파 왕국에서 맞이할 제2 부인 후보들과 대면하기 위한 자리다. 그래서 특례로 후궁 시녀 중에서도 몇 명이 귀족 영애 자격으로 이 자리에 참석했다.

그 주된 목적을 달성하기 위해서는 아무리 주최자라고 해도 젠지로와 프레야 공주가 언제까지고 윙비 왕자 곁을 차지하고 있으면 곤란하다.

"그럼, 천천히 즐겨 주시오."

"저희는 이만 실례하겠습니다, 윙비 전하."

젠지로와 프레야 공주가 그 말을 남기고 팔짱을 낀 채로 윙비 왕자 곁에서 떨어졌다.

그러자 바로 파티장의 사람들이 움직이기 시작했다. 어떤 이는 주최자인 젠지로와 프레야 공주에게 인사하기 위해 다가왔다. 이쪽 사람들의 흐름에는 법칙이 없다.

한편, 바로 주빈인 윙비 왕자 곁으로 향하는 사람들도 있었다. 이쪽에는 일정한 법칙이 있다. 그것은 부모, 또는 그에 해당하는 보호자의 에스코트를 받는 젊은 미혼 여성이라는 점이다.

전부 사전에 이야기를 해 둔 '윙비 왕자의 제2 부인 후보'들이다. 그중에는 적령기의 미혼 소녀를 여러 명 데리고 온 이도 있다. 아직 결혼하지 않은 딸이 여러 명 있는 부모도 당연히 있지만, 친딸과 함께 분가의 딸이나 신하의 딸을 데려온 사람도 있기 때문이다.

어쨌거나 중요한 것은 이 자리에 데려와서 윙비 왕자에게 소개하는 사람의 직함이다. 그 인물이 친부모일 경우에는 물론이고, 친척이나 상사라고 해도 '보호자' 또는 '후견인'이라는 점에는 변함

이 없다.

그 모습은 마치 일대 다수의 맞선 같은 양상을 보이고 있었다.

조금 떨어져서 그 모습을 보고 있던 젠지로는 옆에 있는 프레야 공주에게만 들릴 만큼 작은 소리로 중얼거렸다.

"아무래도 긴장하고 있네."

그렇게 말하는 젠지로의 시선이 향한 곳은 윙비 왕자가 아니라, 윙비 왕자에게 인사하는 카파 왕국 소녀들에게 향해 있었다.

"당연한 일이죠. 저분들에게는 너무나 크나큰 인생의 기로니까요."

옆에서 젠지로의 팔을 안은 채, 프레야 공주도 젠지로에게만 들리는 작은 목소리로 대답했다.

젠지로는 말없이 고개만 살짝 끄덕였다.

윙비 왕자의 '맞선 상대'는 전부 아우라 여왕이 사전에 서류를 검토하고 배후 관계를 조사한 뒤에 본인과 직접 면담까지 해서 허가한, 말하자면 정예들이다.

그래도 이쪽 세계의 결혼 적령기─10대 소녀라는 점에는 변함이 없다.

귀족 가문에서 태어나 자신의 결혼은 가문을 위한 것이라는 가치관에 물들어 살아왔고, 자신이 바란 혼처이기는 해도 그 혼처가 완전히 미지의 세계─북대륙이다 보니 긴장하지 않을 수가 없으리라.

상당히 높은 확률로 저 사람들 중에 누군가가 윙비 왕자의 제2부인이 되어, 여생을 다른 나라에서 지내게 된다.

"할 수 있는 일은 최대한 해 주고 싶네."

자기도 모르게 젠지로의 입에서 흘러나온 그 말은 진정한 혼잣말이었기에, 옆에서 젠지로의 팔을 안고 있는 프레야 공주의 귀에도 들리지 않았다.

단신으로 이세계로 넘어와 결혼한 젠지로는 어떤 의미에서는 이 자리에 있는 그 누구보다 저 아가씨들의 심정을 잘 이해하고 있다. 그 다음으로 이해할 수 있는 사람이라면 홀로 남대륙의 측실로 들어온 프레야 공주려나. 다행히 젠지로에게는 '순간이동'이라는 수단이, 프레야 공주에게는 웁살라 왕국 왕족 출신이라는 입장이 있다.

젠지로와 프레야 공주라면 웡비 왕자의 제2 부인이 될 소녀에게 도움이 되어 줄 수도 있을 것이다. 물론 남편인 웡비 왕자가 성실하게 도와준다는 것이 대전제지만.

그렇게 조금 떨어진 곳에서 웡비 왕자와 제2 부인 후보 소녀, 그리고 그 친족들을 지켜보고 있던 젠지로 일행은 아가씨들의 장식품을 주시했다.

반지, 팔찌, 목걸이, 머리 장식 등등. 하나같이 황금으로 만든 것들. 뭔가 느낌이 온 젠지로는 파티장을 이리저리 둘러보며 어떤 인물을 찾았다.

그 인물은 바로 발견할 수 있었다. 짙은색 머리카락과 피부색인 사람들이 다수를 차지하는 이 파티장에서 웨이브가 들어간 금발은 눈에 띄었기 때문이다.

젠지로가 상대를 쳐다본 것과 거의 동시에 상대방도 젠지로를 발견했는지 눈이 마주쳤고, 그 인물은 젠지로에게 빙긋 미소를 지어 보였다.

"프레야."

"예, 젠지로 님."

젠지로는 옆에 있는 프레야 공주에게 간단히 양해를 구하고, 느긋한 걸음걸이로 그 인물을 향해 걸어갔다.

"타라예. 즐거운 시간을 보내고 있나."

"예, 젠지로 폐하. 나름대로."

젠지로의 말에 그 금발 여성—타라예는 짙은 미소를 지으며 대답했다.

타라예.

샤로와 지르벨 쌍왕국이 자랑하는 네 공작 가문 중 하나, 엘레멘타카르트 공작의 영애다.

타라예는 북대륙에서 이주해 온 샤로와 지르벨의 귀족 가문과 토착 사막 방랑 부족의 족장 가문이었던 엘레멘타카르트 가문의 피가 유니크하게 섞였는지, 풍성한 금발과 호박색 눈동자, 그리고 옅은 갈색 피부를 지녔다.

영지의 특산품인 황금을 잔뜩 사용한 장식품을 잔뜩 몸에 걸친 이유는 자신을 '살아 있는 마네킹'으로 삼아서 상품을 어필하기 위해서다.

젠지로는 의미심장한 시선으로 웡비 왕자 주위에 있는 소녀들을

보면서,

"꽤나 신세를 진 것 같군. 고맙다."

타라예에게 그렇게 말했다.

"무슨 말씀을. 저희야말로 좋은 사업 기회를 주셔서 정말 감사할 따름입니다. 앞으로도 잘 부탁드리겠습니다."

젠지로의 말에 타라예는 그야말로 상인다운 미소를 지으며 대답했다.

타라예라는 사람을 한마디로 표현하자면 '장사꾼'이다. 남대륙 귀족 영애치고는 이질적인 부류에 해당되리라. 윙비 왕자 주위에 모여 있는 소녀들이 몸에 지닌 새 금세공품들은 타라예가 교묘한 말재간으로 팔아 치운 것들이다.

엘레멘타카트 공작령에서 만드는 금세공품은 금 함유량도 높고 세공 자체도 아주 훌륭하다. 그래서 결코 부당한 장사를 하는 것은 아니지만, 카파 왕국의 은화가 줄줄이 쌍왕국으로 흘러나가는 모습을 이렇게 보는 건 왕족인 젠지로에게는 그다지 기쁜 일이 아니었다.

하지만 타라예의 장사를 누구보다 많이 도와주는 사람이 젠지로라는 것도 틀림없는 사실이다.

타라예는 젠지로가 '순간이동'으로 쌍왕국에 갈 때마다 정당한 요금을 지불하며 '순간이동'시켜 달라고 해서 쌍왕국과 카파 왕국을 왕복하고, 그렇게 번 은화를 가지고 고향으로 돌아가서 상품을 보충하고 있다.

아무리 금세공품의 단가가 비싸다고는 해도 사람 하나가 짊어지고 운반할 수 있는 양이다. 지금까지는 눈감아 줄 수 있는 수준의 금액이었지만, 이대로 일방적인 금전 유출이 이어진다면 이쪽도 뭔가를 쌍왕국에 팔아서 수지 균형을 맞춰야 한다.

거기까지 생각했을 때, 젠지로는 카파에서 팔 수 있는 매우 비싼 상품이 있다는 것을 떠올렸다.

"그러고 보니 '공간 차단 결계' 마법 도구의 진보에 대해 들은 것이 있나?"

젠지로의 질문에 타라예는 웃는 얼굴로 고개를 끄덕이고는,

"예. 덕분에 순조롭다고 보나 전하께서 보장하셨습니다."

가슴을 활짝 펴고 그렇게 대답했다.

카파 왕국 혈통 마법의 일종인 '공간 차단 결계' 마법 도구. 그것을 탐낸 타라예가 주문했고, 현재 아우라 여왕과 보나 왕녀가 공동으로 제작 중이다.

아우라 여왕이 하는 일은 하루에 한 번 보나 왕녀의 공방으로 가서 '공간 차단 결계' 마법을 쓰는 것뿐이고, 실질적인 작업은 대부분 보나 왕녀가 맡고 있다.

물론 보나 왕녀도 매일 마법 도구 하나의 작업에만 매달릴 수 있을 만큼 한가한 몸이 아니기 때문에 가끔씩 일이 멈추는 때도 있다. 그래서 완성되려면 아직도 한참 더 걸릴 것 같지만, 그래도 순조롭게 진행되고 있는 모양이다.

"전부 순조롭다는 말인가."

"전부, 라고 하기에는 아무래도 어폐가 있습니다만, 거의 좋은 방향으로 흘러가고 있는 것은 분명합니다."

그렇게 말하는 타라예의 표정에는 상당히 여유가 있었다. 고위 귀족 가문의 영애로서도 사업가로서도 표정을 관리하는 것은 필수 기능이다. 하지만 상황이 타라예에게 좋은 방향으로 흘러가고 있는 게 틀림없는 상황이다 보니, 그 표정이 진심에서 나온 것처럼 여겨졌다.

"이제 슬슬 상품을 보충하고 싶습니다만, 젠지로 폐하께서는 쌍왕국으로 '이동'할 예정이 있으신지요?"

젠지로가 쌍왕국에 주재하는 동안만 카파 왕국의 아우라 여왕, 쌍왕국의 젠지로라는 형태로 '순간이동'을 이용한 왕복이 가능해진다. 그래서 현재 카파 왕국에 주재 중인 쌍왕국 사람에게는 젠지로가 쌍왕국으로 '순간이동'하는 때만이 일시적으로 귀국할 기회가 된다.

하지만 왕복 '순간이동' 대금은 왕후 귀족의 금전 감각으로도 큰 금액이다. 매번 일시 귀국이 가능한 사람은 거기에 드는 왕복 '순간이동' 대금 이상의 이익을 기대할 수 있는 타라예 전용이 되어 가고 있는 상황이다.

"글쎄, 아직은 모르겠군. 가게 되면 사전에 연락하도록 하지. 그러니까, 나도 두 가지 정도 엘레멘타카트 공작령의 명산품을 구입하고 싶은데. 부탁해도 되겠나?"

젠지로의 말에 타라예는 오늘 밤 보여준 것 중에서 최고의 미소를 지었다. 동시에, 프레야 공주도 힘을 꼭 주면서 젠지로의 팔을 세게 끌어안았다.

젠지로가 부탁할 두 개의 장식품. 그것이 누구와 누구를 위한 것인지는 이제 와서 굳이 말할 필요도 없다.

"예, 맡겨만 주세요. 원하신다면 쌍왕국 왕도의 엘레멘타카트 공작저에 들러 주시겠습니까? 젠지로 폐하시라면 원래 손님께는 보여드리지 않는 최고의 물건을 내놓겠습니다. 물론 대금도 신경 써드리도록 하겠습니다. 왕도의 공작저가 아니라 엘레멘타카트령 영도까지 와 주신다면 더 귀중한 것이 있습니다. 그쪽에서라면 대금은 필요 없습니다. 가는 동안의 안전은 목숨을 바쳐서 보장합니다. 오히려, 제가 대금을 지불하도록 하겠습니다."

'순간이동' 사용자인 젠지로를 자신의 본거지로 초대하고 싶어하는 것은 국내외의 누구나 마찬가지지만, 열의를 따진다면 이 타라예를 이길 사람은 없다. 젠지로가 한 번이라도 방문하면─정확히 말하자면 그곳의 풍경을 디지털카메라에 담는다면─그 뒤로는 직접 '순간이동'할 수 있게 된다.

"왕도의 엘레멘타카트 저택에 대해서는 긍정적으로 검토해 보지. 영도는 무리겠고."

젠지로는 타라예의 기세를 씁쓸한 미소로 흘려 넘기며 딱 잘라서 대답했다.

타라예처럼 행동력 있고 유능한 사람을 상대로 뭔가를 거절할 때는 이유를 대지 않는 쪽이 좋다. 어설프게 '이러이러하니까 그건 무리다'라는 말투로 대답하면 그 무리한 이유를 뭉개 버리는 정면 돌파 방식으로 대항해 오기 때문이다.

"아쉽군요"

대답하는 타라예의 표정은 사냥감을 놓친 육식동물을 방불케

했다.

이번 파티의 목적이 윙비 왕자와 그 제2 부인 후보들의 대면을 위한 것이기는 해도, 윙비 왕자가 그 아가씨들하고만 사교 시간을 갖는 것은 아니다.

무엇보다 사전에 아우라 여왕의 심사를 통과한 소녀들만이 이 자리에서 윙비 왕자에게 어필하는 것이 허락됐으니, 그 숫자는 그리 많지 않았다.

그 많지 않은 인원들과 인사를 나눈 뒤에도 파티가 끝나려면 아직 한참 남았다. 남은 시간은 다른 사람들과의 사교 시간이다.

"이렇게 뵐 기회를 얻게 되어 지극히 영광입니다. 윙비 전하. 저는 카파 왕국 원수 푸쵸르 기젠입니다. 이쪽은 제 아내 루신다."

"루신다라고 합니다, 윙비 전하."

카파 왕국 원수 부부의 인사에 웁살라 왕국 왕자는 웃는 얼굴로 대응했다.

"귀공에 대해서는 에리크 형님께 많이 들었습니다. 진정 훌륭한 무인이라고요. 이렇게 뵙게 되어 영광입니다, 푸쵸르 원수, 루신다 부인."

윙비 왕자 앞에 서 있는 덩치 큰 전사가 담대한 미소를 지었다.

푸쵸르 기젠 원수. 카파 왕국이 자랑하는 최강의 무인이자 전군 최고 지휘관이다.

국력 증강, 권력 보강을 지상의 가치로 삼는, 어떤 면에서는 가치관에서 공통점을 찾아낼 수 있는 은발 왕자와 거한 원수의 대화는 뜨겁게 달아올랐다.

"주룡의 능력은 정말 부럽군요. 최고 속도는 말과 거의 차이가 없으면서 지구력과 적재 능력은 말의 몇 배. 아무래도 물과 먹이도 말보다 많이 필요한 것 같습니다만, 그래도 능력을 생각해 보면 말보다 훨씬 우수하군요. 북대륙의 기후와 식생에 적응할 수 있다면 꼭 수입하고 싶은 심정입니다."

"저희로서는 말의 빠른 육성이 부럽습니다. 태어나서 서너 해면 전력으로 사용할 수 있다니. 기승 동물로서의 현역 수명은 주룡이 더 길긴 합니다만, 군에서는 반드시 이점이라고 할 수만은 없습니다. 비정한 이야기지만, 군에 있어 용종은 소모품이니까요."

성체끼리 비교한다면 주룡이 군용 대형마의 두 배가 넘는 체구를 자랑하지만, 알에서 태어나다 보니 갓 태어난 주룡은 아주 작고, 기승 동물로 사용이 가능할 때까지 10년가량의 사육 기간이 필요하다.

이것은 푸죠르 원수가 말한 대로 군사용 생물로서는 환영할 수 없는 성질이다. 전투에 투입했을 때 주룡의 숫자가 격감하는 것도 충분히 있을 수 있는 일이다. 그래서 주룡은 빠르게 숫자를 늘리는 데 적합하지 않다는 약점이 있다.

"무엇보다 부러운 것은 귀국의 제철 기술입니다. 이번에 볼룬드 공이 저를 위해 창을 만들어 주겠다고 하셨는데, 솔직히 말씀드리자면 잠들기 전에 항상 그 생각만 할 지경입니다. 제가 생각해도 너무 어린애 같지 않은가 싶습니다."

그렇게 말하며 웃는 푸죠르 원수에게 윙비 왕자는 살짝 놀란 표정을 지어 보였다.

"그것은 아우라 폐하가 명한 것입니까? 볼룬드에게?"

"아닙니다. 볼룬드 공 본인의 후의입니다."

"그거 참 대단하군요! 볼룬드에게 인정받은 전사는 움살라 왕국에도 몇 안 되는데 말입니다. 게다가 볼룬드가 먼저 제안했다니, 처음 듣는 일입니다. 푸죠르 원수는 그야말로 탁월한 전사시군요."

윙비 왕자는 푸죠르 원수의 첫인상을 통해 내렸던 평가가 옳았다고 확신했다.

대장장이 볼룬드가 평가하는 전사의 기준은 순수하게 전선에서 싸우는 전사의 능력이다. 지휘 능력이나 통솔력은 전혀 고려하지 않는다. 그런 대장장이 볼룬드가 스스로 무기를 만들겠다고 한 것은, 이 푸죠르 원수라는 사내의 실력이 정말 대단하다는 증거라고 할 수 있다.

"예, 국군의 정점으로서 부끄럽지 않을 만큼의 실력은 유지하고 있습니다."

입장에서도 실력에서도 그리고 본인의 성격에서도 겸손할 이유를 찾을 수 없는 푸죠르 원수는 어느 정도 수사를 구사하면서도 확실하게 대답했다.

"그 실력으로 카파 왕국을 지킨다고 생각하니 프레야의 혈족인 저도 마음이 든든할 따름입니다."

"제게 맡겨 주십시오. 헌데, 주빈인 전하를 언제까지고 제가 독점해서는 안 되겠군요. 저희는 이만 실례하겠습니다."

"실례하겠습니다."

"예, 다음에 또 뵙겠습니다."

원수 부부와 윙비 왕자는 싱긋 웃으며 그 자리에서 헤어졌다.

푸죠르 원수 부부가 간 뒤에 윙비 왕자에게 다가온 사람은 이 파티장에서 눈에 띄는 금발 왕자와 갈색 머리카락에 은빛을 뿌린 왕녀였다.

"안녕하십니까, 윙비 전하. 잠시 괜찮으실까요?"

싱글싱글 웃으며 윙비 왕자에게 말을 건 사람은 금발 왕자 −프란체스코 왕자였고,

"윙비 전하, 이렇게 뵙게 되어 영광입니다."

그 뒤에서 예의 바르게 고개를 숙인 사람은 갈색 머리 왕녀 −보나 왕녀였다.

쌍왕국의 왕자와 왕녀라는 거물이 접근해 오자 윙비 왕자는 활짝 웃어 보이면서 환대했다.

"무슨 말씀을, 저야말로 꼭 두 분과 환담 시간을 갖기를 바라 마지않았습니다. 프란체스코 전하, 보나 전하."

읍살라 왕국에게 프란체스코 왕자, 아니 샤로와 지르벨 쌍왕국은 조금 복잡한 감정을 품을 수밖에 없는 존재다.

샤로와 지르벨 쌍왕국은 '교회'가 역사상의 원수라고 정한 '하얀 제국'의 후손이 세운 나라다. 그 쌍왕국은 속임수 같은 형태로

'우호의 증거'로서 마법 도구 '잔잔한 바다'ㅡ하얀 제국의 유산ㅡ를 프레야 공주에게 건넸다.

필연적으로 웁살라 왕국의 외교는 '교회'에 적대적, 쌍왕국에 우호적이 될 수밖에 없었다.

그 결과 자체는 나쁘지 않았다. 원래 웁살라 왕국은 북대륙에서는 소수파인 정령 신앙 국가였고, '교회'와의 사이는 빈말로도 좋다고 할 수 없었다. 쌍왕국과의 국교가 웁살라 왕국에게 유익한 것은 틀림없다. 그래서 웁살라 왕국과 쌍왕국이 우호적인 관계를 갖는 자체는 웁살라 왕국으로서도 이론이 없다. 그 발단이 속임수에 강제적이었다는 점이 문제일 뿐이다.

어떤 형태로든 뒷마무리를 하지 않으면 웁살라 왕국이 얕보인다. 너무 속된 표현이기는 하지만, 국가간의 역학 관계에서 체면은 무시할 수 없는 요소다.

하지만 이 자리에 있는 쌍왕국 왕족ㅡ프란체스코 왕자와 보나 왕녀에게 그에 대한 불만, 불평을 터트려 봤자 웁살라 왕국의 국익으로 이어지지는 않는다.

그것을 알고 있는 윙비 왕자는 프란체스코 왕자와 보나 왕녀를 쌍왕국의 대표가 아니라 각각 왕족 개인으로서 대했다.

"쌍왕국은 마법 도구는 물론이고 마법 자체도 상당히 발달했다고 들었습니다. 저 '부동화구' 마술구는 정말 훌륭하더군요. 가능하다면 여러 개를 구입하고 싶은 심정입니다."

그렇게 윙비 왕자가 진심으로 절찬한 것은 젠지로가 일부 아이디어를 냈던 '부동화구' 마술구다. 흔들리는 배에서도 안전하게 불을 다룰 수 있도록, '부동화구'라는 이름 그대로 전혀 흔들리지 않는 구형 불꽃을 철망으로 완전히 감싼 마법 도구다.

이거라면 철망 구멍으로 가느다란 실오라기라도 들어가는 불행한 일이라도 일어나지 않는 한, 불이 번지는 일은 없다.

웁살라 왕국의 주요 항구인 로그포트는 부동항이다. 그것은 바꿔 말하자면 웁살라 왕국의 배는 겨울에도 출항할 수 있다는 의미다.

로그포트가 겨울에도 얼지 않는 것은 해류 덕분이고, 기온 자체는 평범한 해수 응결 온도를 밑돈다. 그래도 웁살라의 사내들은 배를 띄운다. 대형 무역선은 물론이고 소형 어선도. 겨울에도 잡을 수 있는 물고기, 겨울에만 잡을 수 있는 어패류가 존재한다.

그런 겨울의 배 위에서, 번질 걱정이 없는 불이 얼마나 고마운 존재인지는 쉽사리 상상할 수 있다.

"그건 젠지로 폐하의 발상이었습니다. 저로서도 상당히 보람 있는 일이었습니다. 핵을 이루는 마법 도구가 간단히 만들 수 있는 것이다 보니 의외로 짧은 시간에 완성할 수 있었죠."

마법 도구로서는 '부동화구' 주문을 마도구화한 것뿐이고, 주위를 철망으로 감싸고 배에서도 고정할 수 있도록 아래쪽을 바이스로 만드는 구조를 궁리한 것에 불과하다.

의외로 짧은 시간이라는 프란체스코 왕자의 말에 윙비 왕자의 눈빛이 달라졌다.

"호오, 그렇습니까. 구체적으로는 어느 정도일까요?"

"두 달도 안 걸립니다."

"맞습니다. 대략 그 정도입니다."

프란체스코 왕자와 보나 왕녀의 대답에 윙비 왕자의 표정에서 기대하는 기색이 절반 정도 사라졌다.

프란체스코 왕자가 말한 대로 두 달이라는 시간은 마법 도구 작성 시간치고는 분명히 짧은 시간이지만, 그래서는 윙비 왕자가 바란 수준에는 미치지 못했다.

윙비 왕자는 '부동화구' 마법 도구를 양산품으로서 원하고 있다. 겨울의 배에서 안전하게 다룰 수 있는 불이 있다면 겨울 항해와 어업이 얼마나 편해질까.

그러기 위해서는 귀중품 한두 개 정도로는 의미가 없다. 최소한 수십, 가능하다면 백 개 이상의 숫자가 필요했다.

윙비 왕자의 표정을 보고 희망했던 답이 아니라는 것을 이해했는지, 프란체스코 왕자는 쓸쓸하게 웃으며,

"아무래도 마법 도구 제작은 시간이 걸리는 일입니다. 괜찮으시다면 제가 개인적으로 가진 마법 도구를 개량해서 드릴까요? 숫자는 고작 두 대뿐이지만."

그렇게 제안했다.

"저도 제공하겠습니다. 하나뿐입니다만."

보나 왕녀도 그렇게 말하고, 은색 머리카락을 반짝반짝 빛내며 미소를 지었다.

쌍왕국에서는 '부동화구' 마법 도구를 난방은 물론이고 조명으로서도 긴히 사용하고 있기 때문에 왕족이라면 어느 정도 숫자를 사적으로 보유하고 있다. 특히 프란체스코 왕자와 보나 왕녀처럼

기술자 왕족들은 밤늦게까지 마법 도구 제작 작업에 종사하는 경우가 많기에 광원이 필수다.

아래쪽 부분을 바이스 형태로 만들고 화구 전체를 철망으로 감싸는 식으로 개조하는 정도라면 시간은 그다지 오래 걸리지 않는다.

두세 개 정도는 국력 증가라는 의미에서는 오차 범위 내에 불과한 숫자이지만, 겨울에 내보내야 하는 중요한 배의 숫자만큼만 되어도 의미는 있다.

"꼭 부탁드리겠습니다. 대금은 젠지로 폐하 때와 같은 금액이면 되겠습니까?"

"예, 그렇게 하시지요."

여러모로 비상식적인 구석이 있는 프란체스코 왕자지만, 최소한 왕족으로서 사교 자리에 나가는 것이 허락될 만큼의 상식은 있다.

"그나저나 웡비 전하는 정말 대단하시군요. 모든 언동에서 웁살라 왕국의 국력 향상을 바라시는 의지가 느껴집니다. 정말 존경합니다."

프란체스코 왕자의 그 말은 아첨이 아니라 진심에서 나온 것이다.

이 파티에서 웡비 왕자의 언동은 철저히 자국 강화를 목적으로 하는 것들이었다.

주룡에 강한 관심을 보이고, 부동화구 마법 도구를 원하고, 대륙간 교역에 대해 지극히 적극적이다.

정작 중요한 '맞선'에서도 세련된 화술로 깔끔하게 대응했지만,

보는 눈이 있는 사람이 봤을 때는 지금 만나는 상대 소녀보다 그 뒤에 있는 후견인의 힘과 인품을 중시한다는 것을 알 수 있었다.

그것은 나쁜 일도 특별한 일도 아니다. 왕후 귀족이라면 일반적이라고 할 수 있는 정도였다.

"하하하, 과분한 칭찬을 들으니 쑥스럽군요. 저는 그저 왕족으로서 해야 할 일을 하고 있을 뿐입니다."

그래서 그런 윙비 왕자의 대답도 겸손이 아닌 진심에서 나온 것이었다.

한편, 프란체스코 왕자는 일반적인 왕후 귀족이라는 시험 과목이 있다면 여유 있게 낙제, 그 뒤에 볼 추가 시험에서도 불합격, 추가 과제물에서 봐준 덕분에 간신히 낙제를 면하고 점수를 받을 정도 수준의 왕족이다.

"무슨 말씀을. 윙비 전하께서 하고 계신 일은 도저히 해야 할 일을 한다는 의무 수준으로 끝날 영역이 아닙니다. 범상치 않은 정열, 훌륭한 행동력입니다. 저는 도저히 흉내도 못 내겠습니다."

그렇게 말하며 양쪽 손바닥을 천장으로 향하며 어깨를 으쓱거리는 프란체스코 왕자를 보고, 윙비 왕자는 아주 잠깐 표정이 굳어졌다가 지극히 자연스러운 미소로 수습했다.

"분명히, 프란체스코 전하께서 말씀하신 대로 저는 왕족의 의무가 아니라 자신의 뜻으로 행하고 있습니다. 하지만 흉내도 못 내시겠다니, 겸손이 과하시군요."

웃는 얼굴의 윙비 왕자와 대조적으로, 프란체스코 왕자는 아무렇지도 않다는 듯 고개를 저었다.

"아뇨, 무리입니다. 애당초 그럴 기력이 솟아나질 않으니까요."

"프, 프란체스코 전하! 그런 말씀은!"

사실이기는 하지만 보통은 공공연하게 할 수 없는 말을 노골적으로 털어놓은 프란체스코 왕자 때문에 보나 왕녀가 당황한 목소리로 말했다.

"아… 아닙니다, 보나 전하. 저는 신경 쓰지 마세요. 웁살라는 상무(常武)의 나라이기에, 솔직한 발언은 딱히 신기한 일도 아닙니다. 하지만 본인의 기력 문제라면, 정말 힘들지도 모르겠군요."

순간적으로 경직된 뒤, 윙비 왕자는 완벽하게 수습한 웃는 얼굴로 무난한 대답을 했다.

◆

다음 날. 카파 왕궁 별관의 한 방에서 윙비 왕자와 프레야 공주가 만나고 있었다. 쌍둥이 오누이라고는 해도 지금은 각자 소속된 나라가 다른 왕족이다. 원래 이렇게 단둘이 있게 해서는 안 되겠지만, 이 행동은 젠지로는 물론이고 아우라 여왕의 허가도 받은 것이다.

젠지로와 결혼하고 아직 많은 날이 지나지 않은 프레야 공주이지만, 젠지로 등과 알고 지낸 세월은 나름대로 길었고, 그동안에 어느 정도 신뢰를 얻었다. 젠지로와 결혼한 이상 카파 왕국에 해가 될 수 있는 정보 누설은 저지르지 않으리라고 판단할 정도까지는.

장소는 머나먼 타국의 왕궁이지만, 말 그대로 태어나기 전부터 함께해 온 오누이다. 마주 보고 앉은 은청색 머리카락의 왕자와 왕녀는 양쪽 모두 편한 표정으로 담소를 나누고 있다.

"어젯밤엔 고생 많았어. 여전히 그런 자리에서는 무난하게 잘하네."

"하하, 고마워. 내 사교가 남대륙에서도 합격점이라는 뜻이려나. 안심했어."

윙비 왕자는 프레야 공주에게 대답하고, 탁자 위에 있는 찻잔을 들었다.

"같은 사람이니까, 세세한 예법은 다르더라도 사교의 기본은 변함이 없는 법이지."

'황금나뭇잎호'를 타고 여러 나라를 방문한 프레야 공주의 말에는 어느 정도 설득력이 있었다. 물론 문화가 다르면 정말로 믿을 수 없는 부분에서 역린을 건드리는 일도 있다 보니, 방심은 금물이다.

어쨌거나 윙비 왕자가 카파 왕국에 온 뒤로 인간관계를 무난하게 처리하고 있는 것만은 틀림없는 사실이다.

"그래서, 일단 첫인상에 대해 얘기해 주겠어? 웁살라 왕국 차기 국왕, 윙비 왕태자 전하는 우리 카파 왕국의 누가 눈에 들었으려나?"

살짝 장난스런 말투로 프레야 공주가 물었다.

이 이야기를 듣는 것이 프레야 공주가 오늘 여기에 온 첫 번째 목적이다. 프레야 공주는 이 목적을 위해 윙비 왕자와 단둘이 만나는 허가를 받았다고 할 수 있다.

가족 간의 시시한 수다. 그런 명목이 있어야 물어볼 수 있는 화제다.

아우라 여왕이나 국서 젠지로였다면 그렇게 물어볼 수가 없다. 상대가 젠지로라고 해도 '저는 ○○양에게 관심이 가더군요'라고 말해 버리면 당장 그쪽 방향으로 배를 돌리는 일이 벌어지게 된다. 그래서 어디까지나 가족 간의 시시한 수다, 라는 간판이 있는 프레야 공주에게만 허락된다.

그리고 젠지로의 측실인 프레야 공주에게는 젠지로와 아우라 여왕도 가족이다. 당연히 후궁 안에서 행하는 '가족만의 비밀 이야기' 도중 여기서 프레야 공주와 윙비 왕자가 나눈 이야기의 내용도 나올 것이다. 윙비 왕자도 그 부분을 충분히 이해하고 있다.

이 자리에서 누군가의 이름을 말하면 그 이름이 상당한 신빙성을 가진 소문이 되어 아우라 여왕, 젠지로의 귀에 전해질 것이다. 어디까지나 단순한 소문, 나중에 충분히 수습할 수 있는 가벼운 경향 정도의 이야기로서.

그런 카파 왕국 쪽의 섬세한 배려를, 성급한 윙비 왕자는 전부 이해한 상태에서 무시했다.

"음, 밀레라 양이 좋던데. 본인도 심지가 강하고 꽤 총명했어. 게다가 자기 역할을 정확히 이해하고 있고. 무엇보다 마르케스 백작이 좋지. 그 사람은 정말 좋아. 그런 말이 통하고 능력 있는 분이 장인이 된다면, 내 미래는 밝을 거야. 그리고 웁살라 왕국의 미래도 밝다는 뜻이 되겠지. 게다가 옥타비아 부인도 정말 훌륭해. 그야말로 귀족다운 총명함을 지니셨는데도, 전혀 귀족답지 않은 선량한 인격과 사고를 지니셨어."

본인보다 그 뒤에 있는 보호자, 가문의 격에 대한 언급이 압도적으로 많다는 부분이 참으로 윙비 왕자답다.

윙비 왕자에게 있어 결혼이란 정략의 비율이 상당히 크다. 자신과 왕가와 나라에 명확한 이익이 없다면 결혼할 의미가 없다고, 진심으로 그렇게 생각하는 인종이다. 물론 그 이익을 지속시키기 위해서는 결혼 상대에게 성실하게 대할 필요가 있다는 점도 이해하고 있지만.

"걱정거리라면 밀레라 양이 마르케스 백작의 친자식이 아니고 양녀라는 점이겠지. 족보상 조카에 해당한다고 했던가? 게다가 옥타비아 부인은 후처잖아. 그런 점을 봤을 때, 보호자의 권리나 의무 같은 건 어떻게 되지?"

"양자로 받아들인 시점에서 양부모의 권리와 의무는 혈연적인 부모와 똑같아져. 카파 왕국 법률상으로는."

일단은 카파 왕국의 왕족이 된 시점에서 최소한 카파 왕국의 법률은 철저하게 주입받은 프레야 공주가 술술 대답했다.

"그렇다면 문제없겠네. 마르케스 백작은 이성과 타산으로, 옥타비아 부인은 감정으로 그 명분대로 행동해 줄 사람이니까."

윙비 왕자는 어젯밤에 단 한 번 만난 상대에 대해 자신 있게 말했다.

처음 만난 상대를 보고 느낀 첫인상은 나중에 어긋난 적이 없다. 프레야 공주는 윙비 왕자가 그렇게 호언장담했던 것을 떠올렸다.

실제로 윙비 왕자가 그 고집 센 성격에 비해 대인관계가 좋은 것은 이 특이한 능력 덕이 크다.

"그렇구나. 마르케스 백작 영애 밀레라는 후궁 시녀를 하고 있다 보니 나도 나름대로 면식이 있는데, 분명히 귀족 자녀로서 심지가 굳은 사람이라는 인상이야. 또 인상적인 사람은 없었고? 아, 꼭 제 2 부인 후보가 아니라도 괜찮아."

노골적으로 윙비 왕자의 '눈'을 자신의 정보 수집에 이용하려 하는 누이의 태도에 윙비 왕자는 씁쓸한 미소를 지으면서도 솔직하게 대답했다.

"일단 누가 뭐라고 해도 푸죠르 원수. 에리크 형님이 흥분해서 〈토르〉가 있었다!'라고 말했던 게 허풍이 아니었어."

카파 왕국 원수 푸죠르 기젠. 그 위용은 천하의 윙비 왕자도 태연하게 대화를 나누기 위해서는 어느 정도 노력이 필요할 정도였다.

"먼저 일단 강해. 엄청나게 강해. 솔직히 얼마나 강한지 내 능력으로는 짐작할 수도 없어. 물론 한 사람의 무인으로서 강한 건 물론이고 군을 이끄는 장군으로서도 강해. 상승 지향이 강하다는 게 문제라면 문제겠지만, 그것이 활동력으로 이어지고 있으니까 유사시에는 아주 믿음직하겠지."

약간 방향성이 다르긴 하지만, 상승 지향이 강한 왕후 귀족이라는 공통점 덕분에 윙비 왕자는 푸죠르 원수의 가치관을 이해하기 쉬웠다.

그 점은 프레야 공주도 쉽사리 상상할 수 있는 부분이었다.

"그래. 앞으로의 동향을 생각한다면 믿음직한 존재라는 뜻이네. 그 사람을 제어해야 하는 아우라 폐하는 힘드시겠지만. 그리고? 또 인상적인 사람은?"

또 재촉받은 윙비 왕자는, 갑자기 표정을 바꿔서 무표정한 얼굴이 됐다.

"⋯⋯⋯⋯쌍왕국 프란체스코 전하. 유능해. 마법 도구 제작자로서의 평가야 나로서는 잘 모르겠지만, 그쪽 능력이 세상의 평판대로라면 위정자로서의 능력도 크게 다르지 않아."

"프란체스코 전하는 그 정신 상태 때문에 제1 왕자면서도 왕위 계승권이 없다고 들었는데?"

동생이 단언하는 프란체스코 왕자의 평가에 프레야 공주는 고개를 갸웃거렸다.

프레야 공주의 기억 속에 있는 프란체스코 왕자의 언동은 세상의 평가를 뒷받침해 주는 것이었다. 아무리 그래도 나라에 치명적인 피해를 줄 만큼의 언동은 하지 않았지만, 경솔하고 비상식적인 언동이 많아서 이 사람을 차기 국왕으로 삼지 않은 것은 옳은 판단이라고 생각했다.

하지만 그런 프레야 공주의 말에 윙비 왕자는 벌레라도 씹은 것 같은 얼굴로 고개를 저었다.

"틀림없이 거짓말이야. 아니, 거짓말이 아니라면 아니라고도 할 수 있으려나. 그건 능력은 있지만 그냥 싫어서 안 하는 느낌이야.

그걸 안 하더라도 자신이 좋아하는 것만 하면서 살아갈 수 있는 능력이 있지. 자신이 좋아하는 것에 대한 재능도 같거나 그 이상으로 지녔으니까. 말하자면 하늘을 나는 것은 싫어하고 지상을 달리는 일을 아주 좋아하는 유익마라고 할까. 그리고 유익마 주제에 지상을 달리면 보통 말보다 훨씬 빨라. 그래서 하늘을 날지 않아도 용납되지."

그렇구나. 듣고 보니 프레야 공주도 짚이는 부분이 있었다. 그만큼이나 경솔한 언동이 많은데도 치명적인 실수는 저지르지 않는다는 것은 부자연스럽다고 할 수 있다.

그 평가를 이해한 프레야 공주는 윙비 왕자가 왜 이렇게 심기가 불편한지도 이해했다.

"……그렇게 싫어? 프란체스코 전하가?"

"정말 싫어."

내뱉는 듯한 윙비 왕자의 말에 프레야 공주는 웃음을 터트렸다.
"너 말이야, 행여라도 그걸 겉으로 드러내면 안 돼."
"그럴 리가 있겠어? 쌍왕국, 샤로와 왕가는 물론이고 프란체스코 전하 자신도 어떻게든 우호를 맺어야 할 존재야. 그건 나도 이해하고 있어. 솔직히 말하자면 프레야가 아니었다면 이렇게 솔직하게 말하지도 않았어."
그렇게 말하고, 윙비 왕자는 소파에 앉은 채 항복한다는 듯 두 손을 들었다.

쌍둥이인 프레야 공주와 윙비 왕자의 관계는 오래됐고, 깊다. 그래서 서로가 상대의 표정이나 언동을 보고 거짓을 간파하는 데 익숙했다. 윙비 왕자도 그런 프레야 공주의 눈을 끝까지 속여 넘길 수 있으리라고는 생각하지 않았다. 그래서 털어놓았다.

"뭐, 네 가치관을 생각해 보면 프란체스코 전하를 좋아할 리가 없다는 것도 이해가 되지만."

프레야 공주는 그렇게, 감정적으로는 이해했다는 뜻을 보였다.

그 말에 이끌린 것처럼 윙비 왕자가 불만을 줄줄이 늘어놓았다.

"진짜 뭐냐고 그 인간은. 왕이 될 수 있는 입장으로 태어났고, 왕을 맡을 수 있는 능력이 있으면서, 그런데도 왕이 되기를 거절하고 있어. 그런 주제에 왕 자리를 거절했는데도 왕족으로 남는 일을 허락받았고. 아주 행복한 인생을 만끽하고 있잖아. 대체 뭐냐고. 진짜 뭐냔 말이야."

윙비 왕자는 웁살라 왕국 왕족 중에서도 유난히 상승 지향이 강한 사람이다. 그런데도 출생은 제2 왕자였다. 어머니도 제2 왕비고. 원래는 웁살라 왕이 될 수 있는 여지가 없었던 인간이다.

다행히도─그렇게 말하면 여기저기서 저주가 날아오겠지만, 윙비 왕자에게는 틀림없는 다행이었다─특수한 사정 때문에 제1 왕자인 에리크 왕자가 이웃 나라 오프스 왕국의 왕으로 가 버렸기 때문에 지극히 자연스러운 형태로 웁살라 왕국 차기 국왕 지위가 굴러 들어왔는데, 확정될 때까지는 갈등이 있었다.

거듭해서 다행이었던 것은 윙비 왕자가 좋은 의미로 웁살라 왕국을 '자기 것'으로 생각했다는 점이리라. 왕이 되고는 싶지만 그러기 위해서 나라를 어지럽히는 일은 참을 수 없다. 아마도 에리크 왕자가 무사히 왕이 되고 윙비 왕자가 평생 왕제로서 그를 보좌하는 입장에 머물렀더라면 속으로는 항상 '부디 풍파가 없는 형태로 내가 왕이 되는 날이 찾아오지는 않으려나'라고 생각한다 해도, 웁살라 왕국을 위해 온 힘을 다했을 것이다.

"가치관은 사람마다 다르니까."

달래는 듯한 프레야 공주의 말에 윙비 왕자는 얼굴 전체로 불편한 심기를 표현하는 것처럼 입술을 삐죽 내밀었다.

"그건 나도 알아. 괜히 프레야랑 쌍둥이가 아니라고. 세상에 온갖 특이한 가치관을 가진 사람들이 있다는 정도는 나도 이해하고 있어. 그래서 나는 내 가치관에 따라서 프란체스코 전하가 싫어. 정말 싫어."

"나랑 쌍둥이라는 게 무슨 상관인데?"

한마디 하면서도 그 이상은 반론하지 않는 건 프레야 공주 본인도 자각하고 있기 때문이리라. 자신의 가치관이 일반적인 왕후 귀족 여성과 크게 다르다는 것을.

어쨌거나 윙비 왕자의 가치관에서는 가장 가치가 있는 것을 태어나면서부터 손에 지녔는데도 '이거 싫어. 필요 없어'라며 집어던진 자가 프란체스코 왕자라는 사람이다.

윙비 왕자가 프란체스코 왕자를 싫어하는 것도 무리가 아니다.

그렇기에, 프레야 공주는 필요 없다고 생각하면서도 확실하게 못을 박았다.

　"정말로, 제대로 대응해야 해? 웁살라 왕국과 쌍왕국이 국익을 위해서 부딪친다면 어느 정도는 어쩔 수 없는 일이고, 카파 왕국이 중재할 수도 있기는 하지만, 너와 프란체스코 전하가 개인적인 감정으로 부딪치기라도 하면 내가 중간에 개입할 수 없으니까."

　"나도 알아."

　프레야 공주의 말에 웡비 왕자는 떨떠름한 표정인 채로 고개를 끄덕였다.

　카파 왕국에서 프레야 공주의 입장은 아직 반석 위에 올랐다고 하기 힘든 상황이다. 그 상태에서 모국과 우호국 사이에 프레야 공주가 개입하는 일은 자신의 발판을 무너트릴 수도 있는 행위다. 어설프게 웡비 왕자 편을 들면 '너는 이미 적을 옮겼으면서도 웁살라 왕국의 일원으로 행세하려는 건가?'라는 논리로 프레야 공주 본인이 공격받게 된다.

　"나도 아니까. 프란체스코 전하에게 미움을 사서 좋을 건 하나도 없고, 호감을 사서 좋을 일은 잔뜩 있을 것 같으니까. 절대로 겉으로는 드러내지 않을게. 맹세할 수도 있어."

　웡비 왕자는 왕족 중에서도 표정이나 태도를 꾸미는 능력이 뛰어난 편이다. 그래서 본인이 긴장감을 가지고 꾸미려고 하는 동안에는 큰 문제가 없을 것이다.

　하지만 왕족의 사교 상대는 같은 왕족, 또는 고위 귀족인 경우가 많다. 언젠가 눈치 빠른 사람이 웡비 왕자가 프란체스코 왕자에게 악감정을 품고 있다는 사실을 눈치챌 가능성도 있다.

"꼭 부탁할게."

프레야 공주는 한숨을 쉬며 말했다.

사람의 감정이라는 것은 본인도 마음대로 할 수 없는 귀찮은 것이다. 그것을 알고 있는 프레야 공주는 더이상 추궁하지 않았다. 누구나 상성이 좋지 않은 상대는 있는 법이다.

그렇게 생각했을 때, 문득 뭔가를 깨달았다.

"어라? 그런데 너, 젠지로 님은 좋아하잖아? 가치관이 다른 왕족이라는 의미에서 본다면 젠지로 님도 프란체스코 전하와 일맥상통하는 부분이 있을 것 같은데."

프레야 공주의 말대로, 중추에 가까운 왕족이면서도 자신의 의지로 그 권력을 거부하고 있다는 의미에서 보면 젠지로도 프란체스코 왕자와 같은 부류라고 할 수 있다.

하지만 프레야 공주의 그런 의미에, 윙비 왕자는 아주 당연하다는 것처럼,

"맞아. 그렇게 본다면 분명히 같다고 할 수 있겠지. 하지만 매형은 전혀 달라. 실례되는 말이지만, 무엇보다 왕족으로서의 능력이 달라. 하지만 할 수 있는데 농땡이 피우는 인간과 못 한다는 점을 이해하고 거절하는 사람이니까, 똑같이 볼 수는 없어."

그렇게 말하고, 슬쩍 어깨를 으쓱거렸다.

"젠지로 님의 능력이 낮다고?"

윙비 왕자의 평가에 프레야 공주는 고개를 갸웃거렸다. 물론 마음이 통한 남편을 낮게 봤다는 불쾌감 때문이기도 했지만, 그 이전에 평가 자체를 쉬이 납득할 수 없었기 때문이다.

혼인을 맺은 것은 최근이지만 년 단위로 알고 지냈기에, 프레야 공주는 젠지로를 높게 평가하고 있다. 최소한 프란체스코 왕자와 비교해서 천지차이라고 할 수준은 아니라고.

하지만 프레야 공주의 그런 말에도, 윙비 왕자는 확실하게 고개를 저어 보였다.

"낮아. 틀림없이. 하지만 왕족에게 요구되는 능력 분야에서 낮다는 의미가 아니야. 비정한 결단이라든지, 도리보다 이익을 취하는 판단이라든지, 나라의 불이익을 회피하기 위해 약속을 깨는 손익 계산이라든지, 그런 방면의 능력이 부족해. 하려 든다면 못 하지는 않겠지만, 만약 그렇게 한다면 마음 아파할 테고, 까딱하다가는 정신에 병이 들 수도 있는 성격이야. 그런 만큼 우호국 왕족에게는 정말 고마운 사람이지. 자국 왕족 중에 있다면 좀 난감할 수도 있지만. 그리고 적국 왕족이라면, 아주 이용 가치가 있고."

"…………."

그렇게 말하니 프레야 공주도 반론할 수가 없었다. 돌이켜 생각해 보면 분명히 짚이는 부분이 있다. 젠지로의 됨됨이, 가치관을 좋게 생각하는 프레야 공주지만, 그것이 왕족에 걸맞은지 물었을 때 순수한 이성만으로 대답한다면 고개를 저을 수밖에 없다.

이성이 반론을 허락하지 않고, 감정은 긍정을 용납하지 않는다. 그렇기에 프레야 공주의 침묵을 제대로 이해한 윙비 왕자는 이 화제를 빨리 끝내 버리기로 했다.

"뭐, 반대로 성실함이나 높은 신뢰성이 필요할 때는 믿음직한 사람이니까, 결국은 적재적소로 판단해야겠지. 그래서 내 입장이라는 기준에서도, 내 개인적인 감정에서도 젠지로 매형은 아주 좋아해."

"정말이지. 만약 이상한 짓이라도 했다간 나보다 아우라 폐하가 가만 계시지 않을 거야."

"알아. 젠지로 매형을 상대로 도리에 벗어난 짓을 할 생각은 없어. 성실하고 착실한 권력자를 대할 때는 길게 본다면 마찬가지로 성실하게 대응하는 쪽이 가장 큰 이익을 볼 수 있으니까."

"그걸 알고 있는 동안에는 나도 아무 말 안 할게."

윙비 왕자의 말에 프레야 공주는 그렇게 대답하고서 겨눴던 창을 거뒀다.

"그럼, 또 신경 쓰이는 사람은 있었어?"

없다면 탐문은 이것으로 끝내겠다. 그런 의지가 엿보이는 프레야 공주의 말에 윙비 왕자는 잠시 그 얼음 같은 파란색 눈으로 천장을 바라보며 침묵한 뒤에, 고개를 저었다.

"응, 딱히. 물론 걸물이라고 불러야 할 사람은 몇몇 있긴 했지만 마르케스 백작, 옥타비아 부인, 푸죠르 원수, 프란체스코 전하만큼 신경이 쓰이는 사람은 없었어. 보나 전하도 마법 도구 제작자로서는 중요하지만, 종합적으로 본다면 한두 단계 정도는 떨어져 보이고."

그렇게 딱 잘라서 표현한 윙비 왕자의 말에 거짓은 없었다.

한마디로 오늘까지 '처음 만난 상대를 보고 느낀 첫인상이 나중에 어긋난 적이 없다'고 장담해 왔던 윙비 왕자의 안목이 처음으로 어긋난 순간이었다.

푸죠르 원수의 부인 루신다. 항상 푸죠르 원수 곁에 서서 인사만 나눴던 그 사람에 대해 윙비 왕자가 아무런 인상도 받지 못했기에.

[막간2] **잠복 중인 용병**

즈워타 보르노시치 귀족제 공화국은 현재 북대륙 서부에서 가장 큰 대국이다.

그것은 국력이라는 의미에서는 물론이고 국토 면적에 있어서도 가장 큰 나라이기에.

국력이 강하고 국토 면적이 넓은 대국에는 당연히 부를 영위하는 도시들이 여럿 존재한다. 젠지로가 '황금나뭇잎호'를 타고 들렀던 포모제는 항구라는 분류로만 한정하면 공화국에서도 제일가는 규모를 자랑하는 곳이지만, 도시라는 분류에서 본다면 포모제와 같은 수준이나 그보다 큰 도시가 여럿 존재한다.

공화국 북서부에 있는 브로츠와프도 그런 도시 중 하나다. 포모제와 달리 내륙에 위치한 브로츠와프는 이웃 나라와의 국경이 가깝기도 해서 육로 교역과 역사 깊은 문화로 번영하고 있는 도시다.

그런 도시인 브로츠와프의 환락가 중에서도 사람들이 많이 드나들고 치안이 그다지 좋지 않은, 소위 빈민가라고 불리는 지역 한쪽에 용병 얀의 은신처 중 하나가 있었다.

"⋯⋯⋯⋯으으으, 크윽⋯⋯⋯⋯. 구해 드리지⋯⋯ 못했다⋯⋯⋯⋯!!"

대낮인데도 모든 창문과 덧창을 걸어 잠근 더러운 방 안에서 외눈 용병이 울부짖고 있었다. 신을 신고 들어가는 전제로 만든 지저분한 나무판자 사이에 두 손을 짚고 엎드려 하나밖에 없는 눈에서 끝도 없이 눈물을 흘렸다.

얀 대장을 슬픔과 절망 한복판으로 몰아넣은 것은 심복이 가져온 보고였다.

얀 사제가 화형에 처해졌다.

얀 대장은 그 보고를 처형이 행해진 '교회'령에 잠입하지도 못한 채 받고 말았다. 국경 근처 도시에 잠복해 있는 사이에 경애하는 얀 사제의 명운이 다하고 만 것이다.

"대장, 얀 대장님⋯⋯!!"

곁에 서 있는 심복 용병의 두 눈에서도 계속 눈물이 흐르고 있지만, 그것은 결코 대장이 울어서 따라 우는 것이 아니다. 얀 대장의 심복인 용병들은 하나같이 얀 사제를 직접적으로 알고 있으며, 그 됨됨이 역시 알고 있다. 얀의 용병대 사람들은 하나같이 크건 작건 얀 사제에게 경애하는 마음을 품고 있었다.

그 부조리한 죽음에 슬픔과 분노와 증오를 불태울 만큼은.

얀 대장이 말리지 않았다면 얀 사제를 구하기 위해서 국경 강행 돌파를 시도한 이도 있었을 것이다. 얀 대장 본인도 같은 심정이었으니까.

다른 점이라면 얀 대장은 그런 단락적인 행동으로는 사태를 전혀 호전시킬 수 없다고 생각할 만큼의 머리와, 감정이 이끄는 대로

행동하려는 자신을 제어할 만큼의 이성을 겸비했다는 것이다.

그래서 부하들에게도 일러 뒀다. '폭발하지 마라' '내 말을 들어라' '우리가 개죽음해 봤자 사제님이 기뻐하시는 않는다'라고.

얀 대장은 역전의 용병이자 극히 뛰어난 지휘관이다. 하지만 인간의 틀을 뛰어넘은 초인은 아니다.

총 20명도 안 되는 용병들을 데리고서, 사실상 북대륙의 지배자라고 해도 과언이 아닌 '교회'에 잡혀 있는 사람 하나를 구출할 방법을 떠올리지 못했다. 그리고 그렇게 방안을 떠올리지 못한 채, 처형이 집행됐다.

목숨을 걸 정도로 경애하는 존재를 잃었을 때, 사람이 빠지게 되는 상태는 둘 중 하나다. 허탈한 상태로 산송장이 되거나, 또는 지워지지 않는 증오에 마음을 사로잡혀서 복수를 맹세하거나.

얀 대장처럼 폭력을 가업으로 삼는 사람의 경우, 저울이 어느 쪽으로 기울게 될지는 너무나 알기 쉽다.

"……서 못 해. 죽어도, 용서 못 한다……. 왜, 사제님이 돌아가시고, 사제님을 죽인 놈들이 잘난 척 성직자 행세를 하고 있지? 그딴 걸 용서할 수 있겠나."

"그래, 맞아."

"대장 말이 맞아."

"이건 잘못됐어!"

좁은 실내에 있는 사람은 얀 대장의 심복들이다. 동의하는 이는 있어도 말리는 이는 없다. 증오의 불꽃이 서로를 부추기고, 기세를 더해 가고, 그야말로 제 몸을 태워 버릴 지경으로 타올랐다.

그때.

입구의 나무 문을 두드리는, 똑똑, 하는 가벼운 소리가 울렸다.

"!!"

그 소리에 대한 얀 대장과 부하들의 반응은 역시 역전의 용병다운 것이었다.

순간적으로 일어난 얀 대장이 말없이 손짓으로 신호를 보내자, 심복 용병들이 사전에 정해 준 장소로 가서는 각자 무기로 손을 뻗었다.

긴장 속에서, 얀 대장이 시선으로 지시를 내린 사람이 고개를 끄덕이더니, 긴장이 털끝만큼도 느껴지지 않는 목소리로 문밖을 향해 말했다.

"오, 누구지?"

이 번화가에 몸을 숨기고 있는 얀 대장 일행의 은신 방법은 이 빈민가에 '녹아드는' 방법이다. 의심받지 않도록 가짜 경력과 가명을 사용하면서 근처 사람들과 어느 정도 어울려 가며 지내고 있다.

그래서 문을 두드린 사람도 그런 평범한 동네 사람일지도 모른다. 그런 어렴풋한 기대는 다음에 들려온 목소리 때문에 날아가 버렸다.

"모르는 아저씨한테 편지를 받았어. 여기 있는 얀이라는 사람한테 갖다 주라고."

돌아온 목소리는 누가 들어도 어린애 것이었다. 심부름을 부탁

받은 아이. 빈민가에도 애들은 있다. 그러니까 그 자체는 문제가 없다. 문제는 그 아이 입에서 얀이라는 이름이 나왔다는 점이다.

얀 대장은 일개 용병이라고 하기에는 너무나 유명했다. 게다가 외눈이라는 너무나 개성적인 외모상의 특징도 있고.

그래서 얀 대장은 이 은신처에 잠복한 뒤로 단 한 번도 밖으로 나가지 않았고, 바깥 볼일은 전부 부하들에게 맡겼다. 그런 얀 대장의 주소가 들켰다.

'편지를 보낸 이'라는 작자는 대체 누구일까?

발소리가 나지 않도록, 으슥한 곳에 몸을 숨기려 하던 얀 대장은 굳은 얼굴로 방 복판으로 돌아왔다. 그리고, 낮은 목소리로 말했다.

"들어와."

얀 대장이 말하자 나무문이 천천히 열렸다. 그 문으로 들어온 사람은 목소리의 이미지 그대로, 소년이었다.

여기저기 덧대서 누빈 허름한 옷. 때와 기름 때문에 더러운 얼굴과 머리카락. 한눈에 봐도 빈민가 아이다운 차림새다. 나이는 열 살 전후려나.

소년은 어둠침침한 방 안에 다부진 사내들이 여러 명 있는 걸 보고는 깜짝 놀라서 몸을 떨었다. 하지만 살짝 고개를 젓고 용기를 쥐어짜고는, 가슴을 한껏 펴고 방 안으로 들어왔다.

얀 대장이 눈짓을 하자 심복 한 명이 문을 닫았다.

소년이 또 깜짝 놀라서 어깨가 움찔했지만, 이건 어쩔 수 없다. 지금부터 할 이야기는 만에 하나라도 밖으로 새나가서는 안 되니까.

"내가 얀이다. 편지라는 게 뭐지?"

"이, 이거야."

얀 대장의 말에 소년은 쭈뼛쭈뼛, 오른손에 들고 있던 양피지를 내밀었다.

"누가 촛불 좀 켜 봐."

"예이."

편지를 받은 얀 대장은 부하가 밝힌 촛불에 비춰 가며 그 편지를 읽었다.

"……………?!"

바로 얀 대장의 안색이 달라졌다.

"대장님?"

"나중에 설명하지. 너희들, 잠깐 기다려라."

얀 대장은 애써 위엄 있는 표정을 지으며 말했다.

그 편지는 틀림없이 얀 대장에게 온 것이었다.

내용은 얀 사제의 부당한 처형에 대해 원망하는 말로 시작했고, 최소한의 위안으로, 그 유체를 정화하는 것을 도울 용의가 있다는 내용이었다.

특별한 마법으로, 어떤 상태건 유해를 완전한 상태로 수복하고 정화할 수 있다고, 그렇게 적혀 있었다.

"……빌어먹을. 이 타이밍에 이게 뭐냐고. 머리 좀 식히라는 소리인가."

얀 대장의 입에서 그런 혼잣말이 흘러나왔다. 그 말대로, 조금 전까지 용암처럼 끓어올랐던 얀 대장의 사고가 완전히 식어서 명료해졌다.

복수심이 머리를 지배했던 것은 그것 말고는 중요한 것이 없었기 때문이다. 자신의 목숨까지 포함해 더 이상 어떤 것을 잃더라도 상관없다. 이제 와서 무엇을 얻더라도 충족할 수 없다. 그런 상황이었기에 복수에 모든 것을 걸 수 있었다.

특히 이번처럼 이성적으로 생각하면 타도가 불가능한 대상에 대한 복수의 경우에는 특히 그렇고.

그 복수심을, 이 한 장의 편지가 차갑게 식혀 버렸다.

얀 사제의 유해만 손에 넣을 수 있다면 정화하고 복원할 수 있다고 한다.

용 신앙자에게 있어 유해를 태워 버리는 일은 최악의 상황이다. 원래 돌이킬 수 없는 그 상황을 어떻게든 할 수단이 있다면, 그것은 얀 대장에게 있어 성공 가능성이 없다는 것을 뻔히 아는 복수보다 우선해야 할 일이 된다.

복수라는 시커먼 불꽃도 목적만 있으면 완전히 봉해 버릴 수 있을 만큼 얀 대장은 이성적이다. 그리고 이성만 되찾으면 그 탁월한 지성과 관찰력을 강하게 발휘하고.

푸르스름한 기운이 도는 회색 외눈이 날카롭게 양피지를 노려봤다. 거기서 조금이라도 정보를 찾아내기 위해.

사용한 양피지는 질이 좋은 것이지만, 그렇다고 딱히 눈에 띌 만한 뭔가가 있는 건 아니다. 잉크도 좋은 것을 사용한 듯하지만, 적혀 있는 글자가 너무 깔끔해서 오히려 특징이 없다.

전체적으로 너무 깔끔하다 보니 단서가 없어 보인다. 거기까지 생각했을 때, 얀 대장은 어렴풋한 단서를 느꼈다.

얀 대장은 재빨리 자신의 사고를 재검토했다. 지금 나는 어디서 단서를 느꼈나? 위화감을 느꼈나? 전체적으로 깔끔하다? 깔끔? 너무 깔끔?

깔끔하다는 데서 어떤 위화감을 느꼈지? 까지 생각했을 때, 얀 대장의 사고는 그 편지를 누가 자신에게 보냈는가, 라는 문제에 도달했다.

"뭐, 뭔데?"

얀 대장이 그 하나뿐인 눈으로 매섭게 노려보자, 편지를 가지고 온 소년은 또다시 깜짝 놀라서 몸을 움찔했다. 하지만 무서워하는 소년을 배려하지도 않고, 얀 대장은 무례하다고 할 정도로 소년을 관찰했다.

"…………."

"그러니까 뭐냐고?"

무서운 용병이 노려본 탓에 울음이 나올 것 같았지만, 그래도 소년은 한껏 허세를 부리며 소리를 질렀다.

그래도 얀 대장은 신경 쓰지 않았다.

"대장님?"

소년은 물론이고 심복 부하들도 이상하다고 여길 정도로 소년을 계속 관찰하던 얀 대장은 마침내 하나의 결론에 도달했다.

그 결론을 확정하기 위해 얀 대장은 입을 열었다.

"야, 너."

"아, 뭐, 뭔데, 아까부터!"

겁먹고 뒷걸음질 치는 소년에게 얀 대장은 억양 없는 목소리로 확인했다.

"이 편지, 내용 봤냐? 이 편지를 나한테 주라고 한 사람 말고, 본 사람이 있나?"

그것은 기묘한 질문이었다. 빈민가 소년이 편지를 읽을 만큼 글을 배웠을 리가 없다. 그리고 그저 모르는 사람에게 편지를 전해 주라는 부탁을 받았을 뿐인 소년이 자기 말고도 누가 그 내용을 봤는지 여부를 파악했을 리도 없고.

실제로 소년은 당황해서 두 손을 퍼덕거리며,

"나, 난 안 봤어! 다른 사람은 몰라, 난 그냥 이 편지를 이 집에 있는 얀이라는 사람한테 갖다 주라고 해서 갖고 온 거야."

그렇게 변명했다. 그 대답을 듣고 얀 대장은 자신의 추측이 완전히 맞았다고 확인했다.

"그러냐. 맹세할 수 있나?"

"그래, 맹세할게."

언질을 받은 얀 대장은 그 푸르스름한 회색 외눈을 가늘게 뜨고서 살벌한 목소리로 말했다.

"그렇군. 그렇다면, 네 '아버지의 명예'를 걸고 맹세해라."

반응은 극적이었다. 순간, 놀라서 표정이 굳어졌던 소년이 마침내 체념했다는 것처럼 깊은 한숨을 내쉬고는 자세를 바로잡았다.

자세를 바로잡았다. 차이는 오로지 그것뿐. 하지만, 겨우 그것뿐인데 소년의 분위기가 돌변했다.

"예. 그럼, 다시 말합니다. 제 아버지 야노슈의 명예에 걸고, 그 서장은 누구도 보지 않았습니다."

일제히 경계하는 부하들을 얀 대장이 한 손으로 제지했다.

"알았다. 믿도록 하지. 야노슈의 아들. 아마 라슬로, 였던가?"

"예. 탄넨발트 전투에서 공화국을 승리로 이끄신 명장 얀 장군께서 저 같은 풋내기의 이름을 기억하고 계시다니, 영광입니다."

그렇게 말하고, 소년은 부드럽게 웃으며 예를 갖췄다. 오른쪽 주먹을 왼쪽 가슴에 대는 그 인사는 일반적인 용병이나 전사의 인사지만, 소년의 자세는 오히려 귀족과도 같은 기품이 느껴졌다.

소년―라슬로의 대응에 얀 대장은 한숨을 쉬고서 머리를 벅벅 긁었다.

"정말이지, 소문은 익히 들었지만 귀여운 구석이 없는 게 지 아비를 쏙 빼닮았구만. 그래서, 야노슈는 이 건에 얼마나 관여하고 있지?"

야노슈. 그 이름은 일반적인 사람들에게는 몰라도 용병 업계에서는 널리 알려져 있다.

나이는 얀 대장보다 젊지만, 용병으로서의 평가는 아마도 얀 대장과 비슷하다. 다수의 전장에서 지휘관으로서 실적을 쌓았고, 누가 그를 고용했는지에 따라 전장의 추세가 좌우되는 몇 안 되는 용병 중에 한 명이다.

그리고 그는 기혼자이자 어린 자식이 있는 것으로 유명했다.

얀 대장도 얀 사제 전속이 되기 전에 때로는 적으로, 때로는 아군으로 같은 전장에 몸을 둔 적이 있다. 그래도 아들 라슬로는 소문으로만 그 존재와 이름을 들어 본 정도였고, 직접 본 일은 이번이 처음이다.

야노슈라는 사내는 그 능력만큼이나 행실이 좋다고 평가받는 용병이다. 어디까지나 '용병치고는'이라는 기준에서의 이야기지만, 야노슈는 의리를 알고 계약을 지키는 착실한 용병으로서 유명하다.

"귀찮은 자식한테 찍혔구만. 짜증나지만 움직이지 않길 잘 한 건가."

그렇게 혼잣말을 한 얀 대장은 이때 완전히 착각한 게 하나 있었다. 그 착각이란 세심한 주의를 기울이고 잠복하고 있던 얀 대장의 은신처를 밝혀낸 자가 야노슈라고 이해한 것이다.

이것은 딱히 얀 대장의 잘못이라고 할 수는 없다. 도둑은 도둑에게 잡게 하라는 말처럼, 잠복한 용병의 은신처를 알아낼 수 있는 자가 있다면 그 자 역시 용병 업계에 정통한, 실력 있는 용병이다.

실제로 얀 대장 자신도 시내에 잠복한 용병을 찾으라는 의뢰를 받는다면 그럭저럭 어떻게든 해낼 수 있을 것이다.

실제로는 투칼레 왕국의 '해득 마법'이라는 반칙 기술로 특정한 정보가 아우라 여왕에게로 날아 들어온 것이었지만, 이 정보 루트를 예상하라는 것은 거의 무리라고 봐야 한다.

"아버지께서 받은 의뢰는 이 서장을 얀 장군께 전해드리는 것이 전부입니다. 현재로서는 얀 장군과 적대하지 않을 것입니다."

귀찮은 자식한테 찍혔다는 얀 대장의 혼잣말을 들었는지, 소년 라슬로는 시원스레 웃으며 말했다.

아버지 야노슈를 경애하는 라슬로는 기뻤을 것이다. 얀 대장 정도 되는 사람이 아버지를 '귀찮은 자식'이라고 평가했다. 용병에게는 칭찬이라고 할 수 있는 말이다.

"그런가. 그럼 야노슈한테 전해라. 적대할 생각이 없다면 더 이상 내 동향을 캐지 말라고."

"틀림없이 전하겠습니다. 그런데 얀 장군님. 후학을 위해 하나만 가르쳐 주실 수 있으시겠습니까?"

"뭔데?"

되물은 얀 대장에게 라슬로는 겁도 없이 물었다.

"어떤 근거로 제가 야노슈의 아들 라슬로라고 간파하셨습니까? 얀 장군님과는 면식도 없었을 테고, 변장도 나름대로 자신이 있었습니다만."

"아, 그거 말이지."

라슬로의 질문에, 얀 대장은 잠시 생각하고는 솔직하게 가르쳐 줬다.

"제일 먼저 이 편지다. 넌 여기서 한 가지 실수를 했다. 보면 알겠나? 모르나 보군. 너무 깔끔해."

너무 깔끔하다는 말을 듣고 자기 실수를 알아차린 것을 보면 역시 라슬로는 나이에 어울리지 않게 총명하다고 해야 할 것이다.

"오, 얼굴을 보니 그 단서만 듣고 눈치를 챘나 본데. 아주 대단해. 그래. 네가 변장한 빈민가 꼬맹이가 그 손으로 편지를 가지고 왔다면 보통은 봉투에 진흙이나 손때가 묻는 법이다. 더 가르쳐 주자면, 그런 애들은 물건을 아낀다는 개념이 거의 없어서 접거나 구기는 쪽이 자연스럽지. 넌 아버지가 의뢰받은 소중한 편지라는 생각이 작용해 버렸을 거야."

"……많이 배웠습니다."

"결정적인 건, '나와 이 편지를 보낸 사람 말고 내용을 본 사람이 있나?'라고 물었을 때 네가 '안 봤다' 다음에 '다른 사람은 모른다'라고 덧붙였기 때문이었다. 넌 거기서 그냥 '안 봤다'라고만 대답하거나 '그런 놈은 없어'라고 대답해야 했어."

"예?"

아무래도 이건 이해하지 못했는지, 라슬로는 고개를 갸웃거렸다.

얀 대장은 부자연스러울 정도로 친절하게 가르쳐 줬다.

"네 생각은 이랬겠지. 난 이 빈민가에 사는 꼬맹이고, 모르는 사람이 용돈을 주면서 이 편지를 전달해 주라고 했다. 그런 설정. 그런 경우 의뢰인이 빈민가 애들한테 직접 편지를 맡길 리가 없다. 최소한 중간에 하나, 조심성 있는 녀석이라면 두 다리 정도는 건너서 맡기지.

그 판단 자체는 옳았다. 네 아버지가 실제로 빈민가 애들을 쓰려고 했다면 그렇게 했을 테고, 나도 비슷하게 했을 테니까. 하지만, 빈민가 애들은 그렇게 제대로 된 판단을 못 해."

"아……."

자신의 실수를 이해한 라슬로에게, 얀 대장은 빙긋 웃고는 계속 설명해 줬다.

"그래. 애들 입장에서는 자기한테 편지봉투를 준 놈이 '편지를 보낸 사람'으로 보인다. 애들한테 편지를 건넨 중개인이 자기는 편지를 보내는 사람이 아니라 그냥 중개인이라고, 그렇게 친절하게 가르쳐 줄 리가 없으니까. 그 경우에 '나와 이 편지를 보낸 사람' 외에 내용을 볼 가능성이 있는 사람이라면 편지를 가지고 온 꼬마, 너밖에 없다. 그래서 꼬마 입장에서 대답한다면 정답은 '난 안 봤어' 또는 '그런 놈은 없어'다."

"그렇군요. 제가 변장한 빈민가 꼬마라는 설정이라면, 그 경우에는 정답을 말하는 쪽이 오답이군요. 정말 많이 배웠습니다."

얀 대장의 설명을 이해한 라슬로는 진심으로 감탄했다는 듯이 대답했다.

"그럼, 저는 이만 실례하겠습니다."

듣고 싶은 이야기를 다 들은 라슬로는 그렇게 말하고 정중하게 인사한 뒤에 방을 나서려고 했다. 인사하는 자세, 말, 걸음걸이. 나이는 어려도 당당한 그 모습은 용병의 아들이라기보다는 전사 귀족의 아들처럼 보였다.

"그래, 조심해서 가라."

붙잡을 이유도 없는 얀 대장은 그렇게 말하며 라슬로를 보내 줬다.

상태가 나쁨을 상징하는 듯한 삐걱거리는 소리를 내며 라슬로가 나간 문이 닫혔다.

"꽤 정중하게 설명해 주셨는데, 괜찮은 겁니까?"

라슬로가 나갔음을 확인한 뒤에 그렇게 묻는 심복에게 얀 대장은 어깨를 슬쩍 으쓱거리고는,

"별로 좋지는 않겠지. 그래도 저런 녀석한테는 어설프게 안 가르쳐 주는 것보다는 가르쳐 주는 게 나을 거야."

라고 대답했다.

"안 가르쳐 주는 게 더 나쁘다는 겁니까?"

얀 대장의 말에 심복들은 고개를 갸웃거렸다.

라슬로는 용병 야노슈의 아들이다. 따지고 보면 사업상 경쟁자. 굳이 지혜를 더해 줄 의리는 없다. 부하들의 의견도 옳다고 할 수 있다.

하지만 얀 대장의 생각은 달랐다.

"굳이 물어봤다는 건 이미 의문을 품고 있었다는 뜻이야. 거기 서 내가 정답을 가르쳐 주지 않는다면 저 정도로 똑똑한 애는 열심 히 머리를 굴려서 정답을 도출하려고 하지. 사고력이란 훈련을 통 해서도 키울 수 있거든. 괜히 생각하는 습관을 만들어 줄 바에야 그냥 자세히 가르쳐 줘서 무작정 남한테 물어보는 애로 만들어 버

리는 게 차라리 낫지. 뭐, 의미는 거의 없겠지만."

애당초 라슬로의 아버지가 그 야노슈다. 얀 대장이 여기서 정답을 가르쳐 주지 않더라도 나중에 라슬로가 상황을 자세히 설명한다면, 야노슈가 높은 확률로 정답을 추측해서 가르쳐 주겠지.

"뭐, 그 꼬맹이 얘기는 됐고. 야노슈가 엮였다는 게 좀 귀찮기는 하지만, 의뢰주와 내 중개 역할을 맡았다는 건 아마도 적대하는 입장은 아니겠지. 적대만 하지 않는다면 야노슈는 의리를 지킬 줄 아는 사내니까. 그보다 너희들, 이걸 봐라."

그렇게 말하고 얀 대장은 서장을 심복들에게 돌려보라고 건넸다. 용병이라는 인종은 글자를 읽을 줄 모르는 자들이 많지만, 얀 대장의 심복들은 하나같이 최소한의 읽고 쓰기는 할 수 있도록 훈련시켰다.

서장을 훑은 심복들이 술렁거렸다.

"이건?!"

"사제님의 유해를 원래대로 만들 수 있다고?"

"이게 정말이라는 거야?"

심복들은 모두 용 신앙자다. 그래서 경애하는 얀 사제가 화형에 처해졌다는 충격과, 불타 버린 유해를 원래대로 되돌릴 수 있다는 희망에 공통된 가치를 품을 수 있었다.

"이 타이밍에 굳이 이런 서장을 나한테 전달했다. 그냥 허풍은 아닐 것 같아. 최소한 이야기를 들어 볼 가치 정도는 있다고 본다."

얀 대장은 그렇게 대답한 동시에, 이 서장을 보낸 누군가에 대해 도저히 평정을 유지할 수 없는 감정을 품고 있었다.

얀 대장이 얀 사제의 죽음을 알고 그 복수를 위해 궐기하기 전에 도착한, 불에 탄 유해를 원래대로 되돌릴 수 있다는 내용의 서장. 이 타이밍이 그저 우연일 리가 없다.

이 서장을 보낸 이는 일단 틀림없이 얀 사제가 처형당하기 전부터 얀 대장의 소재를 특정하고 감시하고 있었을 것이다(얀 대장은 용병 야노슈가 자신의 위치를 특정했다고 착각하고 있지만).

"어디의 누구인지는 모르겠지만, 썩 유쾌한 기분은 아닌데."

얀 대장은 살기마저 느껴지는 떨떠름한 얼굴로 중얼거렸다.

얀 사제가 죽기를 기다리고 있었다. 그리고 죽었을 때 '그 사체를 깔끔하게 되돌릴 수 있습니다'라며 거래를 제안했다.

그 거래의 결과가 아무리 얀 대장이 바라 마지않았던 결과라고 해도, 현시점에서는 이 서장을 보낸 이에게 호의를 갖는 건 무리다.

"어떤 의도로 우리한테 접촉했는지는 모르겠지만, 만약 서장의 내용이 거짓말이라면 아주 본때를 보여 주마."

그렇게 중얼거리는 얀 대장의 혼잣말에는 엄청난 결의가 담겨 있었다.

[제4장] 책략을 구사하는 여왕, 세계를 돌아다니는 국서

옵살라 왕국의 항구 로그포트. 왕도 옵살라와는 메타 호수에서 뻗은 운하로 이어지며 다른 여러 나라들과는 해로로 이어지는, 현재 급속하게 발달하고 있는 항구 도시다.

그런 로그포트 시내 중심에서 벗어난 저택. 그 저택에 발을 들이는 사람이 하나 있었다.

그 사람은 아마도 이곳에 처음 들어온 것 같은데, 가끔씩 발을 멈추고 주위를 확인하는 동작에서 그 사실을 엿볼 수 있다. 하지만 처음 들어온 장소치고는 이 어둠 속에서 충분한 속도로, 거침없이 발을 옮기고 있다. 그 움직임만으로도 이 사람이 밤의 어둠 속에 숨어 움직이는 것을 직무의 일환으로 삼는 부류의 인간이라는 것을 알 수 있다.

만약 이 사람이 불청객이었다면 오싹할 정도의 솜씨다. 그 사람은 저택 뒷문에 손을 얹더니 소리도 없이 순간적으로 문을 당겨서 열었고, 마치 두께가 없는 그림자처럼 문 너머로 사라졌다.

"얀 대장. 우리의 초대를 받아들이고 여기까지 와 준 데 대해 감사하네."

"이거이거, 젠지로 폐하, 셨죠. 귀하가 주모자일 줄이야, 정말 예상 밖이로군요."

로그포트 변두리에 있는 저택. 구스타프 왕에게 협력해서 '순간이동'을 사용한 사례로 양도받은 이 저택의 한 방에서 젠지로는 소파에 앉은 채 그 사람—용병 얀 대장을 맞이했다.

놀랍게도 이 방에 있는 사람은 젠지로 혼자였다. 젠지로는 '순간이동'으로 카파 왕국에서 이 저택으로 직접 날아왔다. 이 저택은 웁살라 왕도의 카파 왕국 대사관에 준하는 곳으로 취급되기에 웁살라 왕국에서도 '순간이동'으로 왕래하는 것을 인정했지만, 오늘 밤 이 자리에 있다는 사실은 웁살라 왕국에도 알리지 않았다.

얀 대장의 말에 젠지로는 씁쓸하게 웃으며 고개를 젓고는,

"그건 과대평가로군. 나는 그저 전령 겸 이동 수단일 뿐. 모든 그림을 그린 사람은 내 위에 계신 분이지."

그렇게 말하고 살짝 어깨를 으쓱했다. 어떻게든 수습하기는 했지만, 속내로는 예상을 벗어난 반응 때문에 심장이 시끄러울 정도로 거세게 뛰고 있다. 설마 젠지로 자신이 주모자라는 오해를 받으리라고는 생각도 못 했기에.

하지만 냉정하게 생각해 보면 얀 대장이 오해하는 것도 무리가 아니다. '순간이동'이라는 반칙 기술의 존재를 모른다는 전제로 봤을 때, 편지에서 혼자 오라고 지정한 방에서 면식이 있는 왕족이 기다리고 있으면 흑막으로 보일 수밖에 없을 테니까.

그래서 젠지로의 대답에 불만스레 콧방귀를 뀐 얀 대장의 행동도 어떤 의미에서는 정당하다고 할 수 있었다.

"……이 상황에서도 잡아떼는 겁니까?"

"잡아떼는 게 아니다. 단순한 절차 문제지. 얀 대장은 왕족에게 전해지는 '혈통 마법'에 대해 어느 정도 지식을 가졌지?"

"응? 일부 왕가가 보유한 특별한 마법 정도려나요?"

갑작스런 물음에 고개를 갸웃거리면서도 얀 대장은 솔직하게 대답했다. 정확하게 말하자면 '일부 왕가'라는 표현은 잘못됐다. 북대륙에서도 혈통 마법을 보유한 왕가는 전체 왕가의 절반을 훌쩍 넘으니까 '일부'가 아니라 '대부분'이다. 하지만 북대륙에서 살아가는 이들의 일반적인 감각에서는 그렇게까지 잘못된 것도 아니라고 할 수 있다.

그만큼, 지금의 북대륙에서는 왕족이 혈통 마법을 보유한 일족이라는 인식이 희박해졌다. 절조가 없다고까지 할 수 있을 수준으로 혼인 정책을 추진해 온 결과, 다른 나라 왕족은 고사하고 다른 나라 귀족에서까지 혈통 마법 사용자가 툭툭 나타나고 있는, 그라츠 왕가의 '확대 마법' 같은 사례도 있을 지경이다.

거기에는 북대륙의 각종 진보된 기술들이 어설픈 마법의 가치를 낮췄다는 측면과, 북대륙의 '혈통 마법'이 그 정도 수준의 마법들만 남아 있었다는 두 가지 측면이 존재한다.

남대륙에서도 특히 강력하다고 일컬어지는 '혈통 마법'들―카파 왕가의 '시공 마법', 투칼레 왕가의 '해득 마법', 바크 왕가의 '천락 마법', 쌍왕국의 '부여 마법'과 '치유 마법'―과 동등한 마법이 북대륙에도 존재했다면, 아마도 다른 역사를 걸었을지도 모른다.

어쨌거나 '혈통 마법'에 대한 얀 대장의 감각은 북대륙에서의 일반적인 감각으로, 남대륙의 '혈통 마법'과는 치명적일 정도로 어긋나 있었다.

"우리 카파 왕국에 전해지는 '혈통 마법'에는 '순간이동'이라는 것이 있지. 이름 그대로 대상을 순식간에 먼 곳으로 이동시키는 마법이다. 내가 이 마법으로 자네를 자네가 말한 주모자가 있는 곳으로 '보내겠다'. 그것을 받아들여 줬으면 싶군."

"그렇군요, 그런 방식입니까. 알겠습니다. 그런데, 그 정도 비술의 존재를 제게 말해 줘도 되는 겁니까?"

모르는 이에게는 '순간이동'이라는 마법이 엄청난 비장의 수단으로 여겨진다. 그 존재가 알려진다고 해도 비장의 카드로 성립되기는 하지만, 모른다면 더더욱 강력해지는 것은 얀 대장이 지적한 대로다.

하지만 젠지로는 슬쩍 어깨를 으쓱하고는,

"상관없다. 남대륙에서는 잘 알려진 사실이니까."

그렇게 대답했다. 젠지로의 말은 사실이다. 오히려 지금부터 얀 대장에게는 '순간이동'과 비교할 수도 없는, 가장 큰 비밀이라고도 할 수 있는 마법의 존재를 밝힐 예정이다. 조심해야 할 것은 그쪽이다.

어쨌거나 여기서 시간을 끌면 그만큼 남대륙에서 기다리고 있는 아우라 여왕의 애간장을 태우게 된다. 젠지로는 이야기를 계속했다.

"자, 서장을 보고 여기까지 왔다는 것은 우리가 지정한 것을 준비했다고 생각해도 되겠나?"

젠지로가 묻자 얀 대장은 고개를 한 번 살짝 끄덕이고는, 허리에 차고 있는 작은 금속 우리에서 그것을 꺼냈다.

"끼잉."

얀 대장이 목을 붙잡자 토끼가 힘없는 소리를 내며 울었다. 서장에서 아우라 여왕이 지정한 사항은 '일정한 크기 이하의 죽여도 되는 동물을 산채로 데리고 올 것'이니까 토끼는 조건을 충족한다.

그다지 밝지 않은 촛불에 비춰 봐도 그 토끼가 지금 이 순간에는 분명히 살아 있다는 것을 알 수 있었다. 그래서 젠지로는 약간 마음이 내키지 않는 지시를 내릴 수밖에 없었다.

"분명히 살아 있군. 그럼, 죽여 주게."

"……여기서, 말입니까?"

젠지로의 지시에 얀 대장은 조금 의아하다는 듯 오른쪽 눈썹을 치켜 들었다.

"그래, 여기서 죽인 뒤에 이동한다."

얀 대장에게 굳이 '죽여도 되는 생물'을 준비하도록 한 것은 '시간 역행'으로 사체의 손상 회복이 가능하다는 사실을 보여주기 위해서다.

카파 왕국 쪽에서 사체를 준비해도 되지만, 그렇게 하면 모종의 속임수라고 의심할 여지가 남는다. 그래서 증거로 사용할 생물을 얀 대장이 직접 지참하게 했다. 처음부터 사체라는 형태로 가지고 오는 게 아니라 이 자리에서 잡게 한 것은, '시간 역행'에 필요한 마력의 양을 줄이기 위해서다. 죽은 지 오래된 사체일 경우에는 아무리 크기가 작다고 해도 아우라 여왕의 마력으로 완전히 되돌리지 못할 가능성도 있으니까.

그리고 '순간이동'으로 운반하기 위해서이기도 했다.

기본적으로 '순간이동' 한 번에 보낼 수 있는 생물은 하나뿐이라고 하는데, 이것은 엄밀한 것 같으면서도 실제로는 아주 어설퍼서, 깊이 생각하면 할수록 많은 모순이 튀어나온다.

'순간이동' 한 번에 보낼 수 있는 것은 생명체 하나와 그에 딸린 무생물뿐. 그것이 큰 틀에서 '순간이동'의 법칙. 하지만 젠지로가 어설프게 배운 지식에 따르면 사람에게는 거의 누구나 얼굴 진드기라는 아주 작은 기생 생물이 붙어 있다고 했다. 그 법칙이 옳다면 '순간이동'한 뒤에 젠지로가 서 있던 자리에는 '순간이동'할 때 따라가지 못한 얼굴 진드기가 수도 없이 떨어져 있어야 하는데, 그런 일은 없었다.

더 엄밀히 따지자면 내장에 서식하는 균도 생물이라고 할 수 있다. '순간이동'을 위해 장에 있는 균을 전부 두고 가기라도 한다면 아무리 좋게 말해도 건강 측면에서의 피해를 막을 수는 없으리라.

'시간 역행'처럼 마력 유무가 문제일까, 라고 생각해 본 적도 있었지만, 지금 젠지로는 '바람의 철퇴'라는 팔찌와 '순간이동' 펜던트라는 두 가지 강력한 마법 도구를 몸에 지니고 있으면서도 아무 문제없이 '순간이동'을 쓸 수 있으니까, 이것도 아니다.

사냥감을 통째로 삼켜서 뱃속의 사냥감이 아직 살아 있는 상태인 큰 뱀을 '순간이동'시키면 어떻게 될까? 라고 생각해 본 적도 있었지만, 애당초 소심한 젠지로가 그런 위험한 생물을 대상으로 삼는 '순간이동'에 성공할 리가 없으니 실험을 실행하는 자체가 불가능한 일이다.

즉, 너무 깊이 생각해 봤자 의미가 없는 마법의 신비, 그렇게 이해해 둬야 할 것이다.

아무튼, 토끼를 잡는 정도야 용병인 얀 대장에게는 일상다반사고, 딱히 주저할 이유도 없는 일이다.

"알겠습니다. ……이러면 됩니까?"

얀 대장이 무서울 만큼 익숙한 손놀림으로 잡고 있던 토끼의 목을 비틀자, 토끼는 아마도 고통을 느낄 틈도 없이 숨이 끊어졌다.

너무나 능숙한 솜씨라서 보고 있던 젠지로가 약간 동요해 버릴 지경이었다.

"그, 그래. 문제없다. 그럼, 보내겠다. '내 뇌리에 그리는 공간으로…………'"

딱 한 번 실패하고 두 번째에서 '순간이동'이 성공한 것은 젠지로의 배짱을 고려해 보면 상당히 성장했다고 할 수 있었다.

젠지로에게는 많이 익숙해진 '순간이동'이지만 얀 대장은 처음 체험한 일로, 그 이전에 '순간이동'이라는 마법의 존재조차 모르는 상태였다.

그래서 젠지로가 사전에 충분히 설명을 했는데도 불구하고, '순간이동'을 마친 얀 대장은 자신이 처한 상황을 파악하는 데 몇 초나 되는 시간이 필요했다.

이것은 역전의 용병인 얀 대장에게는 얼굴이 빨개질 정도의 추태였다. 몇 초라는 시간은 전장에서라면 목숨을 잃는 데 충분하고도 남는 시간이니까.

"어서 오게, 얀 대장. 나는 카파 왕국 국왕 아우라 1세다. 그대를 이리로 보낸 젠지로의 아내다."

차분하고 위엄 있는 여성의 목소리를 듣고, 얀 대장은 그제야 주변 상황을 파악하려 했다.

지금 얀 대장이 있는 곳은 어둠침침한 석실이었다. 바닥도 천장도 사방의 벽도 전부 돌로 된 방.

젠지로의 말이 맞다면 여기는 남대륙 카파 왕국 왕궁의 어느 방일 텐데, 지금의 얀 대장에게는 그것이 사실인지 확인할 수단이 없다.

그래도 얀 대장의 예민한 감각은 통상적인 방법으로는 설명할 수 없는 변화가 자신에게 일어났음을 이해했다.

통상적인 방법으로는 설명할 수 없는 변화. 그것은 공기의 차이였다. 조금 전까지 얀 대장이 있었던 읍살라 왕국의 공기는 쌀쌀하고 건조했다. 하지만 지금 이 석실의 공기는 습하고 덥다. 실내에 화톳불을 피워 뒀기 때문이라는 이유만으로는 설명할 수 없을 만큼 공기가 달랐다. 근본적으로 냄새가 다르다.

역전의 용병으로서 북대륙 각지의 풍토를 직접 피부로 느껴 온 얀 대장은 감각적으로 이곳이 북대륙이 아니라고 이해했다.

현재 이 방에 있는 사람은 얀 대장 외에 네 명. 지금 국왕 아우라라고 말한 20대 여자. 그 뒤에 있는 시녀복 차림의 중년 여성. 그 좌우에 선 가죽 갑옷과 단창으로 무장한 병사 둘. 병사는 가죽 투구를 쓴 탓에 나이까지는 모르겠지만, 잘 단련한 장년 남성으로 보인다.

그중에서 시녀만은 얀 대장도 본 적이 있다. 예전에 공화국 호텔에서 젠지로와 만났던 때 곁에 있던 자다. 젠지로의 관계자라는 것은 분명하다. 그렇게 확신한 얀 대장은 일단 마음속에서 경계도를 한 단계 낮췄다.

특징적인 점은 그 네 사람의 피부색이 하나같이 짙은 갈색이라는 것이다. 시녀를 제외한 나머지 세 사람의 복장과 갑옷, 투구도 얀 대장이 본 적 없는 양식이었고.

그런 세세한 정보들을 쌓아 가며 이곳이 미지의 세계—남대륙 카파 왕국임을 받아들였다.

일단 젠지로가 말했던 대로 이곳은 '순간이동'으로 이동한 남대륙 카파 왕국이고, 눈앞에 있는 여성은 아우라 여왕이라는 전제하에 대처하자고 얀 대장은 결심했다.

"예, 저는 북대륙에서 작은 용병단을 이끌고 있는 얀이라고 하옵니다. 이렇게 아우라 폐하를 뵙게 되어 지극히 황송할 따름입니다."

그렇게 말하고 얀 대장은 예를 올렸다. 그 동작과 말이 어디까지나 북대륙 용병의 방식이었기에 남대륙 방식과는 달랐지만, 처음 본 사람도 불쾌하게 여기지 않을 만큼 세련된 것이었다.

"음. 이것은 지극히 비밀스런 회담이고 서로가 시간이 없는 몸이다. 변변한 대접은 못 하지만 어차피 그대도 그런 것은 바라지 않겠지? 극히 간단히 차리기는 했어도 저쪽에 자리를 준비해 뒀으니 앉아서 이야기를 나누도록 하지. 그 정도 시간은 있겠지?"

"예."

여왕의 말에 외눈 용병은 짧은 말로 승낙의 뜻을 표했다.

"그런데, 이 자리에 화톳불이 있어서 다행입니다. 일단 이 녀석을 불에 넣을까 합니다만, 그래도 되겠습니까?"

얀 대장은 그렇게 말하고 방금 숨을 끊어 버린 토끼를 들어 보였다.

여왕 아우라는 한쪽 눈썹을 들어 올려 살짝 표정을 찌푸리고는,

"상관없지만, 일단 이유를 듣도록 할까."

"가능한 같은 상황을 만들고 싶습니다. 사제님은 화형에 처해지셨으니까요."

그렇게 대답하는 얀 대장의 목소리는 저기 땅속 깊은 곳에서 울리는 것처럼 여겨질 정도였다.

하지만 대국의 여왕은 그 정도에 흔들릴 리가 없기에

"알았다. 좋을 대로 하라."

쌀쌀맞게 허가를 내렸다.

허가를 받은 용병은 아무렇지도 않다는 듯이 화톳불로 다가가서는 망설임 없이 토끼 사체를 그 불길 속에 던져 넣었다. 털가죽이 타는 냄새가 나고, 조금 지나서 살이 익는 구수한 냄새가 감돌기 시작했다.

그 냄새를 맡으며, 아우라 여왕과 얀 대장은 석실에 특별히 마련

한 자리에 앉았다.

마주 보고 놓인 의자 둘과 그 사이에 있는 둥근 탁자도 하나같이 간소한 목제로, 왕가의 가구치고는 최소한의 격식만 갖춘 것이다.

뒤에서 대기하고 있던 중년 시녀가 찻잔을 가져와서 얀 대장과 아우라 여왕 아우라 앞에 내려놓자, 회담이 시작됐다.

"자, 얀 대장. 서방님의 '순간이동'으로 여기에 왔으니, 서장에 적힌 이쪽의 제안을 받아들였다고 인식해도 되겠나?"

처음부터 언질을 받으려 하는 여왕에게, 용병대장은 입가를 미소 짓는 모양으로 일그러뜨리며 대담하게 대답했다.

"큰 관심을 가진 것은 분명합니다. 하지만 받아들일지 여부는 귀하의 이야기를 들은 뒤에 정하겠습니다."

"그것이 도리지. 허나, 이쪽이 할 이야기라고는 서장에 적은 내용과 크게 다를 것이 없다.

우리나라의 혈통 마법 중에 파손된 것을 복원하는 마법이 있다. 그것을 이용하면 아무리 파손된 사체라도 복원이 가능하다. 물론 사체를 가지고 있어야 하고, 어디까지나 사체를 복원할 뿐이다. 사체를 되살리는, 그런 기적을 일으키는 힘은 없다. 그래도 좋다면, 사체만 내게로 가져온다면 복원해 주도록 하겠다."

"……몇 가지 확인하고픈 것이 있습니다만 괜찮으시겠습니까, 아우라 폐하?"

"질문 자체는 어떤 것이건 마음대로 하도록 하라. 그에 따라 우리의 대응이 달라지는 일은 없다고 약속한다. 단, 모든 질문에 대답할 의무는 없다."

"…………알겠습니다."

누가 들어도 뻔뻔한 소리를 당당하게 늘어놓는 여왕을 용병 대장의 회색 외눈이 날카롭게 꿰뚫었다.

"사제님의 처형이 알려진 직후, 그야말로 직후에 폐하께서 보내신 서장이 제게 도착했습니다. 폐하는 전부터 계속 제 잠복 장소를 파악하고 계셨던 것입니까?"

"그러하다."

"폐하와 젠지로 폐하의 힘이 있었다면 사제님을 구할 수도 있지 않았습니까?"

"대답할 의무는 없군."

"폐하의 서장을 보지 않았다면 저는 틀림없이 폭발했습니다. 그 경우에 북대륙, 특히 '교회'에는 적잖은 혼란을 일으켰으리라고 자부합니다. 즉, 폐하의 바람은 북대륙의 동란을 사전에 수습하는 것입니까?"

"대답할 의무는 없다."

"헌데, 그렇게 생각하면 모순이 크군요. 현재 '교회' 세력하의 나라들은 조선, 항해 기술을 키우고 있습니다. 그 행동이 남대륙 각국에게는 위협일 터. 그 사실을 다른 사람도 아닌 젠지로 폐하의 반려이신 아우라 폐하가 모르실 리는 없습니다.

그런데, 그냥 두면 '교회'와 북대륙에 혼란을 일으켰을 것이 분명한 제 폭발을 제지했습니다. 그것은 남대륙 왕족으로서 국익에 반하는 행동으로 여겨집니다만. 설마, 카파 왕국은 이미 '교회'와 이야기가 되어 있는 것입니까?"

"대답할 의무는 없다."

묻는 동안, 얀 대장은 계속 아우라 여왕의 표정을 주시했다. 말은 물론이고 표정으로 상대의 의도를 읽는다. 교섭에서는 기본 중에 기본이다.

용병대를 이끄는 대장이라는 입장 상, 얀 대장은 어쩔 수 없이 거래와 교섭 능력을 어느 정도 키워 왔다. 고용주와의 교섭은 대장의 역할이고, 그 교섭에서 자신들을 쓰고 버릴 생각인 의뢰자를 간파하는 것에 자신을 포함한 용병대 전원의 생사가 달려 있기에.

하지만 그런 얀 대장의 안목으로도 아우라 여왕의 표정을 통해서 의도를 간파하는 것은 어려웠다. 아우라 여왕은 지난 전쟁에서 싸워 이긴 대국의 여왕이다. 당연히 이런 교섭 정도는 일도 아니다.

다행히 아우라 여왕은 얀 대장에게 결단을 재촉하지 않고, 질문을 바꾼 뒤에는 그저 침묵할 뿐이다.

대국 왕의 침묵은 그만큼 큰 위압을 가하는 것이지만, 얀 대장도 이제 와서 그 정도에 동요할 위인은 아니다.

다리를 벌리고 의자에 앉은 채, 얀 대장은 하나뿐인 눈을 감고서 천천히 생각했다.

자신이 달성해야 할 목적. 그것을 위해 허용할 수 있는 위험. 예상되는 장애물. 그리고 그 바탕에 있는, 이 이야기를 제안한 아우라 여왕에 대한 평가.

얀 대장에게 단 한 번 상대하고서 그 사람의 능력과 됨됨이를 파악하는 초능력 같은 안목은 없다. 그 사람을 알기 위해서는 본인을 만나는 것보다 그 사람의 과거 행실이나 언동의 기록을 다수 모으는 쪽이 보다 정확히 읽어 들일 수 있다고 생각한다.

그래서 아우라 여왕에 대해 충분히 알았다고는 할 수 없지만, 그래도 최소한 그 됨됨이와 능력에 대해서는 확신을 가졌다.

여왕 아우라는 대국의 왕으로서 충분한 능력과 자각과 적성을 지녔다.

그렇다면 그 판단, 그 제안, 그 책모는 왕으로서 옳은 것이리라. 문제는 그 전제에 따르자면, 아까 질문한 대로 여왕의 의도를 종잡을 수 없다는 결론만이 나온다는 점이다.

상대의 의도도 얻을 수 있는 이익도 모른 채, 상대가 내민 손을 잡는 것은 무시무시할 정도로 위험한 일이다. 폭발 직전이었던 때의 얀 대장이었다면 차라리 위험하건 말건 그냥 손을 잡아 버렸겠지만, 일단 다시 냉정해지고 나니 타고난 사고력이 감정에 의한 충동적 행동을 제지했다.

얀 대장은 작기는 해도 용병단을 이끄는 몸이다. 자신에게 목숨을 맡긴 용병들을 개죽음하게 할 수는 없다는 저항감이 들었다.

"⋯⋯⋯⋯ ."

숙고 끝에 얀 대장이 내놓은 답은 결국 정해진 노선을 따르는 것이었다.

"좋습니다. 귀하의 제안, 받아들이겠습니다. 단, 증거를 보여 주신 뒤에, 입니다만."

그렇게 말하고 얀 대장은 하나뿐인 회색 눈으로 화톳불 쪽을 봤다. 그 화톳불 안에는 얀 대장이 가져온 토끼의 사체가 거의 형태를 찾아볼 수 없는 상태가 되어 있었다.

얀 대장의 시선에 이끌린 것처럼 아우라 여왕도 그쪽으로 시선을 향하고는,

"그래, 마침 좋은 상태군. 좋다. 보여주도록 하지. 대상을 이 탁자 위에 놓도록."

"알겠습니다. 도구를 빌리겠습니다."

얀 대장은 그렇게 말하고 자리에서 일어났다. 이 석실에서는 항상 화톳불을 피워 두고 있다. 그래서 예비 장작이나 만약의 경우를 위한 방화용 물, 그리고 뜨거운 것을 안전하게 집기 위한 부집게 등의 도구도 준비되어 있었다.

벽 가에 있는 부집게를 집어 든 얀 대장은 익숙한 손놀림으로ㅡ실전에서 야영하는 일도 많은 용병이니 익숙할 것이다ㅡ부집게를 놀려 화톳불 속에 있는 토끼 사체를 꺼냈다.

다행히 아직 한 덩어리의 모양은 유지하고 있지만, 특징적인 귀 등은 이미 타 버린 탓에 사전 정보 없이는 그 덩어리가 토끼라고 식별하기는 힘들 것이다. 당연히 화톳불 속에서 꺼냈으니 아직까지 불기운이 남아 있다.

얀 대장은 타고 있는 토끼를 일단 바닥에 내려놓고는 벽 쪽에 있는 방화수를 한 바가지 떠서 토끼 사체에 뿌렸다. 그리고 혹시 모르니 바닥이 두꺼운 장화를 신은 발로 꼼꼼하게 밟고, 차서 뒤집어

가며 불이 완전히 꺼졌음을 확인한 뒤 다시 부집게로 집어 들었다.

타고, 물을 뿌리고, 밟힌 토끼는 더이상 원래 모양을 찾을 수가 없었다. 그 토끼를, 얀 대장은 부집게로 집은 채 신중하게 움직여서 여왕 아우라가 앉은 의자 앞에 있는 탁자 위에 올려놓았다.

"이러면 되겠습니까?"

바로 코앞에 시커멓고 탁한 물이 떨어지는 토끼 사체를 내려놨지만, 여왕 아우라는 눈 하나 깜박하지 않았다.

"좋다. 그럼, 증거를 보여 주지. 단, 가까이 오지는 마라. 거기서도 보일 테니."

"알겠습니다."

여왕의 말에 얀 대장은 얌전히 그 자리에 멈춰 섰다. 아우라 여왕의 말대로 이 위치에서도 탁자 위에 있는 토끼 사체가 잘 보였으니까.

지금부터 여왕 아우라가 사용할 것은 '시간 역행'. 혈통 마법 중에서도 '비장 마법'이라고 불리는 것이며, 대외적으로는 존재를 인정하지 않는 비밀 중의 비밀 마법이다. 다른 나라 사람은 물론이고 같은 카파 왕국 사람 중에도 그 존재를 아는 이는 얼마 안 된다.

그야말로, 지금 이 석실의 경비를 맡을 만큼 왕가에서 특히 믿을 수 있다고 간주한, 극히 일부의 사람만이 알고 있는 마법이다.

그 마법을 일개 용병 앞에서 피로한다는 것은 아우라 여왕이 지금의 북대륙 정세에 강한 위기감을 품고 있다는 사실을 증명한다고 할 수 있다.

아우라는 입술 움직임을 읽지 못하도록 왼손으로 입을 가리고,

오른손 손바닥을 그을린 토끼 사체를 향해 내밀고는 주문을 읊었다.

"'대상의 시간을 하루 되돌리라. 그 대가로 나는 마력…….'"

마법의 효과는 극적이었다. 목제 탁자 위에 올려놓은 시커멓게 그을린 토끼 사체를 반구 모양의 빛이 감쌌고, 다음 순간에는 그 빛의 반구가 똑바로 바라보지도 못할 만큼 눈부시게 빛났다.

"큭?!"

천하의 얀 대장도 하나밖에 없는 회색 눈을 감았다. 그리고 눈을 떴을 때, 모든 것이 끝나 있었다.

털가죽이 완전히 타 버리고 한 줌 정도밖에 남지 않았던 토끼가 순식간에 복슬복슬한 털가죽을 두른 생전의 모습으로 돌아온 것이다.

"……만져 봐도 되겠습니까?"

"상관없다. 직성이 풀릴 때까지 확인하도록."

여왕의 허가를 받은 얀 대장은 테이블 앞까지 가서 신중하게 토끼를 집어 들었다.

털은 축축하게 젖어 있었다. 하지만 그 털에는 흠집도 그을린 자국도 찾아볼 수가 없다. 겉모습만 봐서는 살아 있던 때와 구별할 수가 없었다. 놀랍게도 토끼를 집어 든 얀 대장의 손에 어렴풋한 온기까지 느껴졌다. 화톳불에 태웠던 열기가 남은 것이 아니다. 베면 따뜻한 피가 뿜어져 나올 거라고 확신할 수 있을 것 같은, 생물의 체온이다.

하지만 그런 겉모습과 감촉을 배신하기라도 하는 것처럼, 토끼는 분명히 죽어 있었다. 손의 감촉에 주의를 기울여 보니 점점 그 체온이 식어 가는 게 느껴졌고, 손으로 눈꺼풀을 벌려 보니 동공이 완전히 풀어져 있었다.

"······그렇군요. 분명히, 원래대로 되돌렸습니다. 하지만 사체는 어디까지나 사체, 로군요."

얀 대장은 그렇게 말하면서 여왕이 알아차리지 못하도록 토끼의 귀를 확인했다. 이 토끼의 털은 짙은 갈색이지만, 왼쪽 귀 중앙 부분에 역삼각형 모양으로 까만 털이 나 있었다. 그 역삼각형을 확인한 얀 대장은 이것이 사기가 아니라 자신이 가져온 토끼가 맞다고 확신했다.

로그포트의 저택에서 젠지로 앞에서 이 토끼를 꺼내 보였을 때도, 이쪽으로 온 뒤에도 항상 귀 두 개를 동시에 거머쥐고 있었기에 왼쪽 귀의 무늬까지는 확인하지 못했을 것이다.

이것으로 뭔가 이상한 사기나 비슷한 토끼 사체와 바꿔치기했을 가능성은 사라졌다고 얀 대장은 판단했다.

처음부터 그럴 가능성은 희박하다고 생각했다. 왜냐하면 상대의 지시는 '어떤 작은 동물'뿐이었으니까. 얀 대장이 가져올 동물이 토끼라는 보장은 없었다. 쥐, 고양이, 강아지, 족제비 등, '어떤 작은 동물'이라는 조건이라면 선택지는 상당히 많다. 얀 대장이 그중에 어떤 동물을 가져올지 모르는 상태에서 대체할 동물을 준비하는 건 불가능에 가깝다.

귀에 있는 무늬를 감춘 것은 그야말로 마지막의 마지막 보험이었다.

"납득한 모양이군."

말만이 아니라 얀 대장의 표정을 통해서도 납득했다는 기색을 민감하게 읽어 들인 여왕은 그렇게 말하고, 결단을 재촉하는 것처럼 슬며시 웃었다.

여왕의 말을 듣고, 얀 대장은 각오를 다졌다는 것처럼 고개를 한 번, 살짝 끄덕였다.

"예. 분명 폐하라면 사제님의 유해를 치유해 드릴 수 있으시겠죠."

말로 표현하면서 얀 대장 자신도 품고 있던 희망을 강하게 의식하게 되었을 것이다. 그 얼굴은 조금 전까지 긴장한 표정과 또 다른, 일종의 희망과 더욱 강한 긴장으로 물들었다.

경애하는 얀 사제. 구해 드리지 못해서 무정하게도 화형에 처해졌고, 그 유해라고는 불에 탄 뼈만이 남아 버렸다. '용 신앙'에서 시신이란 신성한 것이자 소중한 것이다.

설령 파손되었다 해도 가능한 수복해서 더러운 부분은 깨끗이 하고, 생전에 입던 옷을 입히고 관에 모셔서 땅에 묻는 것이 '용 신앙'에서의 일반적인 장례다. 그것은 '발톱파'와 '이빨파'는 물론이고, 거기에 해당되지 않는 적룡 왕국과 백룡 왕국의 국교회에서도 공통되는 부분이다.

"폐하, 이것이 마지막 질문입니다."

"…………."

여왕은 말없이, 얀 대장에게 계속 말하라고 했다.

"폐하의 꿍꿍이는, 제게 불이익을 주는 것입니까?"

마지막인 만큼, 지극히 무례하다고까지 할 수 있는 물음이었다.

얀 대장으로서는 돌아오는 대답이 조금 전까지 계속 이어졌던 '대답할 의무는 없다'라도 좋았다. 여왕 아우라가 꾸미고 있는 것을 부정하는 대답만 돌아오지 않는다면 사실상 '아우라 여왕이 이 건에 대해 뭔가 꿍꿍이가 있다'는 사실을 긍정하는 뜻이 되니까.

용병으로서 산전수전을 다 겪어 온 얀 대장은 알고 있다. 이 세상의 왕후 귀족이라는 인종은 기본적으로 뭔가 꿍꿍이가 있고, 자신처럼 입장이 약한 자를 마음대로 부려먹고 버리려 든다는 것을.

하지만 동시에, 얀 대장은 알고 있다. 나라를 주도하는 위치에 있는 구름 위의 높으신 분들은 때때로 순수한 선의나 단순한 변덕으로 서민의 인생을 통째로 구해 주는 손길을 내밀기도 한다고.

그래서 이번 건이 '다른 뜻이 전혀 없는 선의'라는 가능성을 없애 버리기만 해도 좋다고 생각하며 물었는데, 그 답은 예상을 뛰어넘는 수확이었다.

빨강 머리 여왕은 잠시 생각하더니,

"흐음…… 최소한 내게 그런 의도는 없군. 어디까지나 내 주관이지만, 일이 내가 의도하는 대로 흘러갈 경우, 그 결과는 그대에게 나쁘지 않은 일이 될 것이다."

그렇게 말하고 진지한 표정을 지었다. 아우라 여왕은 알고 있다.

교섭에서는 말이 담고 있는 내용만큼이나 그 말을 하는 때의 말투와 표정도 중요하다고.

그래서 가장 중요한 말을 할 때는 음색과 표정에도 성의를 담는다. 상대를 속일 때는 한층 큰 성의를 담지만, 다행히 지금은 그럴 필요까지는 없다.

그런 여왕의 노력이 결실을 맺은 것일까.

"…………알겠습니다. 받아들이겠습니다. 사제님의 유체는 제가 반드시 탈환할 테니, 그 뒤에는 부디 잘 부탁드리겠습니다."

결의를 다진 얀 대장은 그렇게 말하고 고개를 깊이 숙였다.

"약속하겠다. 단, 제한이 있다. 마법의 내용과 관련이 있기에 자세히 설명할 수는 없지만, 유체를 회복하는 데도 시간제한이 있다. 얀 사제가 죽은 날로부터 반년. 그것이 시간적인 한계다."

사실 '미래 대상'에 담긴 마력을 사용하면 사람 정도 크기는 일년 정도 시간을 되돌릴 수 있지만, 어느 정도 안전한 여유 기간이 필요하다고 판단했다.

하지만 그 말은 얀 대장에게 큰 충격을 주지 않았다.

"반년이라. 그 정도면 문제없습니다."

얀 대장의 목소리에서는 확실한 자신감이 엿보였다.

"괜찮겠나? 유체는 '교회' 내부에 있을 텐데?"

"괜찮습니다. '교회' 내부에도 대놓고 말은 못 해도, 심정적으로는 저희 쪽에 가까운 사람들이 다수 있으니까요."

그렇게 말하는 얀 대장의 목소리에는 무의식적으로 자랑스러워하는 기색이 담겨 있었다. 타인에게 얀 사제의 위업과 인망에 대해 말하는 일은 얀 대장에게 있어 그만큼 가슴이 뛰는 행위였다. 설령 그 숭배의 대상이 이미 고인이라 해도.

"그런가. 그럼, 잘못 가져오지 않게 주의하도록. 잘못된다 해도 다시 해 줄 수는 없으니."

여왕의 말을 들은 얀 대장은 상상해 보았다. '교회'에서 가져온 얀 사제의 유체. 그것을 조금 전에 본 마법을 이용해 원래 상태로 되돌린다. 어디까지나 사체지만 깔끔하게, 마치 살아 있는 것 같은 상태로 돌아온 사체. 그런데 그 사체가 얀 사제가 아닌 타인이라면?

생각만 해도 너무나 두려워서 몸이 부르르 떨렸다. 하지만 유체를 잘못 구해 올 가능성도 결코 적지 않다. 아무래도 화장당한 얀 사제의 유체는 거의 뼈만 남았다. 그 상태에서 '이건 아니다. 이것이 사제님의 뼈다'라고 구분하는 일은 아무래도 힘들다.

한 번뿐인 기회를, 유체를 잘못 가져와서 날려 버리는 일이 벌어진다면 얀 대장은 제정신으로 있을 자신이 없었다.

"예. 반드시 틀리지 않도록 하겠습니다."

얀 대장의 말에는 굳은 결의가 담겨 있었다.

◆

밀약을 맺은 얀 대장은 아우라 여왕의 '순간이동'으로 웁살라 왕국의 항구 도시 로그포트로 이동했다(이때를 위해 아우라도 젠지로에게 부탁해서 비밀리에 로그포트로 이동했었고, 덕분에 아우라도 로그포트로 순간이동이 가능해졌다).

움살라 왕국은 북대륙의 일부라고는 해도 가장 북쪽에 가까운 변경. 거기서 '교회'의 세력권까지는 거리가 상당히 떨어져 있는데, 거기까지는 얀 대장 스스로의 힘으로 돌아가는 수밖에 없다. 뭐, 문제는 없을 것이다. 로그포트는 급속하게 성장하고 있는 항구 도시다. 필연적으로 사람들이 많이 드나들고 있으니, 어떤 사람이건 크게 눈에 띄지 않는다.

역전의 용병인 얀 대장에게 장거리 이동은 어려운 일도 아니고, 폭발하기 전에 제지한 덕분에 아직 형식상으로는 아직 '교회'와 적대하는 상태가 아니다.

물론 '교회'도 굳이 얀 대장이 얀 사제와 떨어진 때를 노렸을 정도였으니 얀 대장에 대한 경계를 풀지는 않았겠지만, 구체적인 적대 행동을 보이지 않는 얀 대장에게 눈에 띄는 수단을 사용할 수는 없을 것이다.

그렇다면 몸을 숨기고 다시 '교회' 세력권으로 돌아가는 정도는 얀 대장 정도 수완이라면 그렇게 어려운 일도 아니다. 아무래도 '교회' 직할령에 잠복하는 일은 조금 더 분위기가 진정되어야 하겠지만.

어쨌거나 이 일에 관해, 당분간은 카파 왕국 쪽에서 간섭할 수 있는 일이 없다.

그리고 며칠 뒤. 카파 왕국 왕궁에는 예정되어 있던 큰 보고가 하나 들어왔다. '황금나뭇잎호'가 발렌티아 항구에 도착했다는 보고가.

'황금나뭇잎호' 도착. 프레야 공주는 이미 배에서 내렸기에 지금 선장은 부장이었던 망누스가 맡고 있지만, 그래도 중요한 동맹국에서 온 손님이라는 점에는 변함이 없다.

그래서 젠지로가 카파 왕국을 대표해 '순간이동'으로 발렌티아로 갈 예정이다. 물론 '황금나뭇잎호'가 입항하면 프레야 공주도 발렌티아로 간다. 아무리 국내라고는 해도 젠지로와 프레야 공주가 호위나 시종도 거느리지 않고 이동하는 일은 용납되지 않는다.

그 결과, 젠지로가 '순간이동'으로 발렌티아로 이동한 것은 '황금나뭇잎호'가 입항했다는 소식이 전해진 닷새 뒤였다.

'순간이동' 특유의 가벼운 현기증. 그 직후, 젠지로의 눈에 들어온 것은 눈부신 햇살이었다.

이동한 곳은 발렌티아 대관의 저택에 있는 한 방. 눈을 찌르는 강력한 햇살과 코를 간지럽히는 바다 내음이 순식간에 여기가 어디인지를 주장했다.

"기다리고 있었사옵니다, 젠지로 님."

그런 말로 젠지로를 맞이한 이는 발렌티아 공작령 대관 다미안이다. 발렌티아항을 포함한 발렌티아 공작의 영지는 대대로 왕이 겸임해 온 사실상의 직할령이며, 그 대관이라면 당연히 왕으로부터 일정 이상의 신뢰를 받는 인물이라는 뜻이다.

"그래, 다미안 경. 당분간 신세 지겠다. 갑자기 미안하지만, 면회 준비는 되었나?"

젠지로가 말하자, 다미안이 공손하게 고개를 숙이며 말했다.

"예. 문제없습니다. 젠지로 님께서 준비를 마치시는 대로 안내하도록 하겠습니다."

'황금나뭇잎호' 일행은 물론이고 웁살라 왕국의 카파 왕국 주재 외교관과 프레야 공주, 호위 여전사 스카디도 먼저 도착해 있었기에 젠지로가 마지막으로 도착한 사람이다.

"알았다. 바로 가도록 하지."

그 말대로, 젠지로는 시녀의 도움을 받으며 만약을 위해 입고 있던 제3 정장의 매무새를 바로잡은 뒤에 바로 방을 나섰다.

"잘 왔네, 망누스 선장. 이번에도 대륙간 항해를 무사히 성공한 그 수완, 칭찬해 마지않네."

'황금나뭇잎호' 일행과 대면한 젠지로는 의자에 앉은 채 망누스 선장에게 말했다.

"오랜만에 뵙습니다 젠지로 폐하. 다시 존안을 뵐 기회를 얻게 되어 지극히 황송할 따름이옵니다."

그렇게, 일단은 예법에 따라 인사에 답을 하기는 했지만, 그 동작도 말투도 젠지로가 봐도 알 수 있을 만큼 어딘가 어색했다. 최소한의 예법만 간신히 배운 타고난 바다 사나이. 그것이 망누스 선장이다.

원래 카파 왕국에서는 실력 있는 장인이나 전사 등은 귀인을 상대할 때 본인 나름대로 경의를 표하기만 하면 사소한 예법은 눈감아 주는 경향이 있다. 예법을 익히는 데 시간을 들일 바에는 자신의 본분을 위해 실력을 연마하라는 뜻이리라.

젠지로 일행과 '황금나뭇잎호' 일행은 긴 테이블을 사이에 두고 마주 보는 모양으로 자리에 앉았다. 프레야 공주는 젠지로 옆자리에 앉았다. 젠지로는 '황금나뭇잎호' 일행이 맞은편에 있는데 프레야 공주가 자기 옆에 있다는 데서 약간의 위화감이 들었지만, 지금 입장에서는 이 위치가 옳다.

지금 프레야 공주는 '황금나뭇잎호'의 선장이 아니라 젠지로의 아내이기에.

인사가 끝나자 망누스 선장과 다미안 대행이 사무적인 보고를 시작했다.

'황금나뭇잎호'의 현재 상황. 필요 물자 매매. 선원들이 발렌티아에서 어디까지 자유롭게 행동해도 되는지, 문제를 일으켰을 경우의 책임 소재.

기본적으로는 지난번 '황금나뭇잎호'가 왔던 때와 같지만, 변경된 부분도 있다. 선장이 왕족인 프레야 공주에서 일개 선원인 망누스로 바뀌었고, 발렌티아항에 '황금나뭇잎호'의 크기를 상정한 수리용 독—장래에는 조선용 독이 될 예정이다—이 건설 중이라는 점이다.

"그럼 '황금나뭇잎호'의 수선은 새로 건설 중인 독에서 하도록 하겠습니다. 그 비용은 웁살라 왕국이 부담합니다. 그러면 되겠습니까?"

다미안 대행의 말에 웁살라 왕국 외교관 프레데리크와 망누스 선장이 나란히 고개를 끄덕였다.

"예. 이쪽으로 보내 주십시오."

"문제없습니다."

귀중한 대륙간 항해 선박이라고 해도 일개 선장에 불과한 망누스 선장과 달리 외교관인 프레데리크는 웁살라 왕국의 대표다. 그래서 국가의 재정을 어느 정도 움직일 수 있는 재량이 있다.

처음부터 '황금나뭇잎호'의 취급과 그에 관한 비용에 대해서는 양국 수뇌진들이 큰 틀에서 합의해 둔 것도 있어서 그쪽에 관한 이야기는 원활하게 끝났다.

원활하게 진행되지 않은 것은 예정 밖의 인원에 관한 것이었다.

여기에 관해서는 자신이 주도해서 이야기를 진행할 수 있는 입장이겠지. 그렇게 자각하고 있는 젠지로는 주위에 들리지 않도록 살짝 심호흡을 한 뒤에 입을 열었다.

"이야기는 잘 마무리를 지은 모양이군. 그럼, 이제 그쪽 분을 소개해 주셨으면 하네만."

그렇게 말하고 '황금나뭇잎호' 일행의 끝에 앉아 있는, 낯선 중년 남성 쪽으로 시선을 보냈다.

예정 밖의 인원. 프레데리크 외교관이 이 발렌티아까지 올 수밖에 없었던 요인이기도 했다.

필연적으로, 실내에 있는 모든 이들의 시선이 그 중년 남성에게로 향했다.

나이는 30대 후반 정도려나? 빛바랜 금발 또는 밝은 갈색이라고 할 수 있는 머리카락은 깔끔하게 자르고 다듬었다. 항해 중에는 몸

단장을 하기가 쉽지 않지만, '황금나뭇잎호'가 발렌티아에 입항한 지도 벌써 며칠이 지났으니, 그동안에 어떻게든 했으리라.

신장은 180센티미터가 조금 안 되는 정도일까. 남대륙의 감각으로는 장신인 부류에 들어가지만, 웁살라 왕국의 스베아인 남성으로서는 극히 평균적인 부류다. 몸도 적당히 단련했지만, 전업 전사와 비교하면 아무래도 체형이 못 미쳤다.

외모적인 특징에서 보자면 평범하다고 할 수 있지만, 딱 보고 그를 평범하다고 평가하는 사람은 없을 것이다.

다른 나라 왕족, 자국 왕족 출신, 그리고 현재 자국의 외교관. 그런 이들의 시선으로 집중포화를 받으면서도 온화한 미소를 지은 채 편하게 의자에 앉아 있는 모습은 그 모든 것이 허세나 연기라 하더라도 보통 사람이 흉내를 낼 수 있는 것이 아니다.

젠지로가 말하자 입을 연 사람은 망누스 선장이 아니라 프레데리크였다.

"소개 올리겠습니다. 이쪽은 페테르 린네 교수. 저희 웁살라 왕국이 자랑하는 자연학 권위자입니다."

"방금 소개받은 린네입니다. 젠지로 폐하, 존안을 뵙게 될 기회를 얻게 되어 지극히 황송할 따름입니다."

남자─린네 교수는 자리에서 일어나 인사말을 하며 고개를 숙였다.

"린네 교수의 고명은 익히 들었네. 교수를 알게 된 이 기회를 행운이라고 생각한다. 그런 교수에게 이런 말을 해야만 하는 것이 상당히 아쉽지만, 다른 이도 아닌 구스타프 폐하의 말씀이라면 어쩔 수가 없지."

젠지로의 입에서 웁살라 왕국 국왕 구스타프의 이름이 나왔는데도, 린네 교수의 부드러운 표정에는 전혀 변화가 없었다.

"'돌아오도록', 이라고 하셨네."

게다가 자국 국왕이 직접 내린 귀국 명령을 듣고도 고개를 슬쩍 갸웃거리는 정도.

"주군의 명은 분명히 들었습니다. 허나, 제 현상 연구의 독자적 재량권이 주군의 명에 우선한다고 인식하고 있습니다만."

그 반론은 젠지로가 아니라 옆에 있는 프레데리크를 향한 것이었다.

린네 교수의 반론도 어찌 보면 옳은 것이다. 분명히 웁살라 왕국에서는 대학 교수 자격을 가진 이가 장기 현장 연구에 나간 경우에는 자신의 판단이 왕명에 우선한다는 권한이 주어져 있다.

하지만 이것은 원래 왕명을 전하기 힘든 장기 현장 연구 상황에서 왕명을 준수하느라 발생할 수 있는 위험을 회피하기 위한 특별 권한일 뿐이다.

○○일까지 귀국하라는 명을 받았지만 악천후에 맞닥뜨린 경우. 현지 수렵을 금하는 구역을 탐색하다가 짐승에게 습격당한 경우.

그런 불의의 사고라고 할 수 있는 사태에 대한 책임을 추궁하다가 행동력 있는 학자들을 위축시키는 일을 막기 위한 권한에 불과하니, 지금 린네 교수가 한 대답은 권한을 악용했다고 해도 할 말이 없는 것이다.

하지만 다행히도 구스타프 왕은 린네 교수의 그 대답도 예상했다.

젠지로는 보란 듯이 크게 한숨을 쉬고는,

"참고로, 대장장이 볼룬드에게서도 전언이 있네. '찾아 줬으면 싶은 흙이 있다'는군. 볼룬드는 이미 우리 카파 왕국의 대장장이. 그 의뢰는 우리 카파 왕국이 책임지고 수배하겠다. 즉, 린네 교수가 볼룬드의 의뢰를 받아들일 수 있도록 최대한 노력하겠다는 뜻이다.

구체적으로 말하자면, 린네 교수는 일단 귀국한 뒤 가능한 이른 시일 내에 우리나라에 올 수 있도록 하는 방향으로 구스타프 폐하께 진언하고 있다. 물론 양국 간의 이동은 내 '순간이동'으로 행할 테고."

젠지로의 말에 린네 교수는 지금까지 짓고 있던 거짓 미소와 전혀 다른 웃는 표정을 보였다.

"알겠습니다. 페테르 린네. 주군의 명에 따라 귀국하겠습니다."

너무나 간단히 변모한 그 태도에, 젠지로는 공식 석상이라는 것도 잊고서 헛웃음 소리를 낼 뻔했다.

하지만 린네 교수의 그런 변모는 광휘궁에서 구스타프 왕과 윙비 왕자에게 들었던 린네 교수의 됨됨이와 일치했다.

윙비 왕자는 말했다.

"린네 교수의 본질은 오로지 자신의 욕망에 일직선인 속물. 단, 그 욕망이 지적 호기심이고, 일직선이라는 것은 현실적인 최단거리라는 의미. 그래서 얼핏 보면 누구보다 이성적이고 사교적으로도 보입니다."

즉, 평소에는 이지적이고 붙임성 있는 학자 같은 인물(그렇게 행동하는 쪽이 자신의 욕망-지적 호기심-을 채우는 데 도움이 되기에)이지만, 필요한 때에는 믿을 수 없는 결단을 내리는 인물이라는 뜻이다.

이번에 밀항에 가까운 형태로 '황금나뭇잎호'에 승선한 것도 린네 교수에게 있어 그야말로 '필요한 때'였기 때문일 것이다.

'순간이동'의 존재를 몰랐던 당시의 린네 교수에게는 '황금나뭇잎호'의 출항을 놓치면 자신이 남대륙에 갈 수 있는 기회가 일 년 이상 늦어지게 된다는 위기감이 있었다.

최악의 경우, 이 기회를 놓치면 영원히 남대륙에 있는 미지의 자연을 보지 못할 수도 있다. 그렇게 판단한 다음 순간, 린네 교수는 대학교수라는 지위를 잃을 수도 있는 위험 요소를 확실하게 인식한 상태에서 '황금나뭇잎호'에 밀항 같은 짓을 결행했다.

구스타프 왕의 귀국 명령을 듣고서도 궤변에 가까운 항변을 하면서까지 귀국을 거부한 것도, 여기서 돌아가 버리면 다시는 남대륙에 올 기회가 없을지도 모른다고 생각했기 때문이다.

그래서 젠지로가 남대륙에서만 실행할 수 있는 대장장이 볼룬드의 의뢰를 전한 시점에서 '일단 귀국하더라도 다시 남대륙에 올 수 있다'고 확신했고, 그 결과로 지조 없는 사람처럼 의견을 뒤집은 것이다.

"이해해 줘서 다행이군."

젠지로의 약간 피곤한 듯한 목소리를 듣고도 린네 교수는 변함없이 부드러운 미소를 지었고, 옆자리의 프레데리크 외교관은 너무나 죄송하다는 듯이 목을 움츠리고 있었다.

린네 교수의 설득과 송환도 큰일이지만, 젠지로가 발렌티아까지 온 본래 목적에서는 크게 벗어난 것이다.

주 목적은 '황금나뭇잎호'의 현재 상태 확인과 향후 예정에 대한 조정이다.

그래서 젠지로는 프레야 공주, 프레데리크 외교관, 망누스 선장을 동반하여 '황금나뭇잎호'가 정박한 항구에 찾아왔다.

"이거, 정말 많이 달라졌군."

항구를 본 젠지로의 입에서 자기도 모르게 그런 소리가 흘러나왔다.

분명 발렌티아항은 젠지로가 지난번에 봤을 때와 광경이 크게 달라져 있었다.

한눈에 봤을 때 알 수 있는 가장 큰 차이점이라면 역시 커다란 크레인의 존재일 것이다. 재질은 마디마디를 금속으로 보강한 목재에 동력으로는 인력을 사용하는 원시적인 것이지만, 원래 남대륙에 없었던 크레인의 존재감은 상당히 강렬했다.

지금도 커다란 목재를 들어 올려서 독에 고정 정박 중인 '황금나뭇잎호'의 옆구리에 대려 하고 있다. 사람 힘으로 저 커다란 목재를 저 높이까지 들어 올리는 일은 불가능에 가깝다.

오히려 반대로, 크레인이 없었던 지금까지 카파 왕국은 어떻게 배의 수복과 조선 등을 처리해 왔을까? 크레인이 없었던 것도 카파 왕국이 대륙간 항해가 가능한 대형 선박을 만들지 못했던 이유 중 하나일지도 모른다.

현장에서 작업하는 장인들은 당연히 젠지로 일행이 시찰하러 왔다는 것을 알아차렸지만, 카파 왕국에서는 일하는 중인 장인들은 자신에게 직접 말을 걸지 않는 한은 일을 계속하는 것이 허락되어 있다.

일하고 있는데 시찰하러 오는 상사를 환영하는 현장은 지극히 적다. 현장 입장에서 체험한 적이 있어서 잘 알고 있는 젠지로는 가능한 현장을 방해하지 않으려 노력했다. 하지만 젠지로도 그저 호기심이나 심심풀이로 시찰하러 온 것이 아니다.

왕족으로서 일하기 위해 온 것이다. 그저 멍하니 구경하기만 해서는 의미가 없다.

"저 크레인은 웁살라 왕국에서 온 장인들이 만들었나?"

젠지로의 말에 옆에 서 있는 프레야 공주가 고개를 끄덕였다.

"예. 저희 나…… 웁살라 왕국에서 모셔 온 장인들입니다. 주분야로 따지자면 조선공입니다만, 그 전 단계의 도구를 준비할 수 있는 장인도 최소한이나마 있으니까요."

이런 부분은 어떤 의미에서 보면 분업이 진행된 현대보다 뛰어나다고 할 수 있으리라.

현대의 자동차 정비공에게 자동차 정비에 필요한 잭이나 유압 펌프, 공기 펌프를 직접 만들어 달라고 의뢰한다고 해도, 만들 수 있는 사람은 극소수일 것이다. 하지만 기술 레벨이 현대만큼 높지 않고 세분화되지도 않은 이 세계에서는 뛰어난 장인일수록 하나부터 열까지 전부 직접 만들 수 있다.

대장장이의 최고봉인 볼룬드 정도 되면 마음만 먹으면 가열로용 내화 벽돌부터 직접 만들 수 있다.

조선을 위해 초빙한 장인들은 대장장이 볼룬드만큼은 아니지만, 그래도 충분히 일류의 실력을 지녔다. 모두의 실력과 지혜를 합치면 조선에 필요한 도구는 어느 정도 만들 수 있다.

"예정으로는 '대륙간 항해 선박'용 건선거(乾船渠)를 지을 예정인데, 그쪽 예정은 늦어지고 있다고 생각하면 문제없겠나?"

"예. 원래는 건선거 공사에 보내야 하는 인원과 자재를 '황금나뭇잎호' 수선에 돌리고 있기에, 아무래도 건설 공정이 늦어지고 있습니다."

현장 책임자인 초로의 스베아인 장인의 말을 듣고 젠지로는 사전에 읽었던 보고서의 내용을 떠올렸다.

건선거는 건(乾)이라는 글자 그대로 물을 뺄 수 있는 선박용 독이다. 배를 건선거에 넣으면 보통은 물속에 잠겨 있는 선저 등을 밖에서 보고 수선할 수 있다.

건선거를 사용하지 않는 경우에는 간이 수리 이상의 수선을 할 수 없다. 물론 발렌티아항은 카파 왕국에서도 제일가는 항구다. 원래 건선거가 여럿 존재하기는 했지만, 그건 어디까지나 카파 왕국에서 사용하는 선박용 건선거다. 돛대가 넷 달린 대형 선박인 '황금나뭇잎호'에는 쓸 수 없다. 개집에 말을 넣으려 하는 것이나 마찬가지니까.

"쌍왕국에 '물 조작' 마법 도구를 발주할 생각인데, 건선거에 도움이 되려나?"

젠지로가 말하자 초로의 장인이 복잡한 표정을 지었다.

"글쎄요, 도움이 될지 안 될지를 따진다면 도움이 되기는 하겠습니다만, 얼마나 도움이 될지는 낙관할 수가 없군요. '황금나뭇잎호' 크기의 건선거는 물의 양이 엄청나니까요."

동력 펌프 같은 기계가 없는 이 세계에서 건선거의 물을 빼려면 간만의 차를 이용하는 수밖에 없다.

수문을 설치한 가늘고 긴 수로에 배를 집어넣고서 썰물이 올 때를 기다리고, 썰물이 와서 물이 빠졌을 때 수문을 닫는다. 이것이 일반적인 건선거이다.

굳이 말할 필요도 없이, 여기에는 상당히 폭넓고 섬세한 토목공사 솜씨가 요구된다.

밀물과 썰물에 의지해서 독의 물을 채우고 뺄 수 있도록 만들기 위해서는 자연을 읽고 그 조건을 충족할 수 있는 위치에 건선거를 지어야 한다. 만들었다고 해도 계절에 따라서는 간만의 차가 적어서 독에서 물이 빠지지 않는다. 반대로 계절에 따라서는 바닷물이 건선거까지 들어오지 않아서 배를 독 안에 집어넣을 수 없는 일도 일어난다.

하지만, 동력 펌프를 사용한 건선거라면 그런 조건이 상당히 완화된다. 일반적인 항구에 배가 들어오는 데 충분한 깊이로 땅을 파낸 뒤 여닫을 수 있는 수문만 설치하면 된다.

하지만 동력 펌프는 남대륙은 물론 기술 선진국인 북대륙에도 존재하지 않는다. 그래서 젠지로는 '물 조작' 마법 도구가 동력 펌프를 대신할 수 있기를 기대했지만, 현시점에서는 어떻게 될지 알 수 없다.

초로의 장인이 말한 대로 전혀 도움이 안 되는 일은 없겠지만, 큰 영향을 줄 정도의 도움은 안 될 가능성도 충분히 있다.

건선거에서 빼야 하는 물의 양과 '물 조작'으로 움직일 수 있는 물의 양. 양쪽의 차가 어느 정도인지를 현시점에서는 정확히 알 수가 없다. 하지만 '물 조작' 마법 도구를 건선거에서는 쓸 수 없다고 해도, 선저의 침수 대응에는 충분히 마음 든든한 존재라는 것이 알려져 있다. 그래서 기껏 구했지만 헛수고가 될 일은 없기에 미리 발주해 뒀다.

"대규모 공사다. 시간이 걸릴 것이라는 점은 예정이 지연되는 경우까지 포함해서 전부 계산해 뒀다. 중요한 것은 납기보다 완성도지. 장기간 사용에 견딜 수 있도록 만들어 주게."

윗사람 입장이 되면 완성이 지연될 때 상당히 답답한 기분이 들지만, 그것을 아랫사람한테 전해 봤자 현장의 분위기만 나쁘게 만들 뿐이고 득이 될 것이 없다는 사실을 잘 알고 있는 젠지로는 가능한 부드러운 표정과 목소리로 전했다.

"알겠사옵니다."

젠지로의 말에 현장 책임자인 초로의 장인은 안심했다는 듯 긴장했던 어깨에서 힘을 빼고는 고개 숙여 인사했다.

———◆———

이번에 젠지로와 프레야 공주가 발렌티아에 온 주된 목적은 '황금나뭇잎호' 일행의 마중과 린네 교수를 '순간이동'으로 일시 귀국시키는 것. 발렌티아의 대륙간 항해 선박용 조선 및 수복용 독 공사 진척 정도의 확인인데, 기껏 발렌티아까지 온 김에 해 두고 싶은 일도 있었다.

발렌티아 대관의 저택에서 이틀을 묵고 린네 교수를 '순간이동'으로 웁살라 왕국에 돌려보낸 다음 날. 젠지로와 프레야 공주는 발렌티아에서 육로를 이용해 남하해서 알카트에 도착했다.

알카트. 원래는 그저 지명일 뿐이고 사람이 살지 않는 왕가의 직할 영지였지만, 프레야 공주가 젠지로와 결혼하고 알카트 공작 지위를 얻으면서 이곳이 역사적인 전환점이 될…… 예정이다.

제철, 조선 선진국인 웁살라 왕국에서 온 프레야 공주가 모국에서 데려온 웁살라 왕국의 장인들이 여기에 대륙간 항해 선박용 조선소와 항구를 만들어서 발렌티아 다음가는 일대 국제항으로 만들…… 예정이다.

현재 카파 왕국에서 항구라고 하면 발렌티아항이 대표적인 곳이다. 발렌티아는 카파 왕국 최대의 무역항이자 어항이며, 그리고 카파 왕국 해군 대부분이 정박하는 군항 기능까지 하고 있다. 작은 어항은 다른 곳도 여럿 있고 소형 무역선은 그런 곳에 일시적으로 정박할 수도 있지만, 군항으로서 제대로 기능하는 항구는 발렌티아항 하나뿐인 것이 현재 상황이다.

이 상황은 결코 좋다고 할 수 없다. 특히 장래에 대규모 해전이 일어나리라고 상정한 경우, 치명상이 될 가능성까지 있다.

카파 왕국에서 유일하게 대륙간 항해 선박이 정박할 수 있는 항구 발렌티아. 이 상태에서 북대륙이 침략해 와서 발렌티아가 함락되기라도 한다면, 그것만으로도 카파 왕국은 너무나 불리한 상황에 처하게 된다.

"계란은 한 바구니에 담지 말라."

군에 관한 이야기를 할 때, 그런 격언으로 한 곳에 기능을 집약하면 위험하다는 설명을 하곤 한다.

대형 선박을 수리할 수 있는 항구가 하나밖에 없는 경우, 그곳을 파괴당하면 대형 선박을 수리할 수 없게 된다. 대형 선박을 건조할 수 있는 독이 하나밖에 없다면 그곳을 점거당한 시점에서 건조가 멈춰 버린다. 대형 선박이 정박할 수 있는 항구가 하나뿐이라면, 해전에서 패배했을 때 돌아갈 곳이 하나밖에 없기에 간단히 항로를 특정당해 매복에 당하게 된다.

한 곳에만 기능을 집약하는 일은 그렇게 여러 의미에서 위험하다.

그래서 국내에 알카트라는 또 하나의 커다란 항구를 만든다는 구상은 이치에 맞는 것이다. 그것은 당연히 아우라 여왕도 이해하고 있는 일인데, 아쉽게도 국가 운영에는 예산이라는 가장 큰 장애물이 가로막고 있다.

결과적으로 젠지로가 방문한 현재의 알카트는 그리 많지 않은 사람들이 풀을 베거나 흙을 나르면서 천천히 땅을 고르고 있을 뿐인, 그런 맨땅이었다.

"어서 오십시오, 젠지로 님. 알카트 공작으로서 제 영지에 와 주신 것을 환영합니다."

젠지로가 용차에서 내리자, 바지를 입은 프레야 공주가 빙긋 웃는 얼굴로 그렇게 말하며 환영해 줬다.

젠지로와 프레야 공주는 발렌티아에서 이곳 알카트까지 같이 왔다. 그런 프레야 공주가 용차에서 내리지 않은 것은, 중간에 주룡으로 갈아탔기 때문이다.

후궁 안뜰에서 시작한 주룡 기승 연습. 메인은 젠지로였지만 당연하다고 할까, 습득은 프레야 공주와 스카디가 압도적으로 빨랐다. 뭐, 이것은 처음부터 예상했던 일이다.

주룡은 처음이지만 기마 훈련을 열심히 받아 온 프레야 공주나 스카디와 자동차 운전면허밖에 없는 젠지로는 근본적으로 다르다.

"고마워, 프레야. 역시 프레야는 기룡 쪽이 좋은가?"

자연스레 프레야 공주의 손을 잡으며 젠지로가 말했다.

그런 남편 젠지로의 말에 프레야 공주는,

"그렇군요. 편하기는 용차 쪽이 편하지만, 기룡 쪽이 기분이 좋아요."

웃는 얼굴로 대답했다. 그 말대로 정말 상쾌하게 웃는 얼굴이다. 젠지로는 크게 자각하지 못하고 있지만, 이 세계에서 왕후 귀족여성—그것도 기혼 여성이 용차에 타지 않고 바지를 입고서 기룡을타고 이동하는 것은 상당히 파천황적인 일이다(자세히 보니 허리에는애용하는 손도끼까지 차고 있다).

프레야 공주는 특별히 허가를 받을 필요도 없이 자신의 의지만으로 기룡을 선택할 수 있는 지금의 자유로운 일상을 만끽하고있다.

"그래, 정말 기분 좋아 보이네. 나도 열심히 해 볼까."

젠지로는 그렇게 말하고 용차를 타고 이동하느라 뻐근한 몸을풀기 위해 기지개를 켰다.

현재 젠지로는 후궁에 있는 주룡 두 마리라면 꽤 자유롭게 움직일 수 있는 수준까지 왔다. 하지만 그건 그 두 마리가 특히 머리와성격이 좋은 녀석들로 고르고 고른 주룡인 덕분이다.

프레야 공주와 스카디처럼 '주룡에 탈 수 있게 됐다'고 자랑스레말하려면, 최소한 왕가가 데리고 있는 평균적인 성격의 주룡을 다룰 수 있게 되어야 할 것이다.

팔짱을 끼고 걸어가는 젠지로와 프레야 공주를 지키는 것처럼여전사 스카디와 기사단장 나탈리오, 그리고 그 부하인 비르보 공작 기사단이 뒤를 따랐다.

예전에는 젠지로를 호위하던 사람들 중 나탈리오 외에는 전부아우라 여왕에게 빌린 인원이었는데, 지금 젠지로 주위에 있는 인재 중 여전사 스카디 외에는 전부 젠지로 직속 부하들이다.

가능한 소규모로 하겠다는 젠지로의 의견과 반대로 비르보 공작 기사단은 지금도 계속 규모를 늘리고 있다.

아우라 여왕이 말하기를 전쟁이 끝난 현재 상황에서 눈에 띄는 병력 증강은 힘들다. 하지만 북대륙의 수상한 분위기를 생각해 보면 군의 증대는 필요 불가결하다. 그런 상황에서 젠지로를 위해 신설한 비르보 기사단은 가장 무난하게 숫자를 늘릴 수 있고, 아우라 여왕이 보기에 한없이 가까운 병력이기에 믿을 수 있다고 했다.

현재 비르보 공작 기사단의 증대를 환영하지 않는 사람이라고는 젠지로와 기사단장인 나탈리오 정도니까 반대하기도 힘들다.

그러다 보니 어느샌가 큰 조직이 됐고. 그런 생각을 하면서 젠지로는 걸어가며 주위를 둘러봤다.

"여기가 알카트…… 인가."

중간에 잠깐 할 말을 망설이던 젠지로는, 그대로 아무것도 덧붙이지 않고 말을 마무리 지었다.

그곳에는 판잣집 몇 채만 있었기 때문이다. 알카트 시내는 고사하고 마을이라고 불러 주기도 힘든 모습. 알카트 항구, 라고 불렀다가는 허위 보고로 고소당할 것 같다.

그런 젠지로의 마음속 갈등을 눈치챈 모양인 듯, 알카트 공작인 프레야 공작은 큰마음 먹고 보란 듯이 한숨을 쉬고는

"예, 말씀하신 대로 여기는 알카트, 그저 알카트입니다. 장래에는 반드시 '국제 무역항 알카트'라고 불리도록 만들어 보이겠습니다만."

힘차게 말했다.

카파 왕국의 재력과 웁살라 왕국의 기술로 알카트를 대륙간 항행 선박도 사용할 수 있는 항구로 만든다는 것은 이미 결정된 일이다.

하지만 재원도 인재도 한계가 있는 이상, 우선순위라는 것이 발생하게 된다. 지금은 발렌티아항의 개수가 우선이고, 알카트항 신설 계획은 보다시피 지지부진한 상태다.

"응, 그래. 그랬지. 앞날을 생각해 보면 알카트는 요지니까."

아주 애매한 말을 흘리는 젠지로의 시선은 이리저리 헤매고 있었다.

프레야 공주가 알카트 공작인 것처럼 아우라 여왕은 발렌티아 공작이기도 하다. 발렌티아항 개수와 알카트항 신설 중에 무엇을 우선할 것인가. 이 문제에 관해서는 젠지로만큼 의견을 말하기 힘든 사람도 없을 것이다.

어느 쪽이건 편을 들었다는 사실이 알려지면 소문을 퍼트리기 좋아하는 궁정의 참새들과 항상 모략의 싹을 찾고 있는 왕궁 귀족들의 먹잇감이 될 것이 분명하니까.

그래서 젠지로는 목소리에도 얼굴에도 감정이 드러나지 않도록, 사무적인 방향으로 이야기를 돌렸다.

"원래 거의 사람이 없는 것이나 마찬가지인 땅이었으니까. 일단은 장인들이 자리를 잡고 작업할 수 있는 환경을 갖춰야겠지."

"그건, 그렇군요."

한숨을 쉬면서도, 프레야 공주는 젠지로의 주장에 동의했다.

한가로워 보이기까지 하는, 그저 땅 고르기 작업만 하고 있는 광경도 토지 개발의 첫걸음인 것은 틀림없으니까.

이상적인 것을 따지자면 일단 어떻게든 간이 부두라도 만들어서 배가 드나들게 하는 것이다. 그렇게 하면 그 뒤에는 사람도 물자도 배로 나를 수 있기에 작업 효율이 훨씬 좋아진다.

하지만 조금만 생각해 보면 알 수 있는 일인데, 자연 그대로의 연안에 부두를 만드는 것은 아무나 할 수 있는 일이 아니다. 제대로 된 노하우를 가진 장인만이 할 수 있는 일이다.

그런 전문가라고 할 수 있는 장인을 제대로 된 시설도 없는 곳에 오랫동안 묶어 두는 가혹한 일을 시키기 위해서는 상당히 많은 인건비를 책정해야 한다는 정도는 간단히 상상할 수 있다.

한편, 지금 하는 것처럼 지면을 고르고 건물을 세우기 위한 토대를 만드는 정도라면 공사 감독 몇 명 외에는 최소한의 힘과 건강한 몸을 가진 작업자들이면 충분하다. 그런 사람들이라면 값싸게 대량으로 고용할 수 있고.

뭍에서 천천히 작업하고 있는 이유는 그런 애달픈 예산 상황 때문이었다.

"'흙 조작'을 다룰 수 있는 사람을 도입하면 작업 효율이 크게 좋아진다고 하던데."

"그럴 예산이 있다면 부두부터 만들었겠죠."

말할 필요도 없이, 지형을 크게 바꿀 수 있는 수준의 '흙 조작' 마법을 사용할 수 있는 사람은 부두를 만들 수 있는 장인보다 훨씬 많은 급여를 줘야 한다.

"그렇겠지."

삐친 것처럼 볼을 부풀리며 대답하는 측실의 말에 젠지로도 동의하는 수밖에 없었다.

마음을 가다듬은 프레야 공주가 혼잣말처럼 말했다.

"예산을 아우라 폐하께서 쥐고 계실 뿐이지, 알카트 개발 계획 자체는 제 뜻으로 정해도 되기로 약속했습니다. 어떻게든, 제가 독자 재원을 확보할 수만 있다면 상황이 크게 달라질 텐데 말이죠."

프레야 공주는 이쪽 세계 여성치고는 파격적이라고 해도 될 만큼 자유로운 행동을 인정받았다. 그 자유의 범위에는 일정한 경제활동도 포함되고.

왕가에서 지불하는 재원을 소비하기만 하는 게 아니라, 어떠한 사업을 벌여서 재원을 늘리고, 그 흑자를 자주적으로 알카트 개발에 투입한다. 알카트 공작 프레야 공주에게는 그럴 권리가 있다.

"프레야 공주가 가지고 있는 사업 거리, 라."

프레야 공주의 혼잣말을 듣고, 젠지로도 생각해 보았다. 다른 세계에서 온 젠지로 정도는 아니지만, 북대륙이라는 먼 나라에서 온 프레야 공주도 충분히 다른 문화권의 사람이다.

그 지식과 경험 속에는 남대륙에 전혀 알려지지 않은 것이나, 다소나마 알려지기는 했지만 보급되지 않은 것들도 다수 존재할 것이다. 그리고 그런 미지의 지식 중 일부에는 퍼트리면 돈이 될 것도 존재, 할지도 모른다.

"웁살라 왕국은 북대륙에서도 기술 선진국이니 그 기술을 이쪽에서 잘 꽃피우면 독자적인 재원이 될 수도 있을 법한데 말이야."

 젠지로가 말하자, 프레야 공주는 하늘을 바라보며 생각했다.

 "재원이 될 만한 기술인가요. 그런 기술자들을 나름대로 데려오긴 했지만, 대부분 카파 왕국에서 그대로 데려가 버렸으니까요."

 아우라 여왕 입장에서는 당연한 대응이다.

 젠지로의 측실로 들어와서 형식상으로는 카파 왕국 사람이 된 프레야 공주지만, 그런 이유만으로 시댁인 카파 왕국에 뼛속까지 충성을 맹세할 수는 없다.

 그런 사람에게 공작위를 주고, 거의 사람이 없기는 하지만 연안의 토지를 주고, 게다가 데리고 온 선진국의 기술자까지 직속으로 붙여 준다면, 그것은 국내에 다른 나라 영토를 만드는 것이나 마찬가지다.

 아우라 여왕의 구상은 천천히 시간을 들여서 프레야 공주 일행이라는 '이물질'을 소화하고 흡수해서 카파 왕국의 '양분'으로 만드는 것이다.

 똘똘 뭉쳐서 언제까지고 이물질로 있어서는 안 된다.

 프레야 공주도 그런 논리를 이해하지 못하는 건 아니지만, 그렇다고 해서 뭐든지 아우라 여왕의 방침에 따를 만큼 얌전한 인물도 아니다.

 "…………그런데, 카파 왕가 사람이라는 입장으로, 웁살라 왕국 사람을 개인적으로 고용해서 이쪽으로 데려오는 것은 가능할까요?"

생각을 가다듬는 프레야 공주에게 젠지로는 카파 왕국의 법률을 떠올리면서 대답했다.

"그러니까, 아마도 문제는 없을, 거야. 하지만 그 사람은 나나 아우라의 '순간이동'으로 왕래해야 할 테니까, 최종적으로는 아우라의 뜻에 달렸겠지."

여왕 아우라의 뜻. 그 말에 잠시 주춤할 뻔했지만, 프레야 공주는 바로 마음을 다잡았다.

"예, 좋아요. 이번에는 지지 않을 거예요."

그런 결의를 보고, 젠지로도 뭔가 도울 방법이 없는지 생각해 보았다.

프레야 공주의 사업이 성공하는 자체는 카파 왕국은 물론 카파 왕족에게도 마이너스가 되지는 않을 것이다.

마법 이외의 기술 전반에서 북대륙은 남대륙보다 많이 발달했다. 그것은 틀림없는 사실이다. 제일 먼저 떠오른 것이 조선이나 제철 같은 분야인데, 그런 군사력과 직결되는 기술은 카파 왕국이 직접 수입했다.

그렇다면 프레야 공주가 개인적으로 수입할 수 있는 기술은 그런 중공업을 제외한 다른 것이어야 한다. 이렇게 말하기는 그렇지만, '아우라 여왕이 눈감아줄 수 있는 정도의 기술'이라는 뜻이다.

젠지로는 생각했다. 북대륙에서 봤던 인상 깊었던 것들을. 배, 철, 유리, 용납, 레이스 편물, 복식. 거기까지 생각했을 때, 문득 지금 프레야 공주가 입고 있는 옷이 눈에 들어왔다. 북대륙제 승마복이다.

갈색 조끼 아래에 입은 하얀 셔츠. 태양 아래에서 그 흰색이 특히 두드러졌다.

"그냥 갑자기 생각났는데 말이야, 생각해 보니 공화국에서는 레이스를 귀중하게 여기는 것 같던데 말이야. 그거, 윱살라 왕국에서는 안 하나?"

젠지로의 질문을 조금 착각한 프레야 공주는 곤란하다는 듯 고개를 갸웃거렸다.

"레이스 말인가요? 윱살라 왕국에서도 만들고는 있지만 공화국 정도는 아니네요. 그리고 레이스가 고급품이기는 하지만, 소수의 장인만 가지고는 많이 만들기 힘드니까 큰 경제 효과를 기대할 수도 없고."

프레야 공주의 말을 들은 젠지로는 고개를 저었다.

"아니, 레이스 자체는 남대륙에도 비슷한 게 있으니까. 레이스 자체가 아니라, 레이스에 사용한 실 말이야."

"실, 말인가요?"

프레야 공주가 그 얼음 같은 파란색 두 눈을 깜박였다.

"응, 실. 남대륙 것과 비교하면 북대륙 실이 훨씬 하얗거든. 그래서 그쪽 기술을 밖으로 가지고 나와도 된다면 쓸 만하지 않을까 싶어서."

프레야 공주는 아직 젠지로의 주장을 납득할 수 없었다.

"실례지만, 저는 그렇게까지 큰 차이를 모르겠어요."

프레야 공주가 카파 왕국에 온 지도 몇 년이 지났다. 그동안 이쪽의 의류를 볼 기회가 많았는데, 하얀 천의 질이 북대륙보다 크게 떨어진다고 생각해 본 적은 없었다.

　"그건 프레야가 웁살라 왕궁에서 봤던 실이나 천과 카파 왕궁에서 본 천의 색을 비교했기 때문이 아닐까? 왕궁에서 보이는 천, 특히 왕가가 사용하는 천은 왕가의 위신을 걸고 재료부터 고르고 고른 것들이니까. 하지만 일반적으로 유통되는 하얀 천은 북대륙산 쪽이 훨씬 하얗거든. 그것이 원재료 차이 때문이라면 어쩔 도리가 없지만, 만약 섬유의 세척과 탈색 기술 차이라면 쓸 방도가 있지 않을까?"

　"그렇군요……"

　젠지로의 조언에 프레야 공주는 진지한 표정으로 생각했다.

　"조사해 볼 가치가 있을 것 같군요. 만약 젠지로 님이 말씀하신 대로라면, 이건 큰 사업 기회입니다."

　"응. 그래도 최종적으로는 아우라의 허가가 필요하지만."

　"윽, 지, 지지 않을 거예요!"

　남편 젠지로의 지적에 잠깐 놀라서 주춤한 프레야 공주였지만, 바로 오른손 주먹을 꽉 쥐고는 기합이 들어간 목소리로 굳게 다짐했다.

[제5장] 의도했던 기적

아우라 여왕과 얀 대장의 밀회로부터 약 1개월 뒤.

그 기회는 생각보다 빨리 찾아왔다.

'교회' 내부에도 얀 사제 신봉자는 존재한다. 얀 대장이 자랑스럽게 했던 그 말이 아무래도 사실이었던 모양이다.

누가 어떻게 활약하고 어떤 경위를 거쳐서 지금에 이르렀는지. 그 부분은 카파 왕국 측에서 자세히 알 도리는 없다.

하지만 경위가 어떻게 됐건, 현재 얀 대장은 하얀 나무 상자를 꼭 끌어안고서 아우라 여왕 앞에 서 있다.

여기는 카파 왕궁의 석실. 지난번과 마찬가지로 옵살라 왕국의 항구 도시 로그포트 교외에 있는 저택에서 젠지로의 '순간이동'을 이용해 여기까지 왔다.

석실의 모습도 지난번과 다를 게 없었다. 사방이 돌벽으로 둘러싸인 석실. 조명은 화톳불. 일 년 내내 변하지 않는 풍경.

다른 점이라면 지난번에는 작은 테이블을 사이에 두고 의자 두 개가 놓여 있었지만, 이번에는 그 대신에 간소한 침대가 있다는 점이다.

"어서 오게, 얀 대장. 무사히 성취한 것 같아서 다행이군."

그 말대로, 두 팔을 벌리고 환영의 뜻을 표하는 아우라 여왕의 웃는 얼굴을 보고도 외눈 용병―얀 대장은 굳은 표정을 유지했다.

"젠지로 폐하 덕분에 이렇게 올 수 있었습니다, 아우라 폐하. 허나 죄송합니다만 아직 성취했다고 할 수는 없습니다. 그 성취를 위해, 아우라 폐하의 위대한 힘을 빌리고자 이렇게 여기에 왔을 따름입니다."

그렇게 말하고 얀 대장은 석실 바닥에 한쪽 무릎을 꿇고는 고개를 깊이 숙였다. 최상급의 예를 갖추는 동작인데, 그러는 동안에도 하얀 나무 상자를 안고 있었기 때문에, 제 몸으로 중요한 상자를 지키는 것처럼 보였다.

얀 대장의 심경을 생각해 보면 정말로 지키려 한 것이리라.

강인한 정신력을 가진 얀 대장이지만, 이번에는 단 한 마디 농담도 받아들일 수 없는, 당장이라도 넘치는 게 아닌가 싶은 물잔 같은 상태다.

지난 전쟁을 경험한 아우라 여왕이다 보니 그런 사람을 처음 보는 것도 아니다. 그래서 최대한 자극하지 않도록 일부러 담담한 투로, 최대한 사무적으로 이야기를 이끌어 갔다.

"복원을 행하겠다. 유해를 상자에서 꺼내 침대 위에 올려놓도록."

"예."

얀 대장은 묵묵히 작업을 수행했다.

나무 상자를 침대 위에 놓고, 지극히 꼼꼼하고 정중한 손놀림으로, 안에 든 검붉은 물체를 꺼내 침대 위에 가만히 늘어놓았다.

그것은 아마도 사람의 뼈일 것이다. 하지만 대부분이 탄화해서 원래 모양을 잃어버렸다. 얼핏 봐서는 사람 뼈는 고사하고 뼈가 맞는지 구분하기조차 힘들었다.

가식 없이 표현하자면, 그것은 '지저분한 흙과 돌덩어리'로 보일 뿐이었다.

대충 하면 일 분도 걸리지 않을 그 작업을 얀 대장은 장장 10분에 가까운 시간을 들여서 수행했다. 솔직히 여기서 유골이 조금 파손된다 해도 결과에는 아무런 영향도 없지만, 그런 말을 할 수 있는 분위기가 아니다.

"이게 전부로군. 그럼, 그대가 가장 확실하게 믿는 뼈를 가리켜 봐라. 어느 것이건 상관없다면 내가 고르도록 하겠다."

'시간 역행'을 거는 대상은 하나의 물체를 기점으로 삼는다. '원래 같은 것이었던 물체'는 거기에 딸려 간다. 기점이 되는 물체가 잘못된 경우에는 되돌리는 대상이 달라져 버린다.

이 경우, 얀 대장이 가져온 뼛조각 중에 얀 사제 이외의 뼈가 섞여 있고, 행여나 그 뼈를 기점으로 삼는다면 그 사람의 사체가 '시간 역행'의 대상이 되어 버린다.

설명을 들은 얀 대장은 조금 전에 그것이 끝이 아니었냐고 감탄할 만큼 귀기 서린 표정으로 뼛조각들을 몇 번이나 확인한 뒤, 커다란 뼛조각 하나를 천천히, 손가락으로 가리켰다.

"이것으로, 부탁드리겠습니다."

그렇게 말하는 목소리도, 가리키는 손가락도 숨길 수 없을 만큼 떨리고 있었다. 하지만 그 모습을 보고 비웃는 사람은 없을 것이다. 오히려 이렇게 짧은 시간에 결단을 내린 얀 대장의 담력을 칭찬해 마땅했다.

사실 아우라 여왕은 이 일을 통해서 얀 대장의 평가가 조금 올라갔고, 그만큼 경계도 강화했다.

"알았다. 그럼 마법을 행사하겠다. 보고 있어도 되지만 주문을 엿듣는 일은 용납하지 않는다. 괜찮다고 말하는 위치까지 뒤로 물러나도록."

"예."

아우라 여왕이 시키는 대로 얀 대장은 슬금슬금 뒤로 물러났다. 조금이라도 가까이서 지켜보고 싶다는 생각에서 나온 행동일 것이다. 얀 대장이 물러나는 동작은 무서울 정도로 느릿한, 발을 미끄러트리는 것 같은 움직임이었다.

"…………."

하지만 아우라 여왕은 그 느린 동작에도 전혀 동요하지 않고 침묵을 지킨 채, 얀 대장이 상정한 거리까지 물러나기를 기다렸다. 자신이 됐다고 말하기 전에 움직임을 멈춘다면 처치를 그만두겠다. 아우라 여왕은 그렇게 생각하고 있었다. 그것은 위협도 아니고 부당한 거래도 아니다. 비장 마법을 사용하는 이상은 당연한 경계다. 혈통 마법은 그 핏줄의 인간이 아니면 사용할 수 없지만, 주문을 엿들어 알아낼 수 있는 정보도 많다.

결코 타협하지 않는 여왕의 시선에 떠밀리는 것처럼 용병 대장은 계속 뒤로 물러났다.

"………… ."

"………………됐다. 거기까지면 된다."

그리고 얀 대장이 충분히 물러났을 때, 아우라 여왕은 그렇게 말했다.

"그럼, 시작한다. '나는 행사한다'."

여왕 아우라는 왼손에 '마법 도구'를 쥐고, 입속에서 작은 소리로 읊는 마법어로 마법 도구의 기동 키워드를 입에 담았다.

여덟 개의 정삼각형이 맞물린 금속제 구조물 -정팔면체 모양의 금속 골격 안에 작은 구슬이 들어가 있을 뿐인, 얼핏 봐서는 간소해 보이는 이 마법 도구는 사실 이 세상에 존재하는 모든 마법 도구들 중에서도 특출나게 강력한 물건이다.

'미래 대상'. 그것이 이 마법 도구가 담고 있는 마법의 이름이다.

'미래 대상'은 시공 마법 중 하나로, 미래의 마력을 대가로 행사하는 마법이다. '미래 대상' 마법을 사용하면 오늘의 자신과 내일 이후의 자신이 지녔어야 했을 마력을 한 번에 끌어내 사용할 수 있지만, 사용한 마력만큼의 날 동안은 마력이 회복되지 않는다.

원래는 그렇게 '마력을 가불하는' 마법이지만, 마법 도구로 만든 덕택에 마력을 가불하는 대신 예치해 두는 방식으로 사용할 수 있게 되었다.

내일은 일단 틀림없이 마법을 쓸 일이 없다. 그렇게 예정된 날에 '미래 대상' 마법 도구를 발동하고, 내일 분의 마력을 담아 두는 것이다.

그 결과, 내일은 마력이 없는 상태로 지내는 대신 마법 도구에 하루 몫의 마력을 저축한다. 게다가 이 마법 도구는 마력을 몇 번이고 추가할 수 있는 구조로 되어 있다.

다행이라고 해야 할까, 아우라 여왕은 왕관과 옥좌에 매여 있는 몸. 마법을 자유롭게 사용하지 못하는 날이 상당히 많다. 그 결과, 최근 몇 년 동안 '미래 대상' 마법 도구에 방대한 마력을 저장할 수 있었다.

그리고 지금, 이날까지 저장해 두었던 모든 마력이 '나는 행사한다'라는 키워드를 통해 해방되었다.

현재 아우라 여왕은 일시적으로 마력이 원래의 수백 배로 부풀어 오른 상태가 되었다. 일시적으로 연결된 외부 연료 탱크, 라고 생각하는 것이 비교적 가까우려나.

지금의 아우라라면 대규모 '시간 역행'도 행사할 수 있다.

여왕 아우라는 왼손으로 '미래 대상' 마법 도구를 쥐고, 오른손 손바닥을 얀 대장이 가리킨 큼직한 뼛조각 쪽으로 향하고는 그 마법을 사용했다.

"'대상의 시간을 53일 되돌리라. 그 대가로 나는 시공령에게 마력……'"

'미래 대상' 마법 도구에는 '시간 역행'으로 최소한 일 년 이상은 되돌릴 만큼의 마력이 담겨 있는데, 어차피 남은 마력은 전부 사라져 버리게 되니 아깝다고 볼 수도 있다.

계획대로 정말 얀 사제가 되살아난다면 '교회'에 구속된 기억이 있는 쪽이 바람직하다. 그래서 시간 순서를 확실하게 파악해서 얀 사제가 '교회'에 구속된 이후이자 아직 확실하게 생존해 있던 날짜에 맞췄다.

지난번 토끼 때와 마찬가지로, 효과는 극적이었다.

유골을 올린 침대 전체를 감싸는 모양으로 빛의 구체가 나타났나 싶더니, 다음 순간에는 카메라 플래시를 방불케 하는 눈부신 빛을 내뿜었다.

빛이 가라앉은 뒤, 침대 위에 있던 유골은 사라진 대신 알몸의 남자가 거기에 누워 있었다.

침대 위에 똑바로 누운 자세로 재생된 것은 단순한 행운일까, 아니면 마법이기 때문일까. 생각해 보면 뼛조각 상태에서는 가로도 세로도 앞도 뒤도 모르니, 직사각형 침대 중간에 배를 대고, 머리와 하반신이 각각 침대 바깥쪽으로 늘어진 자세로 나타났어도 이상하지 않았다.

그렇게 생각해 보면 인간의 유체를 '시간 역행'으로 재생할 때는 침대를 준비하는 것보다 가로세로로 충분한 공간이 있는 바닥에서 하는 것이 좋을 것 같다. 아우라 여왕은 이제 와서 그런 생각이 들었지만, 아무튼 지금으로서는 문제가 없다.

여왕 아우라는 예정대로 됐다는 듯한 차분한 목소리로,

"마법은 무사히 성공했다. 본인인지 여부는 얀 대장, 그대가 확인하도록."

그렇게, 당장이라도 뛰어들고 싶어 미칠 지경이라는 것처럼 하나뿐인 눈에 핏발을 세우고 있는 얀 대장에게 가까이 가도 좋다는 허가를 내렸다.

"사제님!"

대체 뭐라 불러야 좋을지 모를, 아무튼 크고 무거운 감정이 담긴 목소리로 그렇게 외치고, 얀 대장은 순식간에 침대로 달려갔다.

저 모습을 보면 아무래도 재생된 시신은 얀 사제가 맞는 모양이다. 유체 곁에 드문드문 남아 있는 뼛조각을 발견한 아우라 여왕은 마음속으로 '위험했다'라고 생각하며 가슴을 쓸어내렸다.

재생에 말려들지 않았다는 것은 저 뼛조각이 얀 사제의 뼈가 아니었다는 뜻이다. 즉, 기점이 되는 뼈를 잘못 골랐다면 전혀 다른 사람을 재생시켜 버렸을 가능성이 있었다.

"알몸이면 너무 딱하군. 옷을 입혀 주도록."

하지만 그런 반성 따위는 털끝만큼도 드러내지 않고, 여왕은 차분한 목소리로 침대에 매달려 있는 얀 대장에게 말했다.

'시간 역행'의 대상이 되는 것은 유체 그 자체뿐. 그래서 재생된 유체는 알몸이리라고 예상했었다. 그래서 아우라 여왕은 얀 대장에게 수복한 얀 사제의 유체에 입히기 위한 옷도 가지고 오라고 사전에 말해 두었다.

사실 얀 대장은 가지고 온 배낭 안에 모자부터 신발까지 얀 사제의 옷들을 준비해 왔다. 하지만 지금의 얀 대장에게는 그것을 생각해 낼 만큼의 여유가 없었다. 어쩌면 지금 아우라 여왕이 한 말 자체가 들리지 않았는지도 모른다.

"사제님, 사제님, 사제님!"

하나뿐인 눈에서 끝도 없이 눈물을 흘리며, 그저 알몸인 얀 사제의 손만 꼭 쥐었다.

"토끼를 봤으니 알겠지만 아무리 깔끔하다고 해도, 체온이 있어도, 그것이 유체라는 사실에는 변함이 없다."

그것이 어디까지나 모양만 복원했을 뿐인 유체라는 입장을 유지하면서 아우라 여왕도 마음속으로는 그렇지 않기를 기대하고 있었다. 하지만 그런 기대를 절대 겉으로 드러내지는 않았다.

당연한 일이리라. 여기서 얀 대장에게 괜히 사자가 소생했을지도 모른다는 기대를 품게 하고 사실은 그게 아니었다면, 제아무리 이성이 강한 사람이라도 괜한 원한을 품고도 남을 낙차니까.

얀 사제가 지극히 특수한, 마력을 전혀 지니지 않은 사람이라는 것은 본인이 자칭한 것이고, 젠지로가 마력 시인 능력으로 확인한 사실이기도 하지만, 아우라 여왕 본인이 확인한 것은 아니다.

벌레나 작은 물고기처럼 마력이 없는 생물에 한해서 '시간 역행' 마법이 소생 마법으로서의 효과도 발휘하지만, 그것이 마력을 지니지 않은 사람에게도 적용되는지의 여부는 확실하지 않다.

'시간 역행' 마법으로 얀 사제가 부활할 수도 있다는 것은 어느 정도 근거가 있는 추측이기는 해도 전례가 없는 단순한 예상일 뿐이고, 더 좋지 않게 표현하자면 자신이 원하는 대로 진행되었을 경우에 대한 희망적 관측이다.

하지만 다행히도, 이번에는 그 희망적 관측이 맞은 듯했다.

"⋯⋯⋯⋯사제님?"

제일 먼저 알아차린 사람은 역시 그 몸을 직접 만지고 있던 얀 대장이었다.

용병이라는 직업상 얀 대장은 수많은 사체를 보며 살아왔다. 사람의 목숨이 끊어져서 사체가 되는 자리에도 여러 번 있었다. 그래서, 그 위화감을 놓치지 않았다.

"폐하? 이것이, 정말로 사체입니까?"

그렇게 말하며 얀 대장은 뭔가에 매달리는 것처럼 얀 사제의 팔을 몇 번이나 쥐어 보고, 피부를 집어서 당겨 보기도 했다.

성공했나? 마음속으로 환희의 함성을 지르며 아우라 여왕은 아이를 달래는 것처럼 조심스레 말했다.

"그렇다. 살아 있던 무렵의 몸을 재현했으니 체온이 느껴지겠지? 하지만 그것도 이제 곧 식어 갈 것이다. 자, 빨리 옷을 입혀 주게."

"아니, 체온도 물론입니다만, 팔을 잡아 보니 탄력이 있습니다. 피부를 당겨 보면 원래대로 돌아갑니다."

생물이 죽은 직후에는 아직 체온이 남아 있다. 하지만 피부의 탄력은 체온보다 먼저 사라진다. 경험을 통해 그런 사실을 알고 있는 얀 대장은 아우라 여왕의 부정하는 말을 듣고도 희망에 매달리는 것처럼, 결국에는 사제의 손목 안쪽에 자신의 손가락 세 개를 얹고서 살며시 쥐었다.

"…………맥박이, 있어."

얀 대장의 그 말에, 여왕은 경악한 목소리를 낼 기회가 왔다고 판단했다.

"뭐라고?! 말도 안 된다!"

그 박진감 넘치는 표정을 보고서 미리 준비한 감정 연기라고 간파하는 것은 어지간히 뛰어난 관찰력을 지닌 사람이라도 힘들 것이다. 평소의 얀 대장이라면 가능했을지도 모른다. 하지만 지금 얀 대장의 완전히 흐트러진 정신 상태로는 알아차리는 것이 불가능했다.

"정말입니다, 분명히 이 손에 느껴집니다. 느껴진단 말입니다!"

"비켜라!"

당황했다는 사실을 보여 주려는 것처럼 의도적으로 성큼성큼 걸어서 침대로 다가간 아우라 여왕은 눈을 감은 채 오른손 손바닥을 얀 사제의 입과 코 위, 1센티미터 정도 떨어진 곳에 댔다.

손바닥을 간지럽히는, 뜨끈한 공기.

자신의 계획이 완전히 성공했다고 확신한 여왕은 마음속 환희를 간신히 억누르고, 자기도 모르게 속내가 흘러나오고 말았다는 투로, 미소 지은 입으로 말했다.

"말도 안 돼······. 숨을 쉬고 있다."

마치 그 말이 신호라도 된 양, 얀 사제가 눈을 떴다.

어렴풋이 뜬 눈꺼풀 사이로 드러난 갈색 눈동자에는 약하기는 해도 생명의 빛이 엿보였다.

"······그데 예 타디?"

떨리는 입술에서 흘러나온 말은, 아우라 여왕으로서는 도무지 의미를 알 수 없는 미지의 언어였다.

수십 분 뒤.

얀 대장이 가져온 녹색 사제복을 입은 얀 사제는 간소한 침대 위에 앉아서 물주머니에 든 물을 마시고 있었다. 얀 대장에게서 자신이 화형에 처해졌다는 것과 눈앞에 있는 여왕이 소생시켜 줬다는 등의 설명을 듣고 겨우 진정한 참이다.

"데꾸이 스크릿니 사."

아마도 고맙다는 말일 것이다. 떨어진 기력은 숨길 수 없지만 그래도 차분하게 미소를 지으며 얀 사제는 물주머니를 얀 대장에게 돌려줬다.

'시간 역행'으로 사람을 되살린 것은 아우라 여왕도 처음 경험하는 일이지만, 아무래도 모든 것이 지정한 시간으로 돌아간 모양이다.

얀 사제의 기억은 53일 전의 상태고, 몸 상태도 그 무렵과 같은 듯하다. 투옥돼서 어느 정도 날짜가 지난 탓에 심신이 소모된 듯하기는 하지만, 말도 못 할 정도 상태는 아니다.

투옥된 이후에도(최소한 53일 전 단계에서는) 최소한의 식사는 주었는지, 생각보다 힘이 있어 보였다.

"…………."

새삼, 아우라 여왕은 침대에 앉아 있는 다른 나라 다른 종교의 사제를 봤다.

중간 체격의 중간 키라고 하기에는 조금 말라 버린 몸에 녹색 사제복을 걸쳤다.

갈색 머리카락에 갈색 눈동자. 얼핏 봐서는 외모상 특징은 상당히 적다. 하지만 '마력 시인 능력'에 각성한 사람의 눈에는 엄청나게 이상한 존재로 비친다.

그 몸에서는 마력이 전혀 피어오르지 않았다. 마력에만 주목하면 마치 시체가 움직이는 것 같은, 그런 이상한 존재다.

아우라 여왕은 지금까지 단 한 번도 이런 사람을 본 적이 없었다. 마력량이 극히 부족한 인간이라면 드물지도 않았지만, 이렇게 아예 없으니까 솔직히 말해서 기분 나쁘게 여겨진다.

얀 사제 소생.

그것은 아우라 여왕에게는 예상대로, 기대한 대로의 결과지만, 그 사실을 들킬 수는 없었다.

예상치 못한 사태에 경악한 것처럼, 그러면서도 대국의 위정자로서 그 경악을 삼켜 버리고 이성적으로 판단하는 것 같은 절묘한 감정을 표현하면서 여왕은 같은 이름을 가진 사제와 용병 대장에게 말했다.

"상당히 혼란스러우리라는 것은 상상하기 어렵지 않다. 솔직히 예상치 못한 사태에 혼란스러운 것은 우리도 마찬가지니까. 하지만, 언제까지 이러고 있을 수는 없군. 지장이 없다면 이야기를 하고 싶다만, 어떠신가?"

근면한 수재인 얀 사제는 '언령'의 은혜를 받지 못한다는 핸디캡을 조금이라도 극복하기 위해서 공부하여 다언어 구사자가 되었다. 하지만 아쉽게도 카파 왕국의 공용어인 남대륙 서방어는 그 범주에 들지 않았다.

그래서 얀 대장이 통역을 맡았다.

"사제님…… ."

얀 대장은 얀 사제의 모국어로 설명하고 있는데, 그 내용이 아우라 여왕의 귀에는 언령의 번역이 작용해서 들려왔다.

아무래도 얀 대장은 내용을 틀림없이, 말 하나하나를 그대로 전하고 있는 듯하다.

이 정도라면 템포가 조금 느려질 뿐이고 대화, 교섭에 큰 지장은 없다. 그렇게 판단한 아우라 여왕은 시선은 얀 사제에게 향한 채, 귀는 옆에 있는 얀 대장의 말에 집중했다.

"괜찮습니다. 이렇게 명운이 다한 이 몸을 놀라운 능력으로 구해 주신 데 깊이 감사드립니다. 솔직히, 실감은 없습니다만. 이라고, 사제님이 말씀하셨습니다."

얀 대장의 입을 통해서 나오는 얀 사제의 말을 여왕은 일일이 고개를 끄덕여 가며 들었다. 그리고 얀 사제와 본격적인 교섭에 들어가기 전에 일단 얀 대장 쪽을 보고 말했다.

"앞으로는 일일이 사제님이 말씀하셨다는 말은 붙일 필요 없다. 그 대신 사제의 말이 아닌 얀 대장 자신의 의견을 말할 때, 미리 '자신의 의견이다'라고 구분해 주길 바란다."

"알겠습니다."

얀 대장이 승낙하자 아우라 여왕은 본격적으로 얀 사제와의 교섭에 들어갔다.

"그렇게 고마워할 것은 없네, 사제 양반. 용병 대장이라면 모를까, 나도 이렇게 사제 양반에게 고맙다는 말을 듣는 상황은 전혀 상정하지 못했으니."

그렇게 말하고 여왕은 어깨를 살짝 으쓱거려 보였다. 아우라의 입장이라면 이렇게 말하는 쪽이 자연스럽다. '시간 역행' 마법은 어디까지나 사체를 깔끔한 상태로 되돌리기 위한 마법으로 사용했으니, 사체인 얀 사제에게 감사의 말을 들을 생각이었다고 말할 수는 없다.

만약 감사를 받는다면 얀 대장에게 소중한 사제님의 사체를 복원해 줘서 고맙다는 말을 들었어야 했을 것이다.

"그래도, 감사드립니다. 아쉽게 끝나 버린 이 몸의 인생에 이렇게 그 다음이 찾아온 것도 전부 아우라 폐하의 힘 덕분이니까요."

"알았다. 사제 양반의 감사는 받도록 하지. 만약 감사하는 마음을 형태로 표현하고 싶다면, 이번에 사제 양반에게 일어난 일에 대해 우리 카파 왕국이 관여했다고 의심받을 수 있는 행동을 일절 취하지 않아 주기를 바라네."

이것이 실제로는 단순한 구두 약속에 불과하다는 정도는 아우라 여왕도 잘 알고 있다.

아우라의 계획에 따르면 이 만남 뒤에 얀 사제와 얀 대장은 북대륙으로 돌려보낼 예정이다. 저 멀리 북대륙에서 자유롭게 움직이는 인물에게 아무런 제약도 없이 약속을 지키도록 하는 것은 불가능한 일이니까.

굳이 따지자면, 얀 사제에게 자신의 목숨보다 소중한 인물이라도 있으면 인질로 잡는 수단이라도 사용할 수 있겠지만, 아쉽게도 그런 인물은 짐작조차 할 수 없고, 있다손 치더라도 얀 사제가 악감정을 품을 수 있는 선택지는 악수 중에 악수다.

"그야 물론이지요. 아무것도 기억나지 않습니다. 이번 건에 대해 묻는다면 '분명한 것은, 지금 내가 이렇게 살아 있는 것뿐이다'라고만 대답할 생각입니다."

차분하게 웃는 얼굴로 대답하는 얀 사제를 보고 아우라 여왕은 조금 의아하다는 표정을 지었다.

"그런가. 난 '용의 인도하심' 같은 말을 할 거라 생각했다만."

'부활'이라는 행위가 그 인간의 신비성을 극적으로 높여 주는 것은, 고금동서 언제 어디에서나 마찬가지다. 아우라는 얀 사제가 아직 '꺾이지' 않았다면 이번 일은 아주 활용도가 높은 간판이 되리라고 생각했는데, 지금 한 말을 믿는다면 얀 사제는 그 간판을 그렇게까지 적극적으로 이용할 생각이 없는 것 같다.

여왕의 말에, 사제는 슬쩍 씁쓸한 미소를 짓고는,

"용의 인도는, 이렇게 직접적이고 편애하는 것이 아닙니다. 보다 위대하고, 공평하고, 도움이 안 되는 것입니다."

그렇게 잘라 말했다.

물론 여왕 아우라의 귀에 들려온 것은 얀 대장이 통역한 말이었다. 그래서 지금 그 말이 한층 인상적으로 들렸다.

역전의 용병인 얀 대장이 표정을 노골적으로 굳히면서 '정말 말해도 되겠습니까?'라는 마음속 목소리가 들릴 것 같은 정도로 동요했다.

그렇다면 지금 얀 사제가 한 말은 용 신앙자에게 있어 결코 일반적이지 않은 말이라는 뜻이다. 조금 안심한 여왕은 자세를 바로잡고서 대답했다.

"놀랍군. 사제 양반은 그 지위에 걸맞은 경건한 용 신앙자라고 들었다만."

"예. 저 개인적으로는 용을 신앙의 대상으로 삼고 있습니다. 하지만, 동시에 용 학자로서 용을 연구하고 있으며, 사제로서 가르침을 설파하는 입장이기도 합니다. 아, 처형되기 전에 '교회'에서 파문당한 것 같으니까 '사제'는 자칭이 돼 버렸습니다만.

그래서, 항상 말하고 있습니다. 용 신앙은 마음이 기댈 곳, 인생의 이정표에 불과하다고요. 그 가르침을 어겼다고 해서 직접 천벌이 떨어지는 것도 아니고, 신앙을 계속 지킨다고 해서 힘든 때 용이 일상의 범주를 넘어서는 구원의 손길을 내밀어 주는 것도 아니다.

신앙이란 가르침입니다. 가르침대로 살아가는 삶에 구원의 길이 있는 것입니다."

"그런가. 사제 양반은 풍부한 지성과 견식을 지닌 것 같군."

그렇게 대답한 여왕은 그 붉은색에 가까운 갈색 눈을 가늘게 뜨고 입가에는 미소를 지었다.

동시에, 아우라 여왕은 마음속에서 결심했다.

이, 얀 사제라는 인물은, 무슨 일이 있건 간에 반드시 북대륙으로 돌려보내겠다고.

이 정도만 이야기를 나눠 봐도 알 수 있다. 얀 사제라는 인물은 높은 지성과 이성을 겸비했고, 목적을 위해서 유연해질 수 있을 만큼의 그릇과, 목숨과 바꾸더라도 그 목적을 굽히지 않는 완고함을 겸비했다.

위정자로서는 자국 내에 두고 싶지 않은 인물이다. 그렇기에, 가상 적국에는 부디 있어 줬으면 싶고.

그런 여왕의 속내를 알 도리가 없는 얀 사제는,

"황송합니다. 어쨌거나, 단순한 우연이라 해도 다시 해 볼 기회를 얻게 되었으니 이 좋은 기회를 살리지 않을 수는 없겠지요. 아우라 폐하께 폐를 끼치지 않기 위해서라도, 정보와 상황 확인이 꼭 필요할 것 같다고 감히 말씀드립니다."

그렇게 말하고, 여왕에게 보다 깊은 정보 제공을 요구했다.

"흐음. 그거야 못 할 것도 없지만, 폐를 끼치지 않기 위해서라는 말은 무슨 의미인가?"

아우라 여왕의 물음에 얀 사제는 거침없이 대답했다.

"구체적으로 말씀드리자면, 제 공백의 시간에 대한 설정입니다. 그 시간을 어떻게 취급할지, 그 부분을 저희와 아우라 폐하 쪽에서 통일해 두지 않으면 나중에 폐하께 큰 폐를 끼치게 될 가능성이 큽니다."

"하긴, 그건 문제로군. 설정을 맞춰 두지 않으면 나중에 말을 맞추고 시치미를 떼야 할 때 귀찮은 일이 벌어질 테니."

얀 사제의 주장에 여왕이 동의를 표했다.

얀 사제를 되돌린 시간은 '처형당하기 전날'이 아니다. 얀 대장이 확인한 '얀 사제가 아직 확실하게 살아 있었던 날'까지 되돌렸다.

이것은 죄인의 경우 공식 처형일 이전에 옥사하거나 공표가 늦어지는 경우도 있기에 안전을 위해 여유를 뒀기 때문이다. 시간을 되돌리는 데는 성공했지만, 한참 전에 타 버린 뼈가 최근에 타 버린 뼈로 바뀌었을 뿐인 결과를 피하기 위한 조치다. 그 경우 '미래 대상' 마법 도구는 이미 써 버렸기 때문에 손쓸 도리가 없다.

또한 얀 대장에게는 밝히지 않았지만, 처음부터 소생을 계획했던 아우라 여왕 입장에서는 '살아는 있지만, 옥중 생활 때문에 심하게 쇠약해져서 더 이상 어찌할 도리가 없는' 상태로 되살아나도 곤란하다고 생각했기에 여유를 많이 뒀다.

그 결과, 계획대로 소생시킨 얀 사제의 의식과 기억에 꽤 많은 공백의 날짜가 존재했다.

얀 사제의 소생이 '시간 역행' 덕분이라는 사실을 숨기기 위해서는 그 공백의 날들을 어떻게 해야 좋을지에 대한 설정을 맞출 필요가 있다.

"사실 확인부터 하도록 하지, 사제 양반의 감각으로는 지금이 53일 전이겠지? 그 뒤의 기억은 전혀 없고, 오히려 그 이전의 기억은 또렷하고."

여왕의 말에 사제가 조용히 고개를 끄덕였다.

"예. 다른 사람도 아닌 얀 대장의 말이니 믿고 있습니다만, 솔직히 실감은 전혀 없습니다. 솔직한 심정으로는 이미 해가 바뀌었다고 해도 믿을 수 있습니다."

얀 사제가 구체적인 날짜를 단언하지 못하는 이유는 지하 감옥에 수용된 이후의 날짜를 정확하게 파악하지 못했기 때문이다.

햇살이 전혀 들어오지 않는 지하 감옥에서는 시간을 정확하게 파악하기가 힘들다. 일단 물과 식사는 하루에 한 번 줬다고 하니 그 숫자를 헤아렸다면 날짜를 파악할 수도 있겠지만, 파악한다 해도 그것을 기록할 수단이 없다. 기억만으로는 불안하다.

인간의 기억력은 자신이 생각하는 것보다 훨씬 미덥지 못한 것이다.

그래도 얀 사제는 단언할 수 있다. 자신이 '교회'의 감옥에 들어가서 이미 두 달 이상이나 되는 시간이 지났다는 건 말도 안 된다고.

"그건 감각만의 문제인가? 몸도 마찬가지인가? 자신의 몸에 뭔가 위화감은 없나? 스스로 생각하는 것보다 많이 소모됐다던지, 반대로 생각보다 몸 상태가 좋다거나 하지는 않은가?"

여왕이 묻자 사제는 "잠시 실례하겠습니다." 라고 말하고는 침대에서 일어나 고개를 돌려 보고 몸을 앞으로 굽히는 운동을 반복했다.

그렇게 확인을 마친 얀 사제는 다시 침대에 앉고는,

"아닙니다. 좋건 나쁘건 위화감은 전혀 없군요. 보십시오. 이 오른손의 상처를. 이것은 지하 감옥에 들어간 직후에 실수로 난 상처인데, 꽤 많이 나았지요? 그런데 완전히 낫지는 않았습니다. 지하 감옥이 아주 캄캄한 곳이다 보니 이 상처를 제 눈으로 보는 건 처음이라서 단언할 수는 없지만, 이 상처의 상태가 제 기억 속에 있는 그대로라고, 저는 그렇게 생각합니다."

그렇게 말하고 오른손 손등의 상처를 보여줬다.

얀 사제의 표정은 태연했지만, 그 말을 통역하는 얀 대장은 가슴이 아파 오는 것이라도 보는 양, 하나뿐인 회색 눈을 가늘게 떴다.

오른손 손등의 상처. 더 정확히 말하자면 가운뎃손가락 밑동의 상처. 알 만한 사람이 본다면 그것이 어떤 상처인지 한눈에 알 수 있다.

그 상처는 주먹으로 딱딱한 것을 때려서 난 상처다. 지하 감옥의 벽을 주먹으로 세게 때렸을 것이다. 지금은 온화하게 미소 짓고 있는 이 성직자가.

대체 어느 정도의 격정이었을까. 최소한 자신이 건드려도 좋은 상처는 아니다. 그렇게 판단한 아우라 여왕은 그 상처의 원인은 언급하지 않고 그저 그 결과에 대해서만 말했다.

"흥미롭군. 나아 가는 상처까지 그대로 재현된 것인가. 내가 사용한 마법의 효과에 대해 이런저런 관심이 가는 것은 사실이지만, 지금은 넘어가도록 하지.

즉, 사제 양반이 걱정하는 것은 그 53일 동안의 기억이 없다는 것, 그리고 그 사실이 다른 이에게 발각된다면 어떻게 할 것인가, 라는 부분이지?"

"예, 바로 그렇습니다."

눈치 빠른 아우라 여왕의 반응에 얀 사제는 부드럽게 미소를 지었다. 얀 사제의 감정 표현은 말로 표현하자면 '웃는다'라는 표현으로 집약되는데, 그런데도 신기할 정도로 감정 표현이 풍부했다.

'시간 역행'으로 얀 사제를 53일 되돌렸지만, '교회'가 공표한 얀 사제의 처형 일자는 46일 전이다. 즉, 공식 발표대로 처형이 이루어졌다고 가정할 경우, 얀 사제에게는 7일 동안의 기억이 없는 시간이 존재하게 된다.

아무리 지하 감옥에 유폐되어 있었다고는 해도, 그 7일 동안 단 한 번도 타인과 접촉하지 않을 리는 없다. 최소한 지하 감옥에서 끌려 나와 처형당했을 때는 누군가와 접했을 것이다. 거기서 뭔가 대화를 했을 텐데, 얀 사제가 그 대화를 기억하지 못한다면 '교회'가 그 점을 노리고 부활한 얀 사제를 가짜로 단정할 수도 있다.

"그렇다면 차라리 사제 양반의 체감에 맞춰서 53일 전 시점에서 탈옥했다고 주장하는 건 어떻겠나? 탈옥했다는 사실을 인정하고 싶지 않은 '교회'가 다른 사체를 이용해서 사제 양반을 처형한 것처럼 꾸몄다는 설정이다."

아우라 여왕 본인도 당연히 거절하리라고 생각하며 제안했고, 예상대로 얀 사제는 단호하게 고개를 저었다.

"그건 안 됩니다."

"그래, 그렇겠지."

얀 사제의 대답을 듣고, 여왕은 어깨를 살짝 으쓱거렸다. 예상했던 대답에 아우라 여왕은 얀 사제의 됨됨이가 정보 수집을 통해 알아냈던 것과 크게 다르지 않다고 확신했다.

얀 사제의 가치관에 의하면 '교회'가 자신을 구속한 것 자체는 잘못된 일이 아니다. 사제들을 하나로 묶는 '교회'는 경우에 따라서는 교회에 소속된 이들을 지도해야만 하며, 실제로 자신에게 지도받아 마땅한 언동이 있었다면 그에 따를 용의도 있다.

하지만 실제로 자신의 언동에 잘못이 있었다고는 생각하지 않고, 오히려 '교회'의 지도 내용이 본래의 가르침에서 벗어났다고 느끼고 있다. 그래서 대화를 해야만 한다. 그것이 얀 사제의 주장이었다.

그런 얀 사제에게 있어 투옥된 지하 감옥에서 자신의 의도로 탈옥한다는 것은 '목숨이 아까워서 자신의 뜻을 굽혔다'는 결과가 되는 것이기에 허용할 수 없는 일이다.

웁살라 왕국 수뇌진의 분석에도 있었던 '얀 사제는 탈옥할 기회가 생긴다 해도 그것을 이용할 가능성은 낮다'는 평가는 완전히 옳은 것이었다.

"그렇다면 역시 약간의 문제가 남는군. 사제 양반은 탈옥하지 않았다. 하지만 53일 전 이후의 기억은 없다. 이것은 '교회' 쪽 입장에서는 참으로 좋은 공격 구실이다.

투옥, 또는 처형 당일에 나눴던 말을 사제 양반이 기억하지 못한다는 사실이 교회 측에 알려진다면, '얀 사제는 분명히 처형했다. 네놈이 얀 사제라고 한다면 처형 직전에 나와 나눴던 말을 다시 말해 보라. 대답할 수 없다면 네놈은 얀 사제의 이름을 사칭하는 가짜다'라는 방향으로 끌고 가지 않을까?"

"그 가능성을 부정할 수는 없습니다."

실제로 아우라 여왕이 지적한 것이 지금 얀 사제가 가장 우려하는 부분이었다.

북대륙에서 '교회'는 대국에 필적하는 권력을 지녔다.

권력에는 '흰 것도 검게 만드는' 힘이 있다. 게다가 조금이라도 회색이라면 간단히 시커멓게 만들어 버릴 것이다. 아무리 본인이 진짜라고 주장해도, 진실로 진짜라고 해도, 세상에 가짜라는 인식이 퍼져 버리고 나면 그 뒤로 얀 사제에게는 가짜로서 살아가는 인생만이 기다리게 된다.

"…………."

생각에 잠긴 얀 사제를 보며, 여왕은 마음속으로 혀를 찼다.

아우라 여왕 입장에서는 얀 사제에게 가짜라는 딱지가 붙건 말건 아무래도 상관없는 일이다. 중요한 것은 얀 사제가 대대적으로 활동해서 북대륙을 혼란에 빠트려 주는 것이다.

만에 하나, 여기서 신중해져서 '역시 당장 북대륙으로 갈 수는 없습니다. 여기서 몸을 회복하며 때를 기다리겠습니다' 같은 소리라도 하면 그야말로 최악이다.

어떻게든, 이 위험인물을 북대륙으로 보내야 한다.

아우라 여왕이 그런 생각을 하고 있는데, 지금까지 계속 통역 역할에만 충실하던 용병대장 얀이 슬며시 손을 들었다.

"제 의견입니다. 죄송합니다. 이 부분은 어차피 결론이 나지 않을 것 같으니까, 정보 수집과 예측으로 헤쳐 나가는 것은 어떨까요?"

"흐음, 자세히 설명해 보게."

아우라 여왕이 말하자, 얀 대장이 설명했다.

"예. 생각만 해도 속이 뒤집어질 것만 같은 일입니다만, 제가 수

집했던 정보에 따르면 투옥된 이후에 사제님에 대한 취급이 서서히 악화되어 갔습니다. 그런 상태에서 사람의 기억이 혼탁해지는 것은 드문 일도 아닙니다. 오히려 아무 일도 없는 쪽이 이상하죠.

더 말하자면, 제3자가 없으니 '교회' 놈들이 거짓말을 할 가능성도 있습니다. 아니, 놈들이라면 틀림없이 거짓말을 할 겁니다. '얀 사제는 처형 직전에 자신의 발언을 뉘우치고 용서를 빌었다'라든지 말이죠.

그렇다면 이쪽은 이쪽에게 유리한 '진실'을 주장하는 수밖에 없지 않을까, 그런 생각을 해 봅니다."

'교회' 내부에 있는 얀 사제 신봉자들에게 투옥 이후에 얀 사제에게 일어났던 일을 알아낸다. 얀 사제는 그 정보를 바탕으로 자신이 어떤 언동을 취했는지 예상하고. 그리고 그 예상을 그대로 '진실'로서 주장하고, 정보 수집에서 챙기지 못했던 부분에 관해서는 '기억이 어렴풋해서 생각나지 않는다'고 우기면 된다.

"그렇군, 나쁘지 않아."

얀 대장의 설명을 듣고 아우라 여왕은 그 제안에 어느 정도 효과가 있다고 인정했다.

"하지만 우려되는 점도 있다. 결론이 나지 않는 것은 상반되는 주장을 하는 양쪽의 발언권이 동등할 경우다. 어느 한쪽의 발언력이 압도적인 경우, 금세 끝난다. 그저 일방적으로 밀리고 짓눌려서. 그 부분은 괜찮은가?"

당장 북대륙으로 돌아가라고 생각하면서도 그렇게 충고하는 것은 아우라 여왕이 사람이 좋아서 그런 게 아니다.

여기서 괜히 의문을 숨기고 거짓말로 '뭐, 괜찮지 않은가'라고 대답해 봤자 얀 대장도 얀 사제도 간단히 속아 줄 인간들로 보이지 않았기 때문이다.

그리고 기껏 비장 마법인 '시간 역행'을 사용해서까지 구사한 책략이 '부활한 얀 사제는 가짜로 인정돼서 상대도 해 주지 않았습니다'라고 한다면, 아무래도 화가 날 테니.

아우라 여왕의 말에 얀 사제는 난처하다는 표정으로 그 걱정에 대해 긍정했지만, 통역을 맡은 얀 대장이 자신 있게 반론했다.

"제 의견입니다. 아마도 말입니다, 아우라 폐하께서 우려하시는 상황은 일어나지 않으리라고 생각합니다."

"흐음, 어째서인지 말해 보겠나?"

"예. 사제님은 자신의 영향력을 과소평가하고 계십니다. 분명 북대륙에서 '교회'의 권한, 권위는 강대합니다. 일반적인 '교회' 신도는 '교회'의 발표를 믿겠지요. 하지만 원래 사제님을 신뢰하던 사람들은 다릅니다. 사제님의 말씀을 믿습니다. 최소한 부활한 이후의 사제님을 직접 만난 사람이라면, 틀림없이 사제님이 진짜라고 생각할 겁니다."

얀 대장의 태도가 너무나 당당해서 정작 당사자인 얀 사제가 곤혹스러워할 정도였다.

그리고 얀 대장은 이렇게 덧붙였다.

"사제님의 조국 보헤비아 왕국이라면, 사제님의 말씀을 믿는 사람들이 상당히 많습니다. 왕궁에도 '교회' 내부에도요. 대학이 있는 왕도라면 압도적으로 다수겠죠."

얀 대장의 말을 들은 아우라 여왕은 입꼬리가 올라가려는 것을 필사적으로 참아야만 했다.

참으로, 좋다. 정말로, 얀 대장이 말한 대로라면 카파 왕국으로서는 이상적이라고 할 수 있다. 같은 '교회' 세력인데도 얀 사제 편에 붙는 나라와 '교회'를 따르는 나라가 있다면 아주 적당하게 내분이 벌어지리라고 기대할 수 있다.

물론 한눈에 봐도 알 수 있을 만큼 얀 사제를 신봉하는 얀 대장의 평가를 그대로 받아들이는 것은 위험하지만.

어쨌거나 얀 사제가 북대륙으로 귀국할 수 있는 환경이 있다면 그것만으로도 환영해 마땅한 일이다.

"고향에 머물 곳이 있다면 그보다 좋은 일은 없지. 하지만 조금 전에도 말했던 것처럼 현재 상황은 내게 있어서도 예상치 못한 것이다. 예정으로는 이대로 내 '순간이동'을 이용해 얀 대장과 얀 사제의 유해를 북대륙으로 돌려보낼 생각이었다. 예정대로 한다면 두 사람을 '순간이동'으로 보내야 하는데, 그래도 문제없겠나?"

그렇게 말하는 아우라 여왕의 말 중에서 앞부분은 새빨간 거짓말이지만, 후반은 사실이다.

잘만 되면 얀 사제를 소생시킬 수 있을지도 모른다고 생각하기는 했지만, 그것을 얀 대장에게 말할 수는 없었기 때문에 아우라 여왕은 일부러 '얀 사제의 유해를 재생하는 데 성공한' 경우의 준비만 해 뒀다.

그래서 여기서 '상황을 지켜보기 위해 당분간 이쪽에 머물고 싶다' 같은 소리를 하면 솔직히 말해서 곤란하다.

얀 대장이 이 석실에 있다는 사실을 알고 있는 사람은 카파 왕국에서도 극히 일부다. 두 사람을 밖으로 내보낼 수도 없고, 이곳으로 음식물 등등 생활에 필요한 것들을 가져오려면 나름대로 고생해야 할 지경이다. 무엇보다 치명적인 점이라면 이 석실에는 화장실이 없다.

두 사람에게 생리 현상이 찾아오기 전에 북대륙으로 보내는 것이 최선이다.

다행히 용병대장은 여왕의 말을 듣고서 자신감이 엿보이는 웃는 얼굴로 대답했다.

"예, 문제없습니다. 야음을 틈타서 행동하는 것은 익숙한 일입니다. 사제님의 유해를 짊어지고서 행동하려던 계획이 살아 계신 사제님과 함께하는 것으로 바뀌었을 뿐입니다. 난이도는 오히려 더 쉬워졌습니다."

얀 사제가 언제 죽을지 모를 정도로 약해져 있는 상황이라면 이야기가 달라지겠지만, 지금 얀 사제는 옥중 생활 때문에 여위고 힘이 없기는 해도 일어나 걷는 정도라면 문제가 없는 상태다. 이 정도라면 사체를 안고서 움직이는 것보다는 훨씬 쉽다.

"그렇다면 좋다. 사제 양반도 괜찮겠나? 아, '순간이동'에 대해서는 용병 대장 양반에게 설명을 듣도록 하게. 이동할 곳은 웁살라 왕국의 로그포트다. 그 나라 상층부와는 최소한의 이야기가 되어 있으니, 만에 하나 발각된다 하더라도 묵인해 줄 것이다.

하지만, 어디까지나 묵인일 뿐이니까 들키지 않는 것이 제일이다. 폐가 되지 않도록, 사람들 눈에 띄지 않도록, 신속하게 이동해 주게."

얀 대장에게는 이미 했던 말을 다시 한 번 되풀이한 것은 얀 사제도 이해시키기 위해서였다.

얀 대장은 지금 한 말을 있는 그대로, 성실하게 얀 사제에게 전했다.

얀 대장의 말을 들은 얀 사제는 고개를 한 번 끄덕이고는 아우라 여왕을 보며 입을 열었다.

"아노 하푸 지이 벨리첸스트보 크랄로브노."

당연히 아우라 여왕은 얀 사제가 하는 말이 무슨 뜻인지 모르지만, 그 진지한 표정과 고개를 숙이는 자세를 보면 승낙한다는 뜻을 전하려 한다는 정도는 알 수 있었다.

뒤이어 들려온 얀 대장의 통역도 거의 아우라 여왕이 예상한 대로였다.

"예, 알겠습니다, 여왕 폐하.

여기서부터는 제가 하는 말입니다. 괜찮습니다. 이렇게나 신세를 진 분들께 폐를 끼치는 멍청한 짓은 하지 않습니다."

얀 사제의 차분한 태도와 얀 대장의 자신만만한 말. 두 사람의 반응을 보니 문제는 없을 거라고 아우라 여왕은 판단했다.

"알았다. 그럼, 이제 내가 두 사람에게 해 줄 수 있는 일은 이것이 마지막이다. 행운을 빈다."

그렇게 말하고 아우라 여왕은 두 얀을 '순간이동'을 사용해 북대륙으로 보냈다.

　며칠 뒤. '얀 사제' 부활 건이 거의 정리되었을 즈음, 젠지로와 아우라 여왕은 평소처럼 후궁 거실에서 회담을 갖고 있었다.

　지금부터 이야기할 내용은 기밀 중의 기밀이다. 신중에 신중을 기해서 평소보다 사람들을 더 물리고 싶지만, '후궁에서 항상 곁에 있도록 허락한 시녀들까지 물리고 이야기를 나누는 자리를 가졌다' 는 사실이 밖으로 새어 나가기만 해도 주목을 받는 것이 지금의 젠지로와 아우라의 입장이다.

　그래서 후궁 시녀들의 거실 근무 편성이 절대적으로 신뢰할 수 있는 사람들이 될 때까지 기다렸다가 오늘 밤 이 자리를 가졌다.

　카파 왕가의 비장 마법인 '시간 역행'으로 사람을 소생시키는 데 성공했다. 세심한 주의를 기울이는 것도 당연한 일이다.

　일단 서로 정보를 전하고, 조금이라도 의문으로 여겨진 것에 대해 묻고, 물은 것에 대해서는 상대가 납득할 때까지 대답하며 긴밀한 정보 교환을 마쳤을 때, 아우라 여왕이 어깨를 크게 들썩이며 숨을 내쉬었다.

　"그렇구나. 그럼 당신은 로그포트에서 소생한 얀 사제와도, 돌아간 얀 대장하고도 만나지 않고 그냥 보내 버렸다는 얘기네."

　정보를 정리하려는 것처럼 다시 한 번 묻는 아내에게 젠지로는 진지한 표정으로 고개를 끄덕였다.

"응, 안 만났어. 다른 방에 있으면서 없는 척했지."

그날 밤. 얀 대장을 로그포트 저택에서 카파 왕국의 석실로 '순간이동'시킨 젠지로는 그 뒤에 얀 대장과 얀 사제가 아우라의 '순간이동'으로 돌아왔을 때도 아직 그 저택에 있었다.

정보 수집을 위해서는 젠지로도 로그포트에서 얀 사제 및 얀 대장과 만나야 했겠지만, 아쉽게도 젠지로는 아우라와 달리 자신의 연기력에 자신이 없었다.

다소 부자연스럽기는 해도, 직접 얼굴을 마주쳤다가 괜한 정보를 누설하는 것보다는 낫다고 판단했다.

그런 젠지로의 자기 평가에는 아우라 여왕도 동의하는 수밖에 없었다.

"하긴, 그 타이밍에서 당신이 얀 사제 일행과 만났다면 우리 의도를 간파했을 위험성이 컸을 테니까."

우리 의도. 얀 사제가 되살아난 것이 예상치 못한 일이 아니라 노렸던 일이라는 것을 들키면 위험하다. '시간 역행' 마법의 가능성을 오해하게 될 우려가 있고, 무엇보다 의도적으로 얀 사제를 소생시켰다는 것을 알게 되면 카파 왕국이 뭘 하려는 것인지가 너무나 명백해지기 때문이다.

자신들이 실은 남대륙 국가가 북대륙에 뿌린 전란의 불씨라는 사실을 알게 되면, 이번에 얀 사제 소생을 통해서 높여 놓은 얀 대장과 얀 사제의 카파 왕국에 대한 호감도가 뒤집힐 수도 있다.

젠지로가 그 타이밍에서 얀 사제, 얀 대장과 만났다면 높은 확률로 '얀 사제 소생은 예상치 못한 일이 아니라 어느 정도 상정한 사태였다'는 사실을 간파당한다. 젠지로의 그런 자기 판단은 무서울 정도로 옳았다.

젠지로는 아우라 여왕만큼 표정 관리를 잘 하지도 못하고, 얀 사제와 얀 대장은 소생하고 어느 정도 시간이 지나서 냉정해져 있었다.

사제와 용병. 입장이 다르기에 그 성격도 다르지만, 양쪽 모두 높은 지성과 이성을 지닌 걸물이다. 젠지로의 치졸한 연기로는 의심하게 만들기에 충분할 것이다.

"다행히 두 사람은 무사하고, 사람들 눈에 띄지 않고 웁살라 왕국에서 모습을 감춘 것 같아. 다음 날 아침에 저택에서 일하는 사람이 항구 주변에서 탐문한 범위 안에서는 얀 사제와 얀 대장을 목격했다는 정보는 없었어."

젠지로의 정보 수집 능력이 그리 대단하지는 않지만, 그 말은 일단 틀림이 없으리라.

원래 얀 대장은 역전의 용병답게 야음을 틈타서 행동하는 능력이 뛰어난 사람이다. 얀 사제도 사제 겸 대학 학부장이라는 직책만 봐서는 상상할 수 없을 만큼 발놀림이 가벼운 사람이다. 짐이 되지 않을 만큼은 움직였을 것이다.

밤사이에 사람들 눈을 피해서 로그포트 항구로 가서 적당한 배를 타고 웁살라 왕국을 떠났을 것이다.

젠지로는 계속 확인하던 것을 아내에게 물었다.

"저기, 아우라?"

"왜?"

"이번 일 말인데, 우리가 생각한 대로 된다면 '시간 역행'에 의한 인간 소생에 성공했다는 사실을 일반 세상에 대해서는 숨길 수 있겠지?"

다짐을 받으려는 것처럼 묻는 젠지로의 물음에 여왕은 잠시 생각하더니 조건부로 동의했다.

"뭐, 그렇게 되겠지. 소문 정도가 돌아다니는 건 피할 수 없겠지만, 그 정도는 지금도 마찬가지니까. 사제 양반이 의리를 지켜 준다면 어디까지나 소문의 범위를 벗어나지는 않을 거야."

그 부분에 대해서는 아우라 여왕도 현재 상황을 낙관하고 있다. 얀 사제의 됨됨이를 어느 정도 믿어도 될 것 같다고 생각한 것도 이유의 일부이지만, 그보다 큰 이유는 사실을 폭로한다 해도 얀 사제 쪽에 메리트가 전혀 없기 때문이다.

기왕이면 '기적이 일어나서 소생했다'고 하는 쪽이 얀 사제에게도 좋다. '남대륙 왕족의 '혈통 마법' 덕분에 소생했다'고 하면, 그 왕족이 대단해질 뿐이고 얀 사제에게 신비성은 생겨나지 않는다.

"역시 그렇겠지. 그 경우에 카파 왕가의 자료로서는 어떤 게 적절할 것 같아? 떠오르는 범위 안에서 보자면 상세한 정보를 남긴 뒤에 카파 왕가 외에는 열람할 수 없게 처리해 두는 게 어떨까 싶어. 반대로 정보를 숨기는 쪽을 우선한다면 아예 아무것도 남기지 않고. 그 둘 중 하나가 아닐까 싶은데 말이야."

어중간한 것이 가장 좋지 않다. 그것은 머리가 크게 좋지 않은 젠지로도 알 수 있다. 어중간한 기록은 세대를 거듭하면 추측이나 희망을 거듭하면서 왜곡돼 버린다.

'마력이 전혀 없는 사람이라면 '시간 역행' 마법으로 소생할 가능성이 있다'가 ''시간 역행' 마법은 사자 소생도 가능하다'로 바뀔 우려를 불식할 수 없다.

그 점에는 아우라 여왕도 동의하는 수밖에 없었다.

"그래, 하려면 그 둘 중 하나로 해야겠지. 보통 왕가의 비전은 구전이 많지만, 구전은 왜곡되기 쉬우니까."

보안성을 따진다면 서면보다 구전이 좋지만, 정보 전달의 정확성이라는 점에서는 상대가 안 될 정도로 서면 쪽이 좋다. 그리고 '시간 역행'에 의한 사자 소생이라는 정보는 보안성도 중요하지만, 그 이상으로 정확성도 요구된다.

"응. 솔직히 극히 한정적으로 인간 소생에 성공했다는 사실은 있는 그대로의 사실을 들키는 것보다 왜곡돼서 전달되는 쪽이 훨씬 큰 해악이 될 것 같아."

젠지로의 말에 고개를 끄덕이던 여왕은 갑자기 생각났다는 것처럼 말했다.

"분명 그 말이 맞아. 그런데, 가능한 보안성을 높이고 싶은 정보라는 점도 사실이야. 그래. 기왕이면 당신한테 부탁해 볼까?"

"나한테?"

갑자기 지명받은 젠지로는 고개를 갸웃거렸다. 자신에게 정보를 숨기는 기술이 있을 리가 없다고 생각한 젠지로였지만, 아우라의 설명을 듣고는 납득했다.

"응. 그런 정보는 당신 컴퓨터에 입력해서 종이로는 남지 않도록 하는 거야. 그것도 남대륙 서방어가 아니라 당신 조국의 언어—일본어로 기록해 두면 보안성이 상당히 높겠지."

"그래, 그런 방법이 있었구나."

그 말을 듣고 젠지로도 납득했다.

컴퓨터에 입력한 정보는 전원이 없으면 볼 수가 없고, 만약에 볼 수 있다고 해도 일본어로 표기한다면 이해하기가 힘들다.

어차피 컴퓨터와 소형 수력 발전기는 대대손손 물려줄 생각이다. 발전기는 그렇다 치더라도 컴퓨터를 유익하게 다루려면 일본어 습득이 필수. 즉, 컴퓨터 계승자는 어느 정도 일본어로 읽고 쓰기가 가능해야 한다. 그렇게 생각하면 일본어로 컴퓨터 안에 비밀 정보를 남기는 것이 묘안이라는 생각이 들었다.

"문제는 전에도 말했던 컴퓨터 내부의 정보 데이터가 '시간 역행'으로 사라지는 점이려나. 밖으로 빼 둘 수 있는 USB 메모리나 SD 카드 용량에도 한도가 있으니까 먼 미래에는 넘길 정보를 취사 선택해야 할 필요가 있다는 점이 문제겠지."

"흐음. 그렇다면 보안성은 조금 떨어지지만, 용피지에 일본어로 적어서 왕가 서고에 수납해 둘까?"

"아마도 그쪽이 무난하겠지. 하지만 그 경우에는, 지금 내가 만들고 있는 일본어와 남대륙 서방어 대응 사전을 출력하지 않는 쪽이 좋겠네."

현재 젠지로는 남는 시간을 이용해서 우트가르즈의 로크 대표가 의뢰한 '이세계 전이 수단'을 모색하기 시작했다.

지금 하고 있는 일은 왕가 서고에 있는 시공마법 관계 서류를 취합해서 컴퓨터에 입력하는 작업이다.

그리고 남대륙 서방어와 일본어 대응표 일람은 예전부터 조금씩 컴퓨터로 작업해 두고 있었다. 사전이라는 이름의 초대형 배를 만드는 작업은 이제 막 걸음을 뗀 정도. 젠지로만이 할 수 있는 일인데, 젠지로가 평생을 들여도 끝내기 힘들 정도로 큰 작업이다.

일반인인 젠지로가 독학하여 혼자 힘으로 만들고 있는, 사전이라고 부르기도 창피한 물건이지만, 그래도 있고 없고에는 큰 차이가 있다. 비밀 정보를 용피지에 일본어로 적어서 남긴다면, 일본어와 남대륙 서방어 대응 사전은 가능한 사람들 눈에 띄지 않는 상태로 만들어 두는 쪽이 좋다. 컴퓨터와 수력 발전기 같은 전자 제품을 자식과 손자에게까지 물려주기 위해서라도 필요 불가결한 것인데, 어쨌거나 완벽하기는 바라기 힘든 일이다.

젠지로의 의견에 아우라 여왕도 고개를 끄덕였다.

"그래. 어차피 일본어는 컴퓨터를 쓸 수 없으면 그다지 필요 없는 기술이니까. 컴퓨터 안에만 존재하는 쪽이 기밀 면에서도 좋겠지."

반대로 모든 전자 제품의 근간인 수력 발전기 취급 방법이나 정비 방법, 배터리에 '시간 역행'을 걸 타이밍 등은 남대륙 서방어로 번역한 설명서를 남겨 둬야 할 것이다.

수력 발전기가 정지하면 모든 가전제품이 정지한다. 그러니 기밀성보다는 정보가 확실하게 전달되는 쪽을 중시해야 한다.

잠깐 이야기가 다른 곳으로 샜지만, ''시간 역행'에 의한 사자 소생'에 관한 정보 취급에 대해서는 이것으로 결정됐다.

"그럼, 얀 사제에 관한 일은 일단 이것으로 끝이라고 생각해도 될까?"

젠지로의 의견에 여왕이 긍정했다.

"그래, 끝났어. 솔직히 이제 당분간은 상황을 지켜보는 수밖에 없다고 해야겠지만."

얀 사제를 소생시켜서 북대륙으로 돌려보냈다. 얀 사제에게도 얀 대장에게도 목줄을 걸어 두지 않았기에 이제 남은 일은 결과를 기다리는 것뿐. 자신의 손에서 떠났다고도 할 수 있다.

"알았어. 또 뭔가 공유해 둘 정보가 있을까?"

보안성이라는 의미에서는 얀 사제 소생 건이 가장 큰 일이지만, 현재 카파 왕국이 취급하고 있는 문제는 그것 하나만이 아니다. 중요성이라는 의미에서는 그것을 웃도는 의제가 여럿 존재한다.

말하면서, 자신이 보고해야 할 일이 또 있다는 게 생각난 젠지로가 다시 입을 열었다.

"맞다, 얀 대장 다음에 '순간이동'으로 보낸 유리 장인 영감님은 어떻게 됐어?"

"아, 그 양반이라면 왕궁에서 대접하고 있어. 실력이 어느 정도인지는 아직 모르겠지만, 앞으로 남은 인생은 왕궁에서 확보할 거야. 왕궁 밖으로 내보내지 않고."

그 초로의 유리 장인은 원래 보헤비아 왕국에서 작은 유리 공방을 운영하고 있었다. 하지만 현대의 기술 진보를 따라가지 못한 탓에 유리를 사 주는 사람들이 없어지고 먹고 살기도 힘들어진 상황이었는데, 젠지로가 현지 중개인을 통해서 남대륙으로 데려왔다.

이쪽에도 일단 '비밀리에 로그포트까지 오라'는 지시를 내리고 선금을 주기는 했지만, 은밀 행동을 요구하지는 않았다. 유리 장인에 불과한 노인이 한껏 비밀리에 행동하려고 해 봤자 당연히 웁살라 왕국 상층부에게는 다 들켰을 것이다. 오히려 들키지 않으면 곤란하다.

그의 존재는 얀 대장, 얀 사제의 움직임에서 눈을 돌리기 위한 위장 전술이었으니까.

"도움이 됐으면 좋겠는데 말이야. 낡은 기술이라고는 해도 어느 정도 투명한 유리를 만드는 일 자체는 할 수 있을 테니까, 기대하고 싶어."

젠지로의 말에 여왕은 고개를 끄덕여서 동의하면서도,

"그렇게 되면 가장 좋겠지. 하지만 너무 기대하진 마. 얀 대장과 얀 사제한테서 주의를 돌리는 데 도움이 됐으니 그걸로 충분해."

그렇게, 냉정하게 비평했다.

아우라 여왕은 이번에 데려온 초로의 유리 장인에게 많은 것을 기대하지는 않았다. 빠르게 발달하는 기술 진보에 뒤처진 불운한 장인이라는 것은 틀림없는 사실이지만, 그와 같은 세대의 유리 장인 모두가 일거리를 얻지 못한 것은 아니니까. 어떤 장인은 오랜 세월 쌓아 온 인맥으로 간신히 일을 확보하고 있고, 또 어떤 사람은 새로운 기술 따위가 다 뭐냐고 일축하면서도 그 탁월한 실력과 예전 기술로 만든 유리로 아직까지도 손님들의 마음을 사로잡고 있다. 어떤 장인은 자신은 현장에서 물러나고 공방의 총괄 지휘에만 전념하고 현장은 새로운 기술을 배운 신참들에게 맡기는 방식으로 공방을 유지하고 있으며, 또 어떤 장인은 젊은 견습들과 함께 필사적으로 새로운 기술을 습득하고 있다.

전체적으로 보자면 먹고살기도 힘들 만큼 어려운 사람 쪽이 극히 소수다. 말하자면 사람 됨됨이, 기술, 경영, 관리, 정열, 운 등등 여러 재기할 기회를 살리지 못한, 가려 뽑힌 글러먹은 장인이라고도 할 수 있다.

그렇게 생각해 보면 정말로 너무 기대하지는 말아야 할지도 모른다.

"뭐, 그 말도 맞는 것 같네. 잘 되면 다행이라는 정도로 생각해야겠어."

생각을 바꾸고, 젠지로는 스스로를 달래려는 것처럼 말했다.

"그게 무난하겠지. 아, 그러고 보니 프레야가 제안을 했는데. 프레야의 개인 예산으로 북대륙에서 사람을 불러오고 싶다는 것 같아. 듣자 하니 섬유 세척과 탈색을 전문으로 하는 장인이라던데."

여왕은 의미심장한 미소를 지으며 남편을 바라보았다.

아내의 목소리와 표정을 통해서 자신이 프레야에게 조언했다는 사실이 전해졌다고 눈치챈 젠지로는 솔직하게 대답했다. 원래 숨겨야 할 일도 아니고.

"응, 프레야가 상담해 왔거든. 부족한 몸이지만 조언을 좀 해 줬어. 내가 보기엔 북대륙의 천이 이쪽보다 평균 수준이 높은 것 같았고, 그래서 그 얘기를 했지."

엄밀하게 말하자면 그 조언은 '두 아내 중에 한 사람의 편을 들었다'고 할 수도 있는 것이지만, 이 정도도 못 하게 한다면 아무리 그래도 너무 차가운 부부일 것 같다고 젠지로는 생각했다.

일부다처제 귀족 사회에서는 더 차갑게 살아가는 부부도 흔하다는 것 같지만, 젠지로는 그런 생활을 견딜 수 있는 강인한 정신을 지니지 못했다.

실제로 아우라 여왕도 젠지로와 프레야 공주의 언동을 나무랄 생각은 없었다.

"그래, 물론 문제는 없어. 프레야한테는 몇 가지 분야를 제외하고서 독자적인 경제 활동을 허가했고, 나한테 당신이 프레야한테 조언하는 걸 막을 권리도 없으니까.

문제는 프레야의 계획이 성공한 경우에, 우리나라에 있는 동종 업자들의 원한을 살 가능성이 크다는 점이려나."

프레야 공주의 계획대로 잘 진행된 경우, 카파 왕국에는 프레야 공주가 설립할 새로운 섬유, 천을 취급하는 점포가 탄생하게 된다.

젠지로의 예상이 맞다면 그곳에서 취급하게 될 하얀 실, 하얀 천은 품질과 가격 중 하나—또는 전부—가 기존 제품보다 뛰어날 것이다.

그렇게 되지 않으면 프레야 공주가 곤란해지겠지만, 그렇게 되면 기존 동종 업자가 곤란해진다. 보통 후발 주자는 품질이나 가격이 뛰어나다고 해도 지명도나 신용도에서 뒤떨어지는 만큼 판매 경쟁에서 지는 경우가 많은데, 프레야 공주에게는 왕족이라는 간판이 있다.

최악, 또는 최선의 경우에는 기존 장인과 상점들이 구축당할 우려까지 있다.

그 정도는 그렇게 총명하지 않은 젠지로도 쉽사리 예측할 수 있는 일이다.

"하긴, 그렇게 되면 좀 곤란하겠지. 그렇다면 프레야가 물건 자체를 직접 파는 게 아니라, 기술을 팔게 하면 어떨까?"

"기술을 판다고?"

고개를 갸웃거리는 아우라 여왕에게 젠지로가 설명했다.

"응. 어차피 북대륙 장인은 내가 '순간이동'으로 데려올 거잖아? 그렇다면 고작해야 몇 명이겠지. 그 정도 인원으로 실물을 대량으로 생산할 수 있을 리도 없고, 대량으로 생산하고 싶다면 카파 왕국 장인도 잔뜩 고용할 필요가 있어. 하지만 그렇게 된다면, 정말로 이 나라의 섬유, 천을 취급하는 조직과 싸움이 벌어지겠지."

같은 계열 상품을 취급해서 손님을 두고 다투는 정도라면 또 모를까, 장인을 빼앗기게 되면 상인들도 가만히 있지 않을 것이다. 그렇다고 장인이 아닌 아이들이나 젊은이를 고용해서 장인으로 키우는 것부터 시작한다면 사업이 흑자를 보기까지 너무 오래 걸린다.

그건 프레야가 바라지 않을 것이다. 프레야 공주는 가능한 빨리 돈이 필요하니까.

"그러니까 말이야, 일단 프레야가 부른 사람들만 데리고 이쪽에서 재현할 방법이 있는지 모색해 보는 거야. 남대륙에서 조달할 수 있는 물자만 가지고 남대륙에서 만든 실을 북대륙에서 만든 것과 같은 수준까지 탈색할 수 있는 기술을 확립하는 거지.

그 뒤에 그 기술을 원하는 상회에 파는 거야. 실제로 그 기술을 사용해서 상품을 양산하고 판매하는 건 계약을 맺은 남대륙 상회에서 맡고. 그리고 그 기술로 만든 상품의 매출 중에 일부를 프레야가 받는다. 그런 계약을 맺는 게 전방위적으로 최선이 아닐까?"

최대 이익보다 주위에 미칠 풍파를 최소한으로 만들면서 이익을 추구한다는 젠지로의 제안은 이번 경우에는 최선에 가까운 조언이었다.

"확립한 기술을 현장에 넘기고 지속적으로 기술 사용료를 받는다. 잘만 된다면 그게 좋을지도 모르겠네."

아우라 여왕도 그렇게 말하며 동의했다. '잘만 된다면'이라는 단서가 붙은 건, 보통은 잘 안 되는 게 당연한 제안이기 때문이다.

현재 남대륙에는 특허라는 개념이 없기에, 지식이나 기술의 대금을 지속적으로 징수하기란 힘든 일이다.

"음. 그런 방향이라면 허가할게. 필요하다면 하얀 천만이 아니라 다른 색으로 염색하는 기술도 제공해도 좋고."

기술 전반에서 북대륙이 남대륙보다 우위라는 것은 부정할 수 없는 사실이다. 그렇다면 섬유 세척과 탈색에 그치지 않고 염색 기술도 뛰어날 가능성이 크다. 모든 색에 적용되는지 여부는 별개로 하더라도, 일단 몇 가지 색을 주목 상품으로 만들 수 있지 않을까? 아우라 여왕의 제안에 젠지로는 잠깐 생각한 뒤에 고개를 저었다.

"……아냐. 최소한 처음에는 세척과 탈색으로 한정하는 쪽이 좋을 것 같아. 염색에 사용하는 염료의 재료는 대부분 식물성이잖아? 북대륙과 남대륙은 식생이 전혀 다르니까, 같은 것을 발견할 가능성도 적고, 대체품을 찾는 것도 힘들 테니까."

염료의 원재료가 되는 식물을 수입해서 카파 왕국에서 뿌리내리게 하면 좋겠지만, 기후 차이를 생각하면 헛수고로 끝날 가능성이 크다. 만에 하나, 잘 된다고 해도 성과가 나오려면 몇 년, 경우에 따라서는 수십 년이나 걸릴 것이다.

하루라도 빨리 알카트가 항구로서 기능하도록 만들고 싶은 프레야 공주는 훨씬 급하게 돈을 원하고 있다.

"그래, 무슨 말인지 알겠어. 그런데 그건 하얀 실, 하얀 천도 마찬가지가 아닐까? 북대륙 장인이 세척, 탈색에 사용하는 약제도 역시 북대륙산 물자를 사용할 테니까. 그렇다면 이쪽에서 재현하기 힘들다는 점은 마찬가지일 텐데?"

여왕의 우려에 젠지로는 일부에 동의하면서도 반론했다.

"뭐, 크게 보면 그렇겠지. 하지만 세척, 탈색은 염색에 비하면 그나마 재현성이 높을 거라고 생각하거든."

염료의 색은 천차만별, 그야말로 같은 종류의 붉은 꽃에서 같은 방법으로 추출한 염료라도, 그 꽃이 자란 토지만 달라져도 엄밀히는 다른 색이 돼 버린다.

그에 비해 세척, 탈색이라는 행위는 깊이 따지고 보면 전부 똑같다. 얼룩을 지우고 색을 지운다. 물론 엄밀하게 따지면 섬유와의 상성도 있으니까 북대륙에서는 좋은 성능을 자랑하는 탈색 방법이 남대륙에서도 동등한 성능을 발휘하리라는 보증은 없지만, 그럴 가능성이 크다고 생각하고 있다.

아무튼 프레야 공주가 원하는 것은 최대한 빨리 큰 자금을 버는 것이다. 시험해 보고 시간이 너무 오래 걸린다 싶으면 바로 다음 수단을 찾아보면 된다.

"알았어. 그럼 그렇게 진행할게. 프레야한테는 내가 얘기하고."

"응."

아우라의 말에 젠지로는 바로 '고마워'라고 말하려다가 그 말을 삼켰다. 아우라 여왕이 프레야 공주를 배려하는 것인데, 두 사람의 남편인 젠지로가 고맙다는 말을 하면 중립이라고 할 수 없게 돼 버린다.

귀찮은 일이지만 이것도 왕족의 의무이며, 여러 아내를 둔 남편의 의무다. 젠지로의 경우에는 아내가 두 사람 모두 훌륭한 사람인 덕에 이 정도로 그치는 것이라고 할 수도 있다.

왕족의 의무로서의 혼인. 거기서 연상한 것처럼 젠지로는 새로운 화제로 넘어갔다.

"그러고 보니까 윙비 전하는 어떻게 됐지? 집단 맞선은 아직 한 번밖에 안 했잖아."

젠지로가 말하는 집단 맞선이란 지난번에 했던 윙비 왕자를 주빈으로 삼은 나이트 파티다. 표면적인 이유는 왕가가 윙비 왕자를 환영하기 위해 주최한 파티라고 했지만, 그 실체가 윙비 왕자의 제2 부인을 정하기 위한 면담, 즉 맞선이라는 것은 주지의 사실이다.

젠지로의 물음에 아우라 여왕은 어깨를 슬쩍 으쓱이고 말했다.

"거의 밀레라로 정해졌어. 프레야의 말에 따르면 왕비 전하는 그렇게 희망하는 것 같더라고. 이제 남은 건 밀레라 본인의 의지를 진중하게 확인하는 것뿐이야."

밀레라의 의지. 이 경우에는 각오라고 바꿔 말할 수 있을지도 모른다.

통상적인 국내 귀족 간의 혼인이라면 아가씨의 의지 확인은 형식적인 일로 그치는 경우도 많지만, 이번에는 지극히 이례적인, 북대륙 나라의 왕족이 된다는 특수한 경우다.

상당히 명예로운 일이자 성공하면 바라지도 않은 영광이 기다리는 혼인이지만, 남은 인생을 미지의 토지에서 지내야 한다. 예상도 못 한 난관과의 조우는 필연이라고 할 수 있다.

그 역할을 끝까지 해내기 위해서는 능력은 물론이고 본인의 의지가 중요하다.

"예상은 했지만, 왕비 전하는 역시 결단이 빠르네. 밀레라의 의지 확인이 중요하다는 데는 동의하지만, 누가 어떻게 할지가 문제겠네."

핏줄을 따지자면 마르케스 백작의 조카이자 양녀인 밀레라는 현재 이곳 후궁에서 시녀로 일하고 있다.

그래서 젠지로와 아우라가 직접 물어보면 간단한 일이지만, 자신들이 그런 일에 어울리지 않는다는 것은 두 사람 모두 잘 알고 있다.

젠지로와 아우라는 왕족이라는 높은 위치에 있는 사람이고, 밀레라가 윙비 왕자와 결혼해 주기를 바라는 입장이다.

그리고 밀레라는 그런 상황을 이해할 수 있는 똑똑한 사람이고.

그래서 젠지로와 아우라가 '본심을 밝히라'라고 말하면 둘의 뜻을 받아들여서 '결혼하고 싶습니다'라고밖에 대답할 수 없을 가능성이 크다.

그런 사정에 대해서는 젠지로는 물론이고 아우라 여왕 쪽이 더 잘 알고 있다.

"그래, 언질을 받아 두려는 게 아니라 본심을 알고 싶으니까. 일단 시녀장 쪽에서 '우리 둘만의 이야기'로, 윙비 왕자가 카파 왕국에서 제2 부인을 맞이하고 싶어 한다는 이야기를 퍼트리게 하고, 시녀들의 소문을 수집하는 쪽으로 가 볼까? 물론 마지막에는 옥타비아 부인에게 협력을 부탁해야 하겠지만."

아우라 여왕의 제안은 특별한 것이 아니다.

일반적으로 사람은 친한 동료를 상대할 때 가장 입이 가벼워진다. 상사에게도 부하에게도 말 못 하는 일도, 동료에게는 말할 수 있는 법이다.

윙비 왕자가 카파 왕국에서 제2 부인을 맞이한다. 이런 달콤한 수다거리를 젊은 후궁 시녀들이 그냥 내버려 둘 리가 없다. 시녀들이 온갖 무책임한 이야기를 하리라는 것은 의심할 여지가 없다.

게다가 바로 최근에 특례로 후궁 시녀 일부가 본가로 돌아갔다가 윙비 왕자 환영 파티에 참가했다는 것은 후궁 시녀라면 모두가 알고 있는 사실이다.

파티에 참가하지 못한 시녀는 반드시 참가했던 시녀에게 캐묻는다. '너한테도 말을 걸었어? 만약에 윙비 왕자님이 구혼하면 어떻게 할 거야?'라고. 그 대답을 통해서 본심을 알아내는 것이다.

"밀레라로 한정하는 건 아니고, 윙비 전하와 결혼하는 사람한테는 정기적으로 귀국할 권리를 주고 싶어."

젠지로의 말에 여왕은 고개를 살짝 끄덕여서 동의를 표했다.

"그게 좋겠지. 제2 부인은 물론이고 동행하는 시녀들한테도."

당신한테는 부담이 되겠지만, 이라고. 여왕 아우라는 마지막에 조금 미안하다는 투로 덧붙였다.

'순간이동'으로 카파 왕국과 웁살라 왕국을 오갈 경우, 그 실행은 거의 젠지로 한 사람에게 의지할 수밖에 없다. 젠지로의 부담이 늘어날 것은 틀림없지만, 젠지로 본인은 크게 문제시하지 않았다.

"그건 프레야와 북대륙 출신 시녀들도 마찬가지니까, 하는 김에 같이 하는 것뿐이야. 저쪽에 머무는 날이 조금 늘어나는 정도고, 그렇게 큰 부담은 아니야."

현시점에서도 '순간이동'으로 열심히 돌아다니고 있는 젠지로다. 하는 김에 웁살라 왕국에 좀 더 머물면서 윙비 왕자의 제2 부인과 그 시녀들을 귀성시켜 주는 정도는 오차 범위 내에 불과한 일이다.

"…………."

"…………."

젠지로와 아우라 여왕 서로가 할 말을 전부 전하자, 잠시 침묵의 시간이 흘렀다.

"……전쟁 준비, 겠지. 지금 진행하는 일들 전부."

"정확히 말하자면 응전 준비야. 정말 징그럽지만."

이제 와서 할 얘기인가 싶은 젠지로의 말을 여왕은 말 그대로 정말 징그럽다는 투로 긍정했다.

적국 내부에 혼란을 일으킬 모략을 꾸미고, 산업을 강화해서 경제력을 키우고, 그 돈으로 자국의 항구를 늘리고, 동맹국과 정략결혼을 추진한다. 분명히, 모든 것은 언젠가 벌어질 전쟁에 대비하는 일이다.

"징그럽다는 게 전쟁? 아니면?"

"응전, 쪽이야. 기왕에 전쟁을 한다면 먼저 시작하는 입장이고 싶어. 당하는 건 짜증나니까."

평화로운 나라의 평민 출신 남자의 물음에 전란을 헤쳐 나온 대국의 왕은 바로 대답했다.

아우라 여왕은 위정자로서 보수적인 편이다. 그래서 본질적으로는 전쟁을 기피하는 경향이 강하다. 하지만 그것이 반드시 전쟁 회피를 제일로 생각한다는 의미는 아니다.

그런 가치관이 젠지로와 크게 다르다는 사실을 이해하기 시작한 여왕은 양쪽의 가치관을 서로 이해하고 맞춰 나가기 위해 자신의 가치관에 바탕을 두고 나라를 움직이는 방법을 설명했다.

"전쟁이라는 건 먼저 벌이는 경우와 당하는 경우가 있어. 당하는 쪽은 선택의 여지가 없으니까, 지금 하는 얘기는 먼저 벌이는 쪽에 대해서.

이건 어디까지나 내 개인적인 가치관인데, 전쟁을 벌일 때 충족해야 할 조건이 세 가지 있다고 생각해."

　"혹시 '하늘의 때, 지리적 이점, 사람의 화합' 같은 건가?"
　전쟁에 대한 세 가지 조건이라는 말을 듣고 반쯤 반사적으로 대답한 젠지로의 말에 여왕 아우라는 눈을 깜박거렸다.
　"호오, 재미있는 말인데? 하늘의 때, 지리적 이점, 사람의 화합. 그래, 정말 알기 쉽고 단적으로 중요한 것들을 표현했네."
　"뭐, 저쪽 세계에서 수천 년도 전에 기록돼서 현대까지 계속 인용되는 말이거든."
　수천 년 전의 말이 현대에서도 하나의 지표가 된다는 것은 그 말이 본질 중 하나, 정답 중 하나라는 증거일 것이다.
　그런 젠지로의 말에, 여왕은 고개를 끄덕이면서 말했다.

　"많이 함축된 말이네. 하지만 그건 내가 말하려는 세 가지와는 달라. 하늘의 때, 지리적 이점, 사람의 화합은 내가 말하려는 세 가지 조건 중에 두 번째. '승산'에 들어가겠지."

　여왕의 말에 젠지로는 잠시 생각하고 고개를 끄덕였다.
　"분명히 그렇긴 한데, 그렇게 되면 '승산'만큼 중요한 것들이 두 가지나 더 있다는 거야?"
　군사에 관해서는 전혀 모르는 젠지로는 짐작도 할 수가 없었다.
　그런 젠지로의 질문에 아우라 여왕은 고개를 끄덕여 대답했다.

"맞아. 먼저 첫 번째, 즉 '승산'보다 우선되는 것이 '이익'이야. '이익'이 예상되지 않는 전쟁을 벌이는 건, 설령 '승산'이 100%라고 해도 말도 안 되는 일이지."

"그렇구나."

듣고 보니 너무나 간단한 이야기다. 그 이익을 얻는 것이 나라인지, 왕가인지, 아니면 왕인지라는 문제가 남기는 하지만, 지금 얘기하면 사족이 될 테니 아우라는 굳이 언급하지 않았다.

"정말 그러네. 절대로 이길 수 있는 전쟁이라도 이겨 봤자 아무 이익도 없다면 해 봤자 소용없는 짓이지."

"어디까지나 먼저 전쟁을 벌이는 쪽의 이야기니까. 이기면 이익을 얻을 수 있는 전쟁보다 벌이기만 해도 이익을 얻을 수 있는 전쟁이 보다 이상적이지만, 아무래도 그건 욕심이 너무 과하지. 그리고 세 번째는 때때로 두 번째와 순위가 바뀌기도 하는데, 그건 '종전'이야."

"'종전'?"

이번에는 도무지 의미를 알 수가 없어서 고개를 갸웃거리는 젠지로에게 여왕이 계속 설명했다.

"좀 더 자세히 말하자면 '종전 주도권'이라고 표현해야겠지. 전쟁이라는 건 끝내기가 지극히 어려워. 아무래도 상대가 있으니까.

이쪽이 일방적으로 '이제 그만 하자'고 결단하더라도 상대가 '그래, 그만 하자'라고 대답하지 않는 한은 끝낼 수가 없어.

만약의 경우, 끝내겠다고 생각했을 때 끝낼 수 있는 방법을 준비해 둔다. 이게 세 번째야."

그래서 두 번째 '승산'과 세 번째 '종전'은 때때로 우선순위가 역전되기도 한다고 여왕은 말했다.

'승산'이 한없이 100%에 가깝다면 '종전' 준비는 크게 신경 쓰지 않아도 된다. 반대로 '종전' 준비가 완벽하게 갖춰져 있다면, '승산'이 낮아도 어느 정도 눈 감고 넘어갈 수 있고.

여왕의 설명이 계속됐다.

"북대륙 제국의 입장에서 보면, 우리 남대륙에 대한 침략 행위는 첫 번째 '이익'이라는 조건을 완전히 충족했어. 두 번째 '승산'이라는 조건은 현시점에서는 판별할 수 없고. 우리로서는 충족하지 못했다고 생각하지만 실제로 어떤지는 불명이고, 실제로는 충족되지 않았어도 저쪽이 멋대로 충족했다고 판단할 가능성도 있어."

사실은 승산이 낮은데도 높다. 또는 반드시 이길 수 있다고 착각해서 침략 행위를 벌일 가능성은 분명히 부정할 수 없다.

"북대륙 나라들이 그렇게 부담감 없이 전쟁을 벌일 수 있는 이유는 세 번째 조건, '종전'을 현재 완전무결한 형태로 저쪽만이 충족하고 있기 때문이야."

아우라의 말에 젠지로는 잠시 생각하고, 바로 결론을 내렸다.

"아, 그렇네. 지금 대륙간 항행 선박은 저쪽에만 존재하니까."

북대륙과 남대륙은 커다란 바다로 가로막혀 있다. 그 바다를 건널 수 있는 대륙간 항해 선박을 소유한 나라는 북대륙의 나라들뿐.

즉, 북대륙 제국은 남대륙을 침략했다가 불리하다 싶어지면 배를 철수시키기만 해도 일방적으로 전쟁을 끝낼 수 있다. 최악의 경우에는 배와 침공군을 전부 포기해서 끝내 버릴 수도 있고.

덧붙이자면, 침략 지시를 내리는 나라의 중추에 있는 인물은 대륙간 항해 선박에 탈 리가 없으니까 그들의 재산에는 타격이 있어도 몸에는 전혀 타격이 없다.

"그런 얘기야. 그래서 대륙간 항해 선박 소유가 필수고."

여왕은 그 붉은색에 가까운 갈색 두 눈을 살짝 가늘게 뜨고 힘줘서 고개를 끄덕였다.

대륙간 항해 선박이 북대륙에만 존재하는 상태에서는 아무리 전력을 증강해 봤자 공격하는 북대륙, 지키는 남대륙이라는 전황을 바꿀 수 없다.

하지만 만약 북대륙 제국이 침공을 개시하기 전에 남대륙이 독자적으로 운용하는 대륙간 항해 선박으로 북대륙까지 왕복에 성공한다면, 침공을 생각하는 북대륙 제국을 견제할 수 있다.

어쩌면, 최악의 경우에는 북대륙 본토까지 쳐들어오는 게 아닐까. 북대륙 수뇌들이 그런 걱정을 품게 만들 수 있다면 그것만으로도 충분한 성과라고 여왕은 말했다.

"잘만 되면 침략 자체를 철회할 수도 있을까?"

아직까지 전쟁을 회피할 수 있을지도 모른다는 희망을 완전히 버리지 못한 젠지로의 말에, 여왕은 일부러 고개를 저었다.

"아니, 그건 아니야. 우리가 대륙간 항해 선박을 건조하고 선원들을 갖추고 대륙간 항해에 성공할 때까지 아무리 빨라도 시간이 연 단위로 필요해.

하지만 바다를 건너오는 침략에도 마찬가지로 연 단위의 사전 준비가 필요하지. 즉, 내가 우려하는 시기에 침략이 벌어진다면, 우리가 대륙간 항해에 성공한 시점에서 이미 침략 계획이 어느 정도 진행됐을 거라고 생각해야 해.

그 정도 계획을 도중에 중단할 수도 없을 테니, 이미 중단할 수 없는 곳까지 진척됐을 거라고 봐야지."

그렇게 설명한 여왕의 말이 거짓은 아니지만, 그렇다고 완전히 진실도 아니다.

북대륙 위정자가 어지간히 겁쟁이거나 신중한 성격이라면 '역시 안 되겠다'가 될 가능성도 아예 없다고 단정할 수는 없다. 하지만 그것은 너무나 적은 가능성이다. 여기서 젠지로에게 그 가능성에 대해 말하는 것은 백해무익한 일이라고 여왕은 판단했다.

"그것도 그러네."

거의 거짓 없이 이치에 맞는 여왕의 설명에 국서는 납득했다.

즉, 그것은 자국에 전란의 미래가 찾아오는 것을 피할 수 없음을 인정한 것이다.

"⋯⋯⋯⋯⋯."

젠지로는 자기 몸이 떨리고 있다는 걸 자각했다.

실제로 젠지로는 자신이 생각하는 만큼 겁이 많은 사람이 아니다. 겁이 많은 사람이 현실적으로 침몰할 가능성이 있는 대륙간 항해 선박에 타거나 큰 멧돼지와 대치할 수 있을 리가 없다. 아무리 강력한 마도구를 지니고 있다 해도.

하지만 일이 전쟁으로 한정된다면, 젠지로의 '나는 겁이 많다'는 자기 평가는 옳다.

젠지로의 전쟁에 대한 기피감, 혐오감, 공포감은 이쪽 세계 사람 조차도 이상하다고 생각할 만큼 강했다.

그래서 그것을 이해하고 받아들이는 데 시간이 걸렸다. 그리고 받아들인 이상 거기서 생겨난 결의는 무겁고 굳었다.

"맞서 싸우자."

"그래."

처음으로 듣는, 무거운 결의가 담긴 남편의 말에 여왕은 조금 놀라면서 고개를 끄덕였다.

"이기자."

"그래."

"다음 전란이 조금이라도 멀어질 수 있도록, 철저하게."

"그래, 물론이지."

무겁고 굳은, 원래는 절대로 켜지지 않았을 스위치가 켜진 젠지로의 결의가 담긴 목소리에 여왕은 작은 위화감을 품으면서도 동의했다.

[에필로그] **전화의 싹**

    웁살라 왕국 제2 왕자이자 왕태자인 윙비 웁살라는 매형인 젠지로의 '순간이동'으로 웁살라 왕국 광휘궁으로 귀환했다.

    스베아인 남성치고는 체격이 작고 날씬한 부류인 윙비 왕자는 튀는 듯한 가벼운 걸음걸이로 광휘궁 복도를 걸어갔다.

    "♪♪♪"

    콧노래까지 슬쩍 흥얼거릴 만큼 기분이 좋다.

    그만큼 윙비 왕자는 카파 왕국에서 보낸 나날에서 보람을 느끼고 있었다.

    원래 형인 에리크 왕자와 여동생(공식적으로는 누나)인 프레야 공주에게 '카파 왕국은 대국이다'라고 말을 듣기는 했는데, 직접 가 보고서 실감했다.

    틀림없이, 카파 왕국은 대국이라고. 게다가 북대륙과는 식생도 가축도 복식도 다른 나라다. 그러면서 그 근저에 흐르는 가치관이나 사상에서는 최소한의 공통점을 찾아낼 수 있었고.

    그렇기에 유익한 무역 상대다.

    그곳의 동식물이 다르다는 것은 상대가 가진 '흔한 것'이 서로에게 '귀중한 것'이 될 가능성이 크다는 뜻이다.

    그러면서 근본이 되는 가치관, 사상에 공통점이 있다는 것은 거래가 성립하기 쉽다는 의미다.

세상은 넓다. '힘으로 빼앗는' 것을 정당한 권리로 생각하는 집단도 있고, '약속을 지키는' 것을 미덕이라고 생각하지 않는 조직도 있다. 애당초 '사물의 개인 소유'라는 개념조차 확립되지 않은 부족도 존재한다.

그런 곳들과 비교하면 카파 왕국의 가치관은 '틀림없다'고 단언해도 될 만큼 공통된 것이다.

웡비 왕자는 그런 나라에서 제2 부인을 맞이하기로 내정했다. 제2 부인 후보로 점찍은 여성은 꽤 총명할 뿐 아니라 고위 귀족 여성으로서 충분한 교육을 받았다는 것을 확신할 수 있는 문제없는 여성이고, 무엇보다 웡비 왕자는 보호자인 마르케스 백작을 높이 평가했다.

머리가 좋고 균형 감각이 뛰어난 대영주 귀족. 마르케스 백작은 그런 인물이다. 나라에 소속된 귀족이라는 입장과 자신의 영지를 부유하게 만드는 것을 우선하는 영주의 입장을 교묘하게 구분해가며 왕궁에서의 입장을 강화하는 동시에 자신의 영지도 풍요롭게 만들고 있다. 일단 걸물이라고 해도 될 것이다.

마르케스 백작이라면 '말이 통하는 장인어른'이 될 거라고 웡비 왕자는 확신했다. 물론 그것은 왕후 귀족의 가치관에서 봤을 때 '말이 통하는 장인어른'이다.

다른 문화권의 대국에서 제2 부인을 맞이할 길이 열렸다. 게다가 그 제2 부인 후보의 양부는 그 나라에서도 손꼽히는 대귀족이고 진행도 순조롭다. 웡비 왕자가 처음에 바랐던 이상으로, 웁살라 왕국은 대국, 강국으로 가는 길을 걷기 시작했다.

그런 신이 난 마음을 반영하는 듯한 가벼운 걸음걸이로 귀국 보고를 위해 부왕께서 기다리는 왕의 개인실로 향하는 윙비 왕자였는데, 왕궁—광휘궁 안에 감도는 공기를 감지한 순간, 그 걸음걸이가 순식간에 바뀌었다.

공기, 라고 했지만 당연히 말 그대로의 의미가 아니다. 광휘궁의 통로를 걸어가는 중에 마주친 사람들의 미묘한 변화. 그것이 공기의 정체다.

왕국 안에서도 왕의 개인실과 가까운 이 부근에서 일하는 사람들은 특히 고르고 고른 사람이다. 그래서 한눈에 알아볼 수 있는 차이는 없다. 하지만 어릴 적부터 그들을 보며 살았던 윙비 왕자는 미묘한 위화감들이 쌓였음을 공기로서 느낄 수 있었다.

엇갈려 지날 때, 일하는 이가 보낸 묵례가 평소보다 약간 길었다. 성실하고 윗사람의 신뢰도 두터운 시녀가 윙비 왕자를 보고서 눈이 살짝 휘둥그레졌다. 냉정하기로 정평이 난 노전사가 왕의 개인실로 향하는 윙비 왕자의 뒷모습을 호기심 어린 눈으로 바라보았다.

얼핏 보면 평소와 똑같지만, 그것은 본인들이 최대한 '평소처럼 행동하자'라고 노력한 결과이며, 그 '자연스러운 평소와 같은'과 '노력한 결과에 의해 평소와 같은'의 미묘한 차이를 공기 차이로 느낄 수 있었다.

그래서 부왕께서 기다리는 왕의 개인실 문을 노크할 무렵에는 윙비 왕자의 들뜬 걸음걸이가 완전히 차분해져 있었고, 불의의 사태에 대비하기 위한 긴장감까지 감돌고 있었다.

"지금 귀국했습니다, 아버님. 제 쪽은 전부 순조롭습니다. 그러니 먼저 이쪽 상황을 듣고 싶습니다만."

왕자답게 세련된 동작과 그에 상반되는 듯 재촉하는 말투. 아들의 귀국 인사에 웁살라 왕국 국왕 구스타프는 들으라는 것처럼 커다란 한숨만 한 번 내쉬었을 뿐, 더 이상은 언급하지 않았다.

실제로 윙비 왕자의 의견은 옳다. 지금 공유해야만 하는 중요한 정보가 발생한 것은 북대륙 쪽이다. 남대륙 쪽이 윙비 왕자가 말한 대로 '전부 순조'라면, 더더욱.

"알았다. 일단 앉아라."

"예, 아버님."

왕이자 아버지인 인물의 맞은편에 앉은 윙비 왕자는 가까이서 부왕의 표정을 보고는 어깨의 힘을 조금 뺐다.

구스타프 왕은 현역 왕으로서 충분한 포커페이스를 익히고 있지만, 윙비 왕자의 관찰력과 자식으로서 쌓아 온 경험은 왕의 포커페이스를 능가했다.

그래서 알아챌 수 있었다. 현재 북대륙에서는 상당히 큰 사건이 일어났고, 그것이 대륙 전체에 알려진 사실이 된 것 같지만, 좋건 나쁘건 가까운 시일 내에 웁살라 왕국에 영향을 주는 일은 없으리라는 것을. 최소한 구스타프 왕은 그렇게 보고 있다.

그 부분을 확신한 윙비 왕자는 어깨에서 힘을 빼고 여유 있는 표정을 지었다. 하지만, 그런 윙비 왕자의 여유는 바로 날아가고 말았다.

"그럼, 네가 바라는 대로 이쪽 상황을 가르쳐 주마. 얀 사제가 모습을 드러냈다."

"…………예?"

천하의 윙비 왕자라도 이 정보는 바로 머릿속에서 처리할 수가 없었다.

"저, 아버님? 혹시나 싶어서 여쭙습니다만, 분명 공화국과 그 주변에서 얀이라는 이름이 상당히 흔하기는 합니다만, 아버님이 말씀하신 얀 사제라는 인물이 그 얀 사제가 맞습니까?"

발톱파와 이빨파를 불문하고 뒤져 보면 얀 사제라고 불리는 사람은 여럿 있을 것이다. 얀이라는 이름은 그만큼 흔한 이름이니까.

하지만 일반적으로 그냥 얀 사제라고만 하면 그것은 보헤비아 왕립 대학의 용학부 학부장인 얀 사제를 가리킨다.

배교자로서 발톱파 '교회'에 구속됐고 화형에 처해졌다는 그 얀 사제.

"그 얀 사제가 틀림없다."

"얀 사제는 처형됐다는 소문을 들었습니다만?"

윙비 왕자는 얀 사제가 구속됐다는 보고를 듣고서 남대륙으로 갔다. 그 뒤에 계속 남대륙에 있던 윙비 왕자는 북대륙의 최신 정보를 잘 모른다.

하지만 그동안에도 움살라 왕국 외교관이 젠지로의 '순간이동'으로 일시 귀국한다든지, 남대륙의 풍토에 도저히 적응하지 못한 호위 기사를 교체한다든지 하면서 사람들이 드나들 때마다 조금이나마 북대륙의 정보도 함께 들어왔다(그때 누구보다 바쁘게 두 대륙을 오간 사람이 젠지로라는 사실은 굳이 말할 필요도 없다).

그렇게 귀에 들어온 정보와 앞뒤가 맞지 않는 최신 정보 때문에 고개를 갸웃거리는 푸른 은발의 왕자에게 구스타프 왕은 거듭해서 정보의 화살을 날렸다.

"틀림없다. 얀 사제는 처형됐다. '교회'가 분명히, 공식적으로 그렇게 발표했다. 하지만 얀 사제는 보헤비아 왕국의 대학에 모습을 드러냈다. '교회'는 그 얀 사제를 가짜라고 발표했고. 뭐, 당연하겠지. 하지만 대학은 얀 사제가 본인이라고 공식적으로 발표했다. 보헤비아 왕국 자체는 아직 침묵을 지키고 있다."

도저히 소화할 수 없는 엄청난 정보에 윙비 왕자는 오른손 중지와 엄지손가락으로 양쪽 관자놀이를 누르고 왼손 손바닥을 앞으로 내밀어서 부왕의 말을 막았다.

"잠깐만 기다려 주세요, 아버님. '교회'는 가짜라고 발표했다. 대학은 본인이라고 발표했고. 이 순서가 틀림없습니까? 정보가 서로 엇갈려서 대학 쪽이 '교회'가 가짜라고 발표했다는 것을 모르고 진짜라고 발표한 게 아닌가요?"

윙비 왕자가 얼굴을 찌푸리면서 그렇게 묻는 것도 당연한 일이다.

'교회'가 가짜라고 발표하기 전에 진짜라고 인정한 것과 '교회'가 가짜라고 발표한 뒤에 진짜라고 인정하는 것은 무게감이 전혀 다르다.

앞쪽이라면 '교회'의 의향을 모르고 앞서갔을 가능성이 있지만,

뒤쪽이라면 공공연하게 '교회'에 반기를 들었다고 해도 과언이 아니기에.

하지만 그런 윙비 왕자의 물음도 허무하게, 왕은 고개를 저었다.

"틀림없다. 정확히 말하자면 먼저 '교회'가 얀 사제의 처형을 발표했다. 그리고 약 두 달 뒤에, 대학에서 얀 사제라고 자처하는 인물이 발견됐다. 그 소문을 들은 '교회'가 곧바로 그 얀 사제를 자처하는 인물이 가짜라고 단정했지만, 그 '교회'의 공식 발표 이후에 대학이 '얀 사제는 진짜'라고 발표했다."

"우와아…….."

윙비 왕자는 비명 같은 소리를 지르면서도, 얼굴은 반쯤 웃고 있었다.

엄청난 폭탄이나 마찬가지인 정보지만, 잘 생각해 보면 모든 것은 북대륙 '교회' 세력권에 동란을 불러오는 정보들이다. 같은 북대륙에 있으면서도 '교회'와 물리적으로도 외교적으로도 거리를 두고 있는 읍살라 왕국으로서는 복음이라고까지 할 수는 없어도 잘만 처신하면 '강 건너 불구경'으로 취급하는 것도 힘들지 않을 것이다.

그 사실을 깨달은 윙비 왕자는 어느 정도 진정했다.

"뭔가 일이 엄청나게 돼 버렸네요. 대학이 '교회'를 완벽하게 거스른 게 아닙니까. 어라? 그러고 보니 보헤비아 왕국은 침묵을 지키고 있다고 하셨죠? 그렇다면 보헤비아 왕국도 사실상 그 자칭 얀 사제의 존재를 묵인한다는 게 아닙니까?"

자국 대학이 '교회'의 공식 발표를 부정하는 성명을 냈는데도 그것을 나무라지 않고 침묵을 지키고 있으니, 윙비 왕자의 지적이 옳다고 할 수 있다.

그것을 알아차린 윙비 왕자의 발언을 부왕이 긍정했다.

"뭐, 그렇다고 봐야겠지. 보헤비아 왕국의 성직자들은 원래 얀 사제의 사상이 침투해 있던 탓에, '교회' 중추와는 거리가 있었다. 나라 전체가 대놓고 '교회'에 거역하지는 않아도, 심정적으로는 얀 사제 편이겠지."

정확히 말하자면 보헤비아 왕국 중추에는 지금의 '교회'에 비판적이었던 얀 사제의 가르침을 신봉하는 사람들이 다수 있다. 어쩌면 다수파라고 할 수도 있을 만큼.

"그렇군요. 그나저나, 그 자칭 얀 사제를 대학이 본인이라 인정하고 보헤비아 왕국 자체도 묵인하고 있다는 것으로 보아 정말 본인일 가능성이 상당히 크겠군요."

윙비 왕자의 지적은 정곡을 찌르는 것이었다. 바로 최근까지 대학에서 용학부 학부장을 맡았으니 대학에는 얀 사제의 얼굴을 아는 사람은 물론이고 개인적으로 친분이 있는 사람들도 다수 존재한다.

대학은 보헤비아 왕국의 중요 시설이기에, 왕국 중추에도 얀 사제와 직접 면식이 있는 사람들이 틀림없이 있을 것이다.

그런데, 처형되었다고 했던 얀 사제를 자처하는 인물을 본인이라고 인정했으니, 실제로 본인일 가능성이 크다.

"그래. 가짜라면 대학과 보헤비아 왕국이 가짜를 내세운 주모자가 되겠지."

그렇게 찬동하는 뜻을 보인 부왕의 말을 듣고 고개를 끄덕여서 동의하던 윙비 왕자는 새로운 사실을 떠올렸다.

"응? 얀 사제는 진짜다. 그렇다면 처형된 얀 사제는 가짜였다, 라는 게 되는군요. '교회'는 얀 사제가 가짜인 줄도 몰랐다는 걸까요? 아니…… 아무래도 그건 아니겠죠."

윙비 왕자는 자신이 도출한 추측을 스스로 부정했다. 아무리 반목하는 사이였다고 해도 얀 사제는 '교회'의 정식 사제였다. '교회' 내부에 얀 사제를 아는 사람이 하나도 없었으리라고는 생각하기 힘들다.

"그렇다면 '교회'는 자신들이 붙잡은 얀 사제가 가짜라는 걸 알고 있었다는 말이 되는데. 그런데 그렇게 되면 지금까지 '교회'가 했던 행동들이 너무 엉성하다는 뜻이 되고. 아니지, 그게 아닌가?

체포했던 얀 사제는 진짜였다. 그리고 지금 대학에 있는 얀 사제도 진짜. 그럴 가능성도 있지. 거짓말은 얀 사제를 처형했다는 부분만이고.

일단 체포했던 얀 사제가 어떻게든 탈주했다. 또는 '교회'와 모종의 거래를 해서 살아남았다. 예를 들어 '두 번 다시 세상에 모습을 드러내지 않고, 다른 사람으로서 여생을 살아간다면 넘어가 주겠다'라든지. 그리고 얀 사제는 그 약속을 어겼다. 그렇게 생각하면 앞뒤가 맞는데."

현재 상황을 설명할 수 있는 가정을 계속 떠올리는 것은 윙비 왕자가 우수하다는 증명이라고 할 수 있으리라. 하지만 그 우수한 두

뇌가 도출할 수 있는 것은 어디까지나 자신의 상식 범위 안에서의 예상일 뿐이고, '사자 소생'이라는 비상식이 얽힌 이번 같은 경우에는 윙비 왕자의 사고는 단순한 헛손질에 가깝다.

그래서 다음 정보를 제공하는 구스타프 왕의 입가에는 무의식 중에 어렴풋한 미소가 드리웠다.

"참고로, 자칭 얀 사제가 대학에서 발표한 성명은 '정당한 이유도 없이 자신을 처형한 '교회'에 대한 비난 성명'이었다."

"……………………예?"

윙비 왕자가 너무 놀랐을 때 나타나는 침묵이 지금까지 중에서 가장 길었다. 무리도 아닐 것이다. 지금 들은 정보가 그만큼 비상식적인 것이니까.

긴 침묵이 지난 뒤 너무나 얼빠진 소리를 낸 윙비 왕자는 이 시점에 와서도 아직 부왕의 말이 무슨 의미인지 정확히 이해하지 못했다.

"저기, 그러니까, 실제로는 얀 사제가 아슬아슬한 때에 도망쳤고, '교회'는 가짜 사체로 처형했다. 얀 사제는 그 행위를 비난했다, 그런 뜻입니까?"

제발 그랬으면. 상식에 얽매인 윙비 왕자의 그런 소원은 간단히 부서져 버렸다.

"아니, 그게 아니다. 얀 사제는 자신이 처형됐다는 사실을 인정했다. 그리고 자신이 처형될 이유가 없다, 그런 독선적인 판단으로 사람의 목숨을 빼앗는 지금의 '교회'는 위대하신 용의 가르침을 왜곡하고 있으니 개선하라, 라고 주장하고 있다."

"…………자기가 처형당했다고 인정하는 사람이라니, 처음 들었습니다."

두통을 참는 것처럼 한 손으로 머리를 누르며 말하는 윙비 왕자에게 부왕은 고개를 슬쩍 끄덕이고서 동의했다.

"보통 처형된 사람은 그 뒤로 영원히 침묵하는 법이니까."

죽은 사람은 말이 없다. 이 대원칙이 무너지리라고는, 마법이 있는 이 세계지만 그 누구도 생각하지 못했을 것이다.

큰 충격을 받았으면서도 바로 머릿속에서 그 정보를 소화해 낸 윙비 왕자는 얀 사제의 행동을 이해한다고 말했다.

"죽은 자. 처형됐다는 사람이 처형된 사실 자체는 인정하면서도 살아서 비난 성명을 냈다. 솔직히 처음 들었을 때는 이해할 수가 없어서 머릿속이 새하얘졌지만, 냉정하게 생각해 보니 좋은 방법이로군요.

'교회'는 공식적으로 처형했다고 발표했으니까 죽었다는 사실을 인정하는 수밖에 없다. 당연히 '교회'는 얀 사제를 가짜라고 단정하고. 하지만, 얀 사제와 직접 면식이 있는 대학과 보헤비아 왕국 사람들은 얀 사제가 진짜라는 것을 알고 있다.

그 결과, 얀 사제는 처형된 뒤에 부활했다는 뜻이 되죠. '교회'로서는 최악에 가까운 일이군요."

윙비 왕자는 큭큭 웃었다.

아들인 윙비 왕자에게 구스타프 왕은 슬쩍 고개를 끄덕인 뒤,

"하필이면 발톱파 '교회'니까. 사후 부활이 사실로 정착되면 '교회' 신도들은 얀 사제를 현대의 '용사'라고 생각하겠지. 발톱파 '교회'에 있어 '용사'란 최고 사제조차 감히 어쩔 수 없는 가장 높은 지위다."

용 신앙을 설파하는 '교회'는 크게 둘로 나뉜다. 소위 말하는 '발톱파'와 '이빨파'.

세상의 지배자이자 수호자인 진룡들은 이 세상을 떠났다. 그때, 진룡 중에서도 특히 강하고 자비로운 '다섯 진룡'은 이 세상 인간들에게 이빨과 발톱을 하나씩 선물했다.

이빨은 한정적인 지성을 지닌 인형―'사도'가 되고 발톱은 무구가 되었으며, 무구에게 선택받은 자는 '용사'가 되었다.

이 '사도'를 가장 숭배하는 자들이 '이빨파'이며, '용사'를 지상(至上)의 존재로 여기는 자들이 '발톱파'다.

"'교회'의 발톱파는 '용사'님 이야기를 경전에까지 넣어서 역사적인 사실로 취급하고 있으니까요. 사자 소생이라는 현상 그 자체를 부정할 수 없습니다. 아니, 오히려 용께 인정받았다는 증거가 돼 버리겠죠."

그렇게 말하는 윙비 왕자의 목소리에는 조금 전과 마찬가지로 도저히 참지 못한 웃음이 섞여 있었다.

나라와 종교 단체라는 것은 잘 생각해 보면 '그건 아니지'라고 여겨지는 일화를 역사적 사실로 인정하는 경우가 많다. 치세가 200년을 넘는 왕, 대륙 끝과 끝에서 거의 동시에 전과를 올린 장군, 베일 너머에 있는 모습만 보여줬는데도 구혼자가 쇄도했다는 공주 등등.

'교회'의 발톱파가 성전 중 하나로 정하고 있는 역대 '용사'의 모험담. 거기에도 노골적으로 황당무계한 일화가 등장하지만, '교회'는 그 모험담을 역사적 사실로 취급하고 있다.

그 모험담에는 사자 소생의 기적이 등장한다. 많은 경우에 뜻을 이루지 못하고 목숨이 끊어진 '용사'에게 다른 세계에 몸을 숨기고 있다고 여겨진 진룡이 나타나 '네게는 아직 이루어야 할 사명이 있다'라는 등의 '목소리'를 전한 뒤 '용사'를 되살린다. 반대로 용사를 제외하면 '사자 소생'의 기적을 겪은 사람은 기록에 존재하지 않는다.

즉, 얀 사제의 '사자 소생'이 사실로 인지되면 얀 사제는 발톱파 '교회' 신도에게서 역대 '용사'와 같은 수준의 명성을 얻을 가능성이 있다.

'용사'란 원래 진룡이 남긴 다섯 무구에게 인정받은 자를 가리키는 칭호인데, 현재 발톱파 '교회'는 '용사'의 다섯 무구 중에 일부 ─ 어쩌면 전부 ─ 를 분실했다고 한다.

그래서 이론상으로는 발톱파 '교회'가 인정하지 않은 재야 '용사'가 존재해도 이상할 것이 없다. 얀 사제의 경우에는 처형되기 전까지 발톱파 '교회'의 정식 사제였기에 재야 '용사'와는 조금 다르지만.

"발톱파 '교회'가 상당히 어려운 입장에 몰린 것은 틀림없겠지. 발톱파 '교회'가 얀 사제 처형을 공식적으로 발표한 이상, 이제 와서 '사실은 도망쳤다'고 철회할 수도 없다. 그러니 나타난 얀 사제를 가짜라고 단정하는 수밖에 없지."

정보를 정리하기 위해서 지금까지 나눈 이야기를 다시 더듬는 것처럼 구스타프 왕은 매끄러운 말투로 이야기했다.

그런 왕의 말을 뒤이어 윙비 왕자가 보충했다.

"하지만 그렇게 밀어붙이기엔 얀 사제의 얼굴이 너무 알려져 있죠. 원래 낮은 곳에 임하는 활동에 적극적인 사제님이었으니까 보헤비아 왕국은 물론이고 일반 민중 사이에도 얀 사제의 얼굴을 아는 사람이 수도 없이 있습니다. 동시에 대학 용학부 학부장이라는 지위에도 있었기 때문에 대학은 물론이고 보헤비아 왕국 상층부에도 아는 사람이 다수 있고요.

결과적으로, 들킬 수밖에 없습니다. 얀 사제는 가짜가 아니다. 틀림없는 진짜다, 라고."

"필연적으로, 얀 사제를 처형했다고 하는 발톱파 '교회'의 공식 발언이 거짓이었다는 것도 발각, 되어야 했다. 그것만으로도 발톱파 '교회'에게는 충분한 타격이었을 텐데, 얀 사제는 거기서 한 발 더 나아갔다.

자신이 발톱파 '교회'에 처형당했다는 사실을 인정하고, 그러면서 처형이 부당하다고 비난했지."

부왕의 말을 들은 윙비 왕자는 항복했다는 것처럼 두 손을 얼굴 양 옆으로 들어 올렸다.

"참으로 훌륭하다고밖에 할 말이 없군요. '교회' 신도 대다수는 배우지 못한 평민입니다. 그들이 가장 믿는 건 자기 눈으로 본 것. 둘째는 자신들이 믿는 권위 있는 자의 말이죠.

보헤비아 왕국의 평민들은 자기 눈으로 본 얀 사제의 생존을 믿고, 동시에 발톱파 '교회'가 말한 대로 얀 사제가 처형되었음을 믿습니다. 그 결과, 평민들의 인식은 그 두 정보가 문제없이 양립할 수 있는 상태, 즉 '얀 사제는 처형됐지만, 부활했다'는 상태로 흘러가겠죠."

　　"평민은 성전의 내용을 솔직하게 믿는 이들도 많으니까. 사자 소생이라는 기적이 현실에 일어나는 것을 허용해 버린다."

　　구스타프 왕과 윙비 왕자의 대화를 통해서 알 수 있듯이, 일반 시민과 달리 어느 정도 이상의 고등 교육을 받은 교양인들 사이에서는 '교회'의 성전은 물론이고 오랜 문헌이나 전해지는 이야기에 거짓이나 과장된 이야기가 섞여 있다는 것이 반쯤 공공연한 비밀이다.

　　'용사'의 부활 전설은 그중에서도 가장 대표적인 것이다. 조금만 삐딱하게 보면 문헌에 남아 있는 '용사'의 부활은 거의 대부분이 수상한 이야기라는 걸 알 수 있다.

　　부활 전후에 위화감이 들 정도로 언동에 변화를 보이는 '용사'(용학자는 부활 전과 후, 두 사람의 다른 '용사'의 일화를 하나로 엮은 것이 아닌가, 라고 추측한다).

　　사인이 확실하지 않은 채, 반년 뒤에 부활했다고 하는 '용사'(용학자는 일시적으로 세상에서 모습을 감췄을 뿐이고, 애당초 죽지 않았다고 추측한다).

　　부활해서 최후의 사명을 다하고, 그 뒤에 모습을 감춘 '용사'(용학자는 다른 누군가가 최후의 사명을 이어받아서 완수했을 뿐이고, '용사'는 부활하지 않았다고 추측한다).

그런 교양이, 오히려 '사실 얀 사제는 정말로 처형된 뒤에 부활했다'는 사실에서 눈을 돌리게 만들어 버린다.

"그러고 보니 또 한 사람의 얀, 외눈 용병 얀은 어떻게 됐습니까?"

이제 와서 이 일에 중요한 인물이 또 한 사람 있다는 것을 떠올린 윙비 왕자의 물음에 부왕은 바로 대답했다.

"자칭 얀 사제의 호위를 맡고 있는 것이 확인됐다. 자칭 얀 사제를 진짜로 여기는 이유 중 하나지."

"아마도 외눈 용병 양반은 얀 사제가 구속된 뒤로 계속 모습을 감추고 있었겠죠? 외눈 용병 양반이 아슬아슬하게 얀 사제 구출에 성공했다. 그때 얀 사제를 대신할 가짜 사체 같은 것을 놔둬서 '교회'를 속여 넘겼다. 그 정도 해석이 가장 그럴듯하지 않을까 싶습니다만."

체포된 사람이 처형되기 전에 옥중에서 죽는 것은 그렇게까지 신기한 일도 아니다. 그리고 감옥에서 죽었다고 하면 듣기가 좋지 않으니, '처형했다'라고 사실과 다른 공식 발표를 하는 일도.

문제는 얀 사제를 탈옥시키고 사체를 바꿔 치는 행위의 난이도가 지극히 높다는 점이지만, '교회' 내부에도 얀 사제의 신봉자는 적지 않다. 내부에 협력자가 있었다면 완전히 불가능한 일은 아니리라.

그래서 지금 윙비 왕자가 추측한 것은 현재 상황을 설명하는 데 있어 비교적 현실적인 이야기라고 할 수 있다.

적어도 얀 사제는 실제로 처형당했다. 그 뒤에 불에 태워 버린 뼈를 누군가가 몰래 훔쳐내서 남대륙으로 건너갔고, '시간 역행' 마법을 통해 부활에 성공했다. 그런 사실보다는 훨씬 설득력이 있다.

　실제로 윙비 왕자가 말한 추측은 현시점에서 구스타프 왕이 추측하던 것과 거의 일치했다.

　"그래, 아무래도 그렇겠지. 하지만 여기서 중요한 것은 진상이 아니다. 운신하기 힘든 현재 상황에서 얀 사제와 발톱파 '교회'가 제각기 어떻게 움직일지, 그것이 중요하다."

　후계자인 아들에게 그렇게 말한 구스타프 왕은 심히 귀찮다는 듯이 한숨을 쉬었다.

　얀 사제가 살아 있는데도 발톱파 '교회'는 '얀 사제를 처형했다' 라고 공표하게 된 데에는 어떤 경위가 있었을까. 그러나 분명히, 그 경위도 이제 와서는 큰 의미가 없다.

　얀 사제는 살아 있다. 발톱파 '교회'는 그 사실을 인정할 수 없 다. 중요한 것은 그런 상황 인식과 거기서 도출되는 미래를 예상하 는 것이다.

　윙비 왕자는 생각하면서 말했다.

　"……소문으로 들은 얀 사제의 성격과, 당당하게 모습을 드러 내서 공식 성명으로 '교회'를 비난한 행동을 통해 추측해 보면, 얀 사제가 간단히 창을 거두리라고는 생각하기 어렵습니다.

　한편, 발톱파 '교회'도 자신들의 입장이 있으니, 처형했다는 공 식 발표를 번복하는 일은 말도 안 되는 짓이겠죠. 보헤비아 왕국이 얀 사제 측으로 붙었다면, 무력 충돌이 벌어질 가능성도 있지 않을까요?"

왕비 왕자의 말에 구스타프 왕은 잠시 생각하고서 대답했다.

"……소규모 분쟁까지는 분명히 벌어지겠지. 단지 '교회'는 지난번 탄넨발트 전투에서 중요 전력인 '기사단'이 큰 타격을 입은 지 얼마 되지 않았다. 잔불로 끝날지 큰불로 번질지, 가능성은 반반이라고 봐야겠지."

발톱파 '교회'에게 북방 용 발톱 기사 수도회, 일명 '기사단'은 최대 전력 중 하나다. 그런 기사단이 탄넨발트 전투에서 패전한 탓에 큰 상처를 입었다.

그래서 발톱파 '교회'가 냉정하게 판단할 수 있다면 현재 상황에서 얀 사제 토벌군을 보내서 보헤비아 왕국을 적으로 삼는 짓을 하지 않으리라는 미래를 예측할 수 있다.

하지만 세상의 위정자, 지도자가 항상 이성적으로 올바른 판단을 하는 것만은 아니다.

특히 이번에는 배교자로서 처형한 자기 종파의 사제가 되살아나서 비난 성명을 발표한, 발톱파 '교회'의 체면에 크나큰 상처를 입힌 사태가 벌어졌다.

'어떤 대가를 치르더라도 얀 사제를 자처하는 가짜를 죽여라!' 라는 판단도 잘못된 것만은 아니다.

발톱파 '교회'의 체면과 권위를 지키기 위해서라면 그렇게 하는 쪽이 좋다. 문제는 과연 그것을 실행할 수 있는 만큼의 전력이 지금의 발톱파 '교회'에 있을까? 라는 점이다.

윙비 왕자는 부왕의 추측에 일정 부분 이상의 공감을 보였지만, 마지막 부분에서는 다른 의견을 제시했다.

"분명히, 냉정히 생각하면 자제할 가능성도 있겠군요. 어쩌네 저쩌네 해도 교회의 권위는 큽니다. 겉으로는 '얀 사제를 자처하는 가짜'에 대한 비난 성명을 내면서 뒤에서는 보헤비아 왕국과 주변 제국에 압력을 가하거나 거래를 제시하는 행위를 꾸준히 해 나간다면 군을 움직이지 않고 최소한의 상처로 끝내면서 얀 사제를 제거할 수도 있을 것 같습니다. 연 단위의 시간이 걸리기는 하겠지만요.

하지만, 그것을 고려하더라도 저는 반반이 아니라 7대 3. 아니, 8대 2 정도라고 봅니다. 당연히 큰불로 번질 가능성이 8입니다."

"흐음. 어째서지?"

부왕의 물음에 은발 왕자는 어깨를 슬쩍 으쓱거리면서 말했다.

"그야 뻔하지 않겠습니까? '교회'의 높은 양반이 자기 체면에 흠집이 났는데도 참을 확률이 그 정도니까요. 그놈들은 남의 일에는 냉정하게 계산해서 판단하는 주제에, 자기 일이 되면 갑자기 감정을 충족시키는 쪽을 우선하니까."

최대한 담담하게, 그렇게 말했다.

윙비 왕자는 왕태자가 되면서 열람할 수 있게 된 과거의 외교 교섭 자료들을 대부분 읽어 봤다.

그 결과, 윙비 왕자는 현재의 '교회' 상층부는 '자신들의 과오를 인정할 능력이 부족하다'고 판단했다.

그래서 이번 얀 사제 건도 다소의 위험 부담이 있더라도 그대로 돌진할 가능성이 크다고 추측했다.

'사실 얀 사제는 살아 있었습니다'라는 사실을 인정하는 것은 얀 사제를 처형했다는 공식 발표가 잘못되었다고 인정하는 것이나 마찬가지다. 배교자 처형이라는 중요한 공식 발표는 최고 사제를 비롯한 교회 상층부 명의로 발표한다. 즉, 이 경우에 잘못을 저지른 자들은 변명할 여지도 없이 '교회' 상층부 인간들이다.

게다가 발톱파 '교회'는 얀 사제를 '배교자'로 단정했으니, 얀 사제와 물밑에서 거래하는 데 강한 거부감이 들 것이다.

아들에게서 일련의 설명을 들은 구스타프 왕은 이번 일에 대해서는 자신보다 아들의 견해에 설득력이 있다고 인정했다.

"그렇구나. 듣고 보니 짚이는 구석이 있다. 발톱파 '교회' 상층부는 산전수전 다 겪은 강자들이지만, 자신의 감정에 휘둘리기 쉽다. 그런 얘기지."

오랫동안 웁살라 왕국 국왕으로서 발톱파 '교회' 상층부와 부딪쳐 온 구스타프 왕이다. 듣고 보니 윙비 왕자가 지적하는 점에 대해 짐작이 가는 부분이 있었다.

그래도 윙비 왕자와 달리 발톱파 '교회' 상층부가 이성적으로 판단할지 감정적인 결론을 낼지에 대해 가능성이 절반씩이라고 생각한 이유는 그들이 상대하기 버거운 위정자라는 사실도 뼈저리게 겪어 왔기 때문이다.

오랜 경험 때문에 상대를 과대평가하는 것인지도 모른다. 물론

젊고 무서운 것을 모르는 윙비 왕자가 상대를 과소평가하고 있을 가능성도 충분히 존재하지만.

구스타프 왕은 턱에 손을 대고 생각하면서 신중하게 말했다.

"큰불로 번지도록 손을 썼다가는 그 불에 데일 것 같아서 두렵지만, 저절로 큰불로 번질 경우에 대비해서 손써 두는 것은 좋을 듯하군."

"그렇다면 아버님! 얀 사제에게 용병을 알선하도록 하죠! 왜, 젠지로 매형이 야노슈를 소개하지 않았습니까. 젠지로 매형의 계약은 이미 끝난 것 같으니까 그대로 얀 사제에게 소개하면 어떻겠습니까? 하는 김에 저희 쪽 전사도 같이 보낸다면 나중에 자세한 정보도 기대할 수 있습니다."

몸을 잔뜩 앞으로 내밀며 말하는 아들을 구스타프 왕은 보란 듯이 큰 한숨을 쉬면서 달랬다.

"멍청한 녀석. 그렇게까지 노골적으로 편을 들어서 어쩌자는 것이냐?"

명확하게 발톱파 '교회'의 세력 쇠퇴를 노리는 윙비 왕자를 보며 구스타프 왕은 골치가 아파 왔다.

안목과 사고력을 비롯한 윙비 왕자의 능력은 인정하지만, 아무튼 저 세상 무서운 줄을 모르는 점은 차기 국왕으로서 불안한 부분이다.

"너는 치명적이지 않은 일에서 한 번 호되게 당해 보는 게 좋을 것 같구나."

"그건 너무 실례인 말씀이 아니십니까, 아버님?"

왕비 왕태자는 뚱한 표정으로 항의했지만, 구스타프 왕은 그 평가를 물리지 않았다.

<『이상적인 기둥서방 생활 16』에서 계속>

[부록] 주인과 시녀의 간접 교류

    일반적으로 후궁이라는 공간은 새로운 측실이 들어올 때에 큰 변화가 일어난다. 이곳 카파 왕국 후궁은 여러 이유로 일반적인 후궁에서 벗어난 공간이지만, 아무래도 그런 부분은 다른 곳과 다를 바가 없다.

    프레야 공주라는 첫 번째 측실이 들어오면서 카파 왕국 후궁에는 큰 변화가 일어났다.

    이전까지는 본관만 사용했던 후궁에 프레야 공주를 주인으로 삼는 별관이 열렸고, 프레야 공주만이 아니라 그 측근인 북대륙 출신 시녀들도 들어갔다.

    다행히 프레야 공주는 지극히 '분수를 아는' 사람이고, 데려온 인원도 엄선한 최소한의 인원이었기 때문에 후궁의 변화라고 할 때 흔히 연상되는 부정적인 변화는 거의 발생하지 않았다. 하지만 변화 자체는 일반적인 후궁에 일반적인 측실과 시녀가 들어오는 때보다 꽤 큰 편이라고 할 수 있을 것이다.

    아무래도 프레야 공주는 일반적이라는 말을 대입할 부분을 찾기가 힘들어 보이는 사람이고, 그 부군인 젠지로도 그런 프레야 공주의 파천황적인 개성에 거의 간섭하지 않는 사람이기 때문이다.

    프레야 공주의 측근인 스카디는 후궁에서도 무장이 허용되고,

측실인 프레야 공주와 함께 후궁 안뜰에서 기룡 연습을 했고, 허가가 내려진 지금은 영내 이동에 용차보다 기룡을 주로 사용하고 있다.

물론 드레스를 입고 주룡을 탈 수는 없으니, 아래쪽이 바지로 된 수렵복 상하의를 입는다.

필연적으로 후궁 시녀들도 익숙한 드레스만이 아니라 가죽으로 만든 수렵복도 손질을 해야 한다든지, 안뜰 관리도 평소처럼 웃자란 잡초의 처리와 해충 구제 정도가 아니라, 주룡이 밟아서 어지럽혀진 잔디를 다시 까는 등, 원래는 연병장을 관리하는 사람이 해야 할 법한 일들까지 하고 있다.

그런 좋은 것도 나쁜 것도 많은 변화가 찾아온 후궁에 오늘도 또 한 가지 변화가 일어났다. 후궁 창문에 '유리창'이 달린 것이다.

후궁 본관 거실 창문. 지금까지는 평범한 나무문이었던 창문이 '유리'가 끼워진 것으로 바뀌었다.

그 유리 창문 앞에 후궁 시녀장 아만다가 아주 모범적인 아름다운 자세로 서서 젊은 시녀들을 향해 입을 열었다.

"이쪽이 북대륙에서 가져온 '유리창'입니다. 지금은 이곳 후궁 본관 거실과 프레야 님의 별관 거실에만 있는데, 젠지로 님 등의 평가에 따라 추가할 예정입니다.

'유리창'은 취급에 주의할 점이 있는데, 다행히 지금 후궁에는 경험이 있는 사람도 있으니까 그 사람들이 지도해 드릴 것입니다."

아만다 시녀장이 그렇게 말하면서 시선을 보낸 곳에는 북대륙 출신 시녀 세 명이 있었다.

"유리창 청소에는 다소 요령이 필요한데, 여러분들이시라면 금세 습득하시리라 생각합니다."

대표처럼 그렇게 말한 사람은 랑힐트.

프레야 공주가 북대륙에서 데려온 인원들을 총괄하는 인물인데, 후궁의 젊은 시녀들은 그녀를 처음 보고서 '아만다 시녀장 2호'라고 표현했다. 그리고 몇 달이 지난 지금, 그 평가가 완전히 정착했다.

북대륙에서 온 젊은 시녀들도 아만다 시녀장을 몰래 '랑힐트 님 2호'라고 부른다는 걸 보면, 누가 봐도 두 사람이 많이 닮아 보이는 모양이다.

머리카락, 눈동자, 피부 모두 색이 다른데도 정기적으로 젊은 시녀들 사이에 '혹시 아만다 시녀장과 랑힐트 님은 혈연관계가 아닐까?'라는 소문이 돌 정도로 두 사람은 닮았다는 평가를 받고 있다. 그것은 두 사람이 짓고 있는 엄격한 표정과 고용인의 본보기 같은 몸놀림, 그리고 단정한 옷맵시가 상당히 높은 수준에서 '똑같기' 때문이리라.

"그래서, 당분간 본관 청소 담당에 랑힐트, 엘비라, 레베카 중 한 사람이 합류합니다. 유리창을 다루는 방법은 거기서 배우도록 하세요. 아시겠습니까?"

아만다 시녀장의 말에 모여 있는 젊은 시녀들이 입을 맞춰 대답했다.

"예, 알겠습니다."

그리고 소리 내서 말한 그 소리 이상으로 젊은 시녀들의 마음속 소리도 일치했다.

'엘비라 걸려라, 엘비라 걸려라'라고.

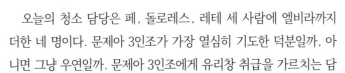

오늘의 청소 담당은 페, 돌로레스, 레테 세 사람에 엘비라까지 더한 네 명이다. 문제아 3인조가 가장 열심히 기도한 덕분일까, 아니면 그냥 우연일까. 문제아 3인조에게 유리창 취급을 가르치는 담당은 바란 대로 엘비라가 맡게 되었다.

"그럼, 제가 설명해드리도록 하겠습니다."

거실에 달린 새 유리창 앞에서 젊은 시녀가 밝은 갈색 머리카락을 흔들며 또박또박 말했다.

이 사람이 엘비라다.

프레야 공주가 제일 처음에 북대륙에서 데리고 온(그 뒤에 추가로 교대 요원을 늘리고 있다) 세 시녀 중 한 사람이다.

프레야 공주의 이모에 해당하는 랑힐트는 시녀들을 총괄하는 역할이자 프레야 공주를 감찰하는 역할.

젊은 시녀인 레베카는 프레야 공주와 같은 시기에 여전사 훈련을 받았다고 하는, 프레야 공주와 마음이 잘 통하는 친구 같은 존재다.

그에 비해 엘비라는 순수하게 능력과 인격을 보고 뽑힌 시녀다.

나이는 레베카와 거의 같은 세대인데, 시녀로서의 능력은 랑힐트에 가깝다.

머리가 좋고, 시녀로서의 기술도 뛰어나고, 사람들이 다가가기 쉬운 성격이고, 사람들과 어울리기 좋아하는 엘비라는 능력을 유감없이 발휘해 이미 카파 왕국 시녀들에게 확실한 신뢰를 얻었다.

"보시다시피 유리창은 조금 복잡한 구조입니다. 또한 둥글고 투명한 유리 부분과 그 주변의 검은색 납 부분, 그리고 나머지 나무 부분. 전부 손질에 사용하는 약제가 다르니까 주의해 주세요."

엘비라는 그렇게 말하고 본보기를 보이려는 것처럼 천에 약제를 적셔 유리창을 청소했다.

'둥글고 투명한 유리'라는 말대로, 이번에 거실에 설치한 유리창은 둥근 모양이다.

유리 하나하나의 크기는 지름 10 센티미터 전후라고 할까. 둥글고 투명한 유리를 납으로 만든 틀로 고정하고 가로세로 여러 줄로 늘어놓아 창을 만들었다.

지구에서는 '론델 창'이라고 불리는, 오래된 방식의 유리창이다.

엘비라의 지도와 본보기를 보고 페, 레테, 돌로레스 세 사람이 유리창 청소를 시작했다.

"음~ 매끈매끈하면서도 의외로 울퉁불퉁하네. 깨끗이 닦기가 꽤 힘들어."

둥근 유리 부분을 천으로 문지르면서 그런 감상을 말한 사람은 체격이 유난히 작고 머리카락이 짧은 시녀 ―페다.

페가 말한 대로 론델 창의 유리 부분은 평평하다고 하기 힘들다.

론델 창의 둥근 유리는 크라운이라고 불리는 기법으로 만든다.

크라운이란 간단히 말하자면 불어서 병을 만드는 것과 같은 요령으로 유리를 분 뒤, 적당히 잘라내 막대에 달고 그 막대를 고속으로 회전시켜 원심력으로 유리를 늘려서 판 모양으로 만드는 방법이다.

회전의 원심력으로 늘리기에 필연적으로 완성되는 유리판은 둥근 모양이 되고, 원심력으로 늘리다 보니 크기에도 한계가 있다.

숙련된 장인의 기술로 만든다 해도 현대 유리처럼 완전히 평평해지지는 않고, 마지막에 막대에 달았다가 떼어 낸 부분에 어쩔 수 없이 자국이 남는다.

그 요철이 크라운 유리 특유의 '맛'이기도 한데, 청소할 때 귀찮은 것은 틀림없는 사실이다.

"창문 위치가 조금 문제려나요. 뭐, 저희 시녀는 페 같은 예외를 빼면 문제없지만, 하녀 중에는 키가 페 정도인 아이도 있으니."

그렇게 말하면서 자신은 아무 문제없다는 듯 창문 위쪽을 청소하는 사람은 후궁 시녀 중에서도 제일 키가 큰 돌로레스다.

돌로레스가 말한 대로 창문 위쪽 청소는 키가 180센티미터인 돌로레스에게는 아무 문제가 없는 작업이지만, 키 150센티미터 정도인 페한테는 꽤 어려운 일이다.

다행히 현재 후궁 본관에서 일하는 시녀 중에 페만큼 작은 사람은 없지만, 지금 돌로레스가 말한 대로 그 밑에서 일하는 하녀 중에는 페처럼 작은 사람도 여럿 있다.

뒤꿈치를 들고 손을 뻗으면 어떻게든 닿는 높이니까 마음만 먹으면 못 할 것도 없지만, 유리라는 취급이 어려운 고급품을 청소하기에는 조금 어려울 것이다.

백 번에 한 번만 일어나는 실수라도, 매일 하다 보면 언젠가 저지르게 된다.

돌로레스의 문제 제기에 엘비라는 잠깐 생각한 뒤에 살짝 고개를 갸웃거렸다.

"하긴, 페 정도의 키로는 조금 위험하네요. 하지만 창문 유리가 얼마나 귀중한지를 생각해 보면 최소한 당분간은 하녀들한테 맡길 수가 없겠네요. 시녀 중에 키가 페 정도인 사람은 니르다 님뿐이고, 니르다 님이 청소하실 리는 없을 테니까 괜찮지 않을까요? 페는 돌로레스가 있으니 문제없겠죠?"

엘비라의 설명에 페는 고개를 끄덕이고는 작은 손을 힘차게 들면서 옆에 서 있는 룸메이트에게 말했다.

"돌로레스, 위쪽은 맡길게!"

페의 말에 장신 시녀─돌로레스는 한심하다는 듯한 쓸쓸한 미소를 지으며 대답했다.

"그래, 나한테 맡겨. 그 대신 아래쪽이랑 바닥은 네 담당이야."

은근슬쩍 위쪽을 해 주는 대신에 아래쪽과 바닥이라는 더 많은 일을 페에게 떠넘기는 것을 보면 돌로레스는 여전히 똑부러진 성격이다.

"정말 그러네~. 니르다는 이제 그런 입장이 아니니까!"

평소처럼 느긋한 말투로 그렇게 말한 사람은 완만하게 파도치는 밝은 갈색 머리카락과 유난히 풍만한 흉부가 특징적인 시녀─레테다.

후궁 시녀 중에서도 몇 안 되는, 페와 눈높이가 같은 소녀ㅡ니르다는 지금 프레야 공주가 사는 후궁 별관의 필두 시녀가 됐다.

별관 필두 시녀란, 간단히 말하자면 별관의 시녀장 같은 입장이다. 자기 손으로 창문을 닦을 입장은 아니다(사람이 모자랐던 예전 같으면 아만다 시녀장도 직접 손을 움직이는 경우가 드물지 않았지만, 시녀 밑에 하녀를 두게 된 이후로는 전체적인 지시와 감독에만 전념하게 됐다).

유리창 청소라는 새로운 일이 추가되기는 했지만, 평소에 셋이서 하던 일에 엘비라라는 유능한 인력이 한 사람 더 추가되니 오히려 평소보다 일찍 끝났다.

할 일을 마친 문제아 3인조와 엘비라는 후궁 뒤쪽이라고 할 수 있는 시녀용 식당에서 차와 과자를 준비해서 느긋한 시간을 보내고 있었다.

현시점에서 시녀용 식당에 있는 사람은 문제아 3인조와 엘비라 네 사람뿐이다.

이 시기가 되면 카파 왕국에서도 따뜻한 차도 큰 문제가 되지 않는다.

레테는 차에 곁들이기 위한 쿠키 같은 과자를 꺼내고, 솜씨 좋게 네 사람 몫의 차를 준비했다.

보통 젊은 시녀들이 휴식을 취할 때 차와 과자 준비는 당번제인데, 문제아 3인조의 경우에는 거의 레테가 독점하고 있다.

물론 억지로 떠맡긴 게 아니라 레테 본인이 희망한 일이다. 레테는 원래 요리를 좋아했는데, 요리 담당 책임자 바네사에게 후계자가 될 생각이 없느냐는 말을 들은 뒤로는 더 강한 목적의식을 가지고 요리에 매진하고 있다. 대신에 체력이 필요한 일은 페와 돌로레스가 더 많이 담당하는 역할 분담을 했다.

모든 사람 앞에 차가 담긴 찻잔과 과자 접시가 놓이자 돌로레스가 제일 먼저 입을 열었다.

"오늘은 고마웠어, 엘비라. 정말 알기 쉽더라."

돌로레스의 입에서 나온 말은 새로운 일인 창문 유리 청소를 가르쳐 준 엘비라에게 하는 감사의 말이었다.

그 말을 들은 북대륙 출신 젊은 시녀는 부드러운 미소를 지으며 어깨를 살짝 으쓱했다.

"고맙기는요. 랑힐트 님이시라면 더 빨리, 더 완벽하게 전수하셨을 텐데."

돌로레스의 감사하는 말이 진심에서 우러나온 것처럼, 엘비라의 그 말도 겸손이 아니라 엄연한 사실이다.

하지만 그 사실을 알면서도 문제아 3인조는 부들부들 떨면서 몇 번이나 고개를 저었다.

"죽어도 싫어!"

"다시 말할게. 고마워, 엘비라가 우리를 가르쳐서 정말정말 다행이야."

"랑힐트 님은 싫어~."

당연한 반응이겠지.

지도력 면에서 랑힐트가 엘비라보다 뛰어난 것은 사실이지만, 엄하게 지도한다는 점에서 보면 그 이상의 차이가 있다. 엘비라의 지도 능력이 많이 떨어진다면 모를까, 엘비라의 능력도 높은 편이고 랑힐트가 그보다 더 뛰어날 뿐인 지금 상황에서 굳이 랑힐트 쪽을 고를 이유는 없다.

문제아 3인조의 반응에 엘비라는 살짝 씁쓸한 미소를 짓고는,

"지금의 랑힐트 님은 어디까지나 후궁 별관에서 일하는 일개 시녀일 뿐이라 지도하실 때도 그렇게 고압적이지는 않으실 거예요."

그렇게 말하며 부모자식 이상으로 나이 차이가 나는 같은 고향에서 온 동료를 감쌌다.

하지만 그 변호하는 말에 돌로레스는 그 길고 검은 머리카락을 휘두를 기세로 고개를 저으며 반론했다.

"그래서 더 무섭다고, 랑힐트 님은. 언제든 대등한 시녀라는 입장을 유지하고 예의를 지키면서, 말투도 유지하면서 제대로 확실하게 지도하시니까 말이야."

그것은 공식적으로 위에 있는 입장에서 말하는 아만다 시녀장보다 더 강한 압력을 지녔다. '주제넘은 짓이라 생각합니다만' '원래 제 입장에서 드릴 말씀은 아닙니다만' '이것은 어디까지나 제안일 뿐입니다만' 등의 서론을 달고서 평소의 농땡이나 설렁설렁 일하는 것에 대해 '올바른 제안'을 하면 '예, 죄송합니다'라고 대답하면서 몸이 움츠러들게 된다.

아무리 공식적으로 대등한 신분이라고 해도 나이와 실적, 그리고 실력이 명확하게 다르다 보면 인간관계에 위아래가 생길 수밖에 없다.

실제로 엘비라도 문제아 3인조도 직무상으로는 대등한 랑힐트

를 랑힐트 님이라고 부르는 것이 일반화되어 있다. 그냥 이름으로 부르기에는 위화감이 너무 크기 때문에.

"솔직히, 형식상으로만 랑힐트 님의 상사가 된 니르다가 너무 불쌍해."

그렇게 말하는 돌로레스의 눈은 어딘가 저 먼 곳을 보고 있다.

원래 상사가 되어 마땅한 사람이 같은 또래라도 정말 힘든 법인데, 후궁 별관 필두 시녀 니르다는 직책상으로는 랑힐트의 상사가 되었다. 그 마음고생을 생각하는 듯한 돌로레스의 말에 엘비라는 쿡쿡 웃고는 돌로레스의 걱정을 간단히 부정해 버렸다.

"어머나? 그거라면 걱정할 필요 없어요. 니르다 님은 정말 잘 하고 계시니까요. 필두 시녀로서의 일처리는 솔직히 아직 더 배워야 하지만, 랑힐트 님과는 놀라울 정도로 잘 해 나가고 있어요."

"그건 생각도 못 한 일인데."

"그러게, 그 니르다가 랑힐트 님 상사 노릇을 할 수 있다니, 좀 믿을 수가 없네."

걱정 일색으로 물든 눈빛의 돌로레스에게 페도 동의했다. 소리 내서 말하진 않았지만 레테도 같은 의견이라는 것은 그 표정만 봐도 분명했다.

세 사람의 반응에 엘비라가 우아한 동작으로 입에 가져가던 찻잔을 다시 내려놓으며 대답했다.

"상사 노릇을 한다는 건 좀 다르네요. 니르다 님은 평소와 같아

요. 평소대로 솔직하게 랑힐트 님의 '충언'을 받아들이면서, 올바른 필두 시녀로서의 역할을 다 하고 계시니까요."

"아, 그래, 그런 얘기구나."

엘비라의 말을 이해하고 납득했다고 말한 사람은 세 사람 중에서 가장 눈치가 빠른 돌로레스였다.

니르다라는 소녀를 한마디로 표현한다면, 그건 아마도 '순진'이라는 말일 것이다.

마치 이 세상에 자신에게 악의를 지닌 사람이 존재하지 않는다는 듯한 니르다의 가치관은 보고 있는 사람이 조마조마할 정도로 무방비하지만, 그만큼 올바르고 친하게 대해 주는 사람과는 아주 궁합이 좋다.

랑힐트는 지극히 엄격한 지도자지만, 그 엄격함에는 악의가 전혀 존재하지 않는다. 그래서 그것을 있는 그대로 받아들이는 니르다와는 상성이 좋았다.

아쉽게도 니르다는 딱히 머리가 좋은 편은 아니라서 지적받았을 때 대답은 잘 하지만 행동이 따르지 못하는 경우도 종종 있는데, 반대로 랑힐트는 지극히 뛰어난 지도자라서 건성으로 대답하고 실제로는 할 생각이 없는 사람과 말한 대로 열심히 하려고는 하지만 순수하게 능력이 따라 주지 않는 사람을 구별할 수 있다.

그래서 니르다가 같은 실수를 되풀이하더라도 랑힐트는 골치를 썩을 뿐이지 니르다에 대해 나쁜 감정을 품지는 않는다.

"하긴, 그렇게 생각하면~ 오히려 랑힐트 님 쪽이 더 고생할 것 같네에~."

특유의 느긋한 말투로 정확히 집어서 말하는 레테를 보고 엘비라는 빙긋 웃으며,

"정답."

이라고 단적으로 대답했다.

문제아 3인조는 웃음을 터트렸다.

문제아 3인조와 엘비라는 그 뒤에도 차로 입술을 적시며 담소를 이어 갔다.

"그런데, 세 사람 모두 생각보다 유리창 손질이 많이 익숙하다 싶었더니, 그쪽에는 비슷한 것들이 많이 있었네."

유리창 청소가 끝나고 평소처럼 문제아 3인조와 함께 거실을 청소한 엘비라는 기억을 되새기며 말했다.

"하긴, 듣고 보니 비슷한 게 많기는 하네. TV, 컴퓨터, 거울. 잔도 분명히 유리로 만들었겠지."

돌로레스가 말한 대로 젠지로가 다른 세계에서 가져온 물건 중에는 유리를 사용한 것들도 여럿 존재한다. 그래서 후궁 시녀들은 유리를 다루는 데 어느 정도 익숙해져 있었다.

하지만, 젠지로가 가져온 물건들의 유리 부분과 이번에 북대륙에서 수입한 론델 창의 유리를 완전히 동일시하는 건 위험하다.

"매끈매끈한 느낌은 비슷하지만, 유리창은 울퉁불퉁하기도 하고, 너무 약해서 만지기가 무서워."

감촉과 직감을 근거로 페가 거의 정답을 말했다.

실제로 현대 기술로 만든 젠지로 개인 물건의 유리 부분과 이쪽

세계에서 만든 유리창은 완성도는 물론이고 강도도 전혀 다르다.

불순물을 극한까지 제거해서 높은 투명도를 유지하는 현대의 유리와 달리, 이번에 설치한 유리창은 너무 두꺼워지면 빛의 투과에 지장이 생길 정도로 색이 들어가 있다. 그래서 최대한 얇게 만들어서 투과성을 높이고 있다.

원래 재질이 약한 데다 그걸 얇게 만들었으니 비교도 안 될 만큼 강도가 떨어진다.

페의 감상을 듣고 엘비라가 살짝 고개를 끄덕였다.

"나는 젠지로 님 물건을 오늘 처음 만져 봐서 비교하기는 힘들지만, 유리창은 조심해서 다뤄야 한다는 건 사실이야. 지도할 때도 주의 사항으로 얘기했었잖아?"

엘비라의 말에 문제아 3인조가 나란히 고개를 끄덕였다.

"그렇다면 언젠가는 깨질 것도 생각해 두는 게 좋겠네."

"그때는 바로 젠지로 님께 알려야지."

"깨진 유리는 위험할 것 같아~. 치울 때 신경 써야 할 점이나 특별히 해야 할 게 있으면 가르쳐 줄래~ 엘비라?"

미안해하지도 않고, 털끝만큼도 무서워하지 않으면서 '유리창을 깨뜨린 경우'의 대처 방법을 의논하는 문제아 3인조를 보고 모범생인 엘비라는 잠시 넋이 나가는 기분을 맛봤다.

"……당신들, 정말로 젠지로 님을 신뢰하는군요."

가능한 듣기 좋게 표현하려고 신경 쓴 엘비라의 입에서 나온 것은 그런 말이었다. 솔직히 말하자면 문제아 3인조의 반응은 '주인을 얕본다'고 해도 이상하지 않을 수준이었다.

아무리 약한 물건이라고 해도 자신이 일하는 저택의 일부를 파손한 경우에 대해 사전에 준비한다는 것은 '우리, 언젠가 유리창 깨트릴 겁니다'라는 선언이라고 생각해도 이상하지 않은 일이다.

하지만 페, 돌로레스, 레테 세 사람은 왜 엘비라가 얼굴을 찌푸리는지 도무지 모르겠다는 듯한 깜짝 놀란 얼굴로 대답했다.

"당연히 신뢰하는데, 그게 왜?"

지금 나눈 이야기 어디에 주인에 대한 신뢰를 느끼게 하는 말이 있었지? 정말로 모르겠다고 고개를 갸웃거리는 페에게 엘비라는 간신히 웃는 얼굴을 유지하면서 대답했다.

"분명히, 실수로 유리창을 깨트리는 일이 언젠가 누군가가 저지르게 될 실수일지도 몰라요. 하지만 '그러니까 안 깨트리려면 어떻게 해야 좋을까?'가 아니라 '깨트렸을 때 대처법'에 대해서 그렇게 차분하게 의논할 수 있는 건, 젠지로 님을 신뢰하기 때문이겠죠?"

엘비라의 지적을 듣고서야 겨우 그 사실에 생각이 미친 페와 레테가 서로 마주봤다.

"듣고 보니……."

"보통은, 저택 비품을 망가트린다면 일부러 그런 게 아니라도 혼나지~."

고용인이 저택 비품을 망가트린 경우, 질책받는 것이 당연한 일이다. 주인에 따라서는 변상을 요구하거나 퇴직에 관한 이야기까지 번지는 경우도 있다.

'의도적으로 망가트렸다면 모를까, 불의의 사고로 망가트린 사람을 질책하면 일상적인 근무 태도를 위축시키기만 할 뿐이고 아무런 이익도 없다'는 젠지로의 사고방식은 이쪽 세계에서는 상당히 이질적인 부류다.

사실 젠지로의 그런 설명을 '그것도 맞는 말이네'라고 솔직히 받아들인 사람은 이 문제아 3인조와 니르다 정도고, 다른 시녀들은 아직까지도 일하는 중에 뭔가를 망가트리면 어떡하나 하는 두려움을 꾹 억누르면서 불필요한 각오를 다지고 있다.

"다른 데서는 일반적이지 않을 수도 있지만, 여기는 젠지로 님의 가치관이 우선시되거든. 우리는 가능한 거기에 맞춰드리고 있을 뿐이야."

뻔뻔한 얼굴로 그렇게 말한 돌로레스는 페나 레테와 달리 의도적으로 젠지로의 말을 끌어들여 자기 편한 대로 이론 무장을 하고 있다.

'그럴 때는 바로 젠지로 님께 알려야지'라는 돌로레스의 발언에서 그 강한 의지를 엿볼 수 있다.

보통 실수로 유리창을 깼을 경우의 보고 대상은 청소 담당 책임자인 이네스나 아만다 시녀장이 된다. 그런데 굳이 젠지로에게 직접 알리려고 하는 데서 돌로레스의 약아빠진 점이 느껴진다.

이 후궁에서 가장 큰 발언권을 지녔고 가장 무른 판단을 내리는 사람이 젠지로라는 것을 잘 알고 있기 때문이다.

"그런데, 정말로 가까운 시일 안에 유리창이 깨지면 어떻게 하지? 북대륙에서 새로 들여오려면 시간이 걸리잖아?"

페의 소박한 질문에 레테가 고개를 툭, 하고 갸웃거리면서 대답했다.

"어~? 분명 북대륙에서 유리 장인을 불러오지 않았던가~? 그 사람한테 만들어 달라고 하면 되는 거 아냐~?"

카파 왕국 후궁은 젠지로는 물론이고 여왕 아우라도, 최근에는 측실 프레야 공주도 원칙적으로는 자유롭게 드나드는, 일반적인 후궁과 사정이 조금 다른 공간이다.

후궁 시녀도 비교적 빈번하게 후궁 밖을 드나들 수 있기에 후궁이라고 해서 딱히 정보가 차단되지는 않는다. 소문에 민감한 사람이라면 후궁 내부—경우에 따라서는 왕궁 내부의—소문을 듣는 경우도 드물지 않았다.

그런 레테의 '소문 이야기'에 돌로레스가 조금 진지한 목소리로 말했다.

"뭐? 그거 괜찮은 거야? 장인을 빼 오면 문제가 되지 않던가?"

남대륙 입장에서 유리 장인은 최첨단 기술을 다루는 살아 있는 기밀 정보 덩어리다. 돌로레스의 걱정도 그렇게 엉뚱한 것은 아니다.

하지만 이들 중에서 북대륙 사정을 가장 잘 아는 엘비라는 딱히 당황하지도 않고 냉정한 표정으로 되물었다.

"저기, 레테. 그 장인이 어느 나라에서 왔는지는 알아요?"

"어~ 그러니까~ 보헤비아 왕국, 이라고 했던 것 같은데~?"

"장인의 나이는?"

"정확히는 모르겠지만, 꽤 할아버지라는 것 같아~."

정보를 다 들은 엘비라는 자신감이 담긴 목소리로 말했다.

"그렇다면 법적으로는 문제없을 것 같아요. 보헤비아 왕국의 유리 공방은 국가 직영과 유리 길드 소속으로 나뉘는데, 직영은 외국인이 말을 걸 수도 없으니까 길드 소속이라고 생각하면 되겠죠.

그리고 노령이라는 나이를 고려해 보면 이미 길드에서 탈퇴했을 가능성도 커 보이네요. 반드시라고까지 할 수는 없지만, 법적으로는 문제없지 않을까요?"

"그 나라 유리 길드는 장인이 일정한 나이가 되면 탈퇴해야 하는 거야?"

페의 의문에 엘비라는 고개를 젓고서 설명했다.

"아니요. 길드 법에 딱히 연령 제한은 정해져 있지 않아요. 하지만, 보헤비아 왕국에서는 일정 연령 이상인 장인이 충분한 기술과 지식이 있다고 간주된 경우에 나라에서 숙련 장인(도미니)이라는 칭호를 내려 줘요. 숙련 장인은 국영 공방 소속 장인처럼 취급하니까, 외국으로 나가는 건 허락되지 않죠.

그래서 외국으로 데리고 나올 수 있었던 그 나이든 유리 장인은 필연적으로 숙련 장인 칭호를 받지 못한 사람이라는 뜻이 되겠죠. 어느 정도 나이가 들고 숙련 장인 칭호도 받지 못한 장인은, 이런 말 하기는 그렇지만, 길드에서 버림받았다고 할 수 있어요."

그런 장인의 경우, 길드에 신청하면 어렵지 않게 탈퇴할 수 있다고 한다. 숙련 장인 칭호를 받은 장인이 국영 공방 장인처럼 외국으로 이동이 금지되는 것은 기술이나 지식의 유출을 막기 위한 조치다.

즉, 나이가 들었지만 숙련 장인 칭호를 받지 못한 장인은 유출을 신경 쓸 만큼의 기술이나 지식을 익히지 못했다는 것이다.

"하지만 그건 북대륙 기준이고, 남대륙에서는 유리 제조 기술이 뒤처져 있으니까, 남대륙 입장에서는 귀중한 기술자가 되겠죠."

최대한 배려하면서, 그래도 남대륙이 기술적으로 뒤처졌다는 부분을 그냥 넘어가지 않고 지적하는 엘비라에게 돌로레스도 씁쓸한 미소를 감추지 않고 대답했다.

"더 대놓고 말해도 돼, 전부 뒤처졌다고. 정확히 말하자면 마법 말고는 전부, 라고."

돌로레스의 말에 페와 레테가 흥미진진하다는 표정으로 물었다.

"역시 그렇지?"

"레베카나 엘비라가 가지고 온 물건들을 보면 그런 느낌이 드니까~."

북대륙에서 온 프레야 공주 일행은 프레야 공주 외에도 약간이나마 개인 물건을 지참했다.

왕족인 프레야 공주, 본가가 나름대로 명문인 데다 따로 이름까지 받은 여전사인 스카디, 프레야 공주의 이모인 랑힐트의 개인 물건이라면 '본가나 본인의 격 차이'라고 이해할 수도 있지만, 하급 귀족 출신인 레베카나 엘비라의 개인 물품도 남대륙 기준으로 보면 눈이 휘둥그레질 만한 것들이 있었다.

특히 알기 쉬운 것이 시녀라면 거의 모두가 지참하는 반짇고리다. 바늘, 가위, 실. 비교해 보면 일목요연했다.

가장 알기 쉬운 차이가 가위인데, 애당초 철의 질이 훨씬 좋은 데다 아주 정밀하게 만들어졌다. 카파 왕국에서 이 정도로 좋은 가위를 구입하려면 귀족이라도 조금 고민해야 할 금액이 되리라.

실도 다르다. 구체적으로 말하자면 실의 색 숫자가 다르다. 페나 레테 등이 지참한 반짇고리에는 흰색(실제로는 옅은 노란색에 가까운)과 검정(엄밀히 따지면 검정이 아닌) 두 종류밖에 없지만, 레베카 일행의 반짇고리에는 그밖에도 빨강, 파랑, 녹색, 노란색 등, 다양한 색의 실이 들어 있다.

눈에 띄지 않도록 천과 비슷한 색의 실로 꿰매기 위해서겠지만, 정말 사치스러운 일이다. 염색한 실을 그만큼 싸게 팔고 있다는 뜻이고. 물론 일반 서민이 감히 넘볼 정도는 아니겠지만, 하급 귀족도 손이 미칠 정도 가격이기는 하리라.

순수한 국력과 경제력만 본다면 카파 왕국의 압승일 텐데, 이런 양산품의 품질은 웁살라 왕국이 더 뛰어나다. 그것은 웁살라 왕국 쪽이 다양한 방면의 기술력에서 더 뛰어나다는 것을 의미한다.

"그런데 말이야, 엘비라는 북대륙 정세에 대해서 잘 아네. 웁살라에서는 시녀한테도 그 정도 교양이 있는 게 당연한 거야?"

고개를 갸웃거리는 돌로레스에게 엘비라는 과도한 자랑처럼 들리지 않도록 어휘와 목소리를 신경 쓰면서 대답했다.

"이 정도 지식은 그렇게까지 일반적인 건 아니네요. 저는 왕도 대학에서 법학과 논리학을 중심으로 몇 가지 강의를 들을 기회가 있어서 보통보다 지식이 좀 더 많은 편이예요."

"대학?"
"대학이 뭐야~?"
"그러니까, 분명 북대륙 각국에 있는, 지식을 수집, 전승, 연구하는 조직, 이었나?"
남대륙에는 존재하지 않는 조직의 이름에 고개를 갸웃거리는 페와 레테에게 돌로레스가 주워들은 지식을 떠올리면서 대답했다.

"예, 돌로레스가 한 설명이 맞다고 생각하면 돼요. 추가하자면 그것을 통한 지식인, 교양인 육성도 목적이죠. 나라와 '교회' 주도로 세운 대학의 경우, 국가와 '교회' 운영에 필요한 인재 육성 기관이라는 측면도 있고요."

엘비라의 설명에 3인조는 나란히 감탄한 표정을 지었다.
"헤에."
"대단하다~."
"북대륙은 정말 대단하네. 엘비라가 다녔다는 건, 여자라도 다닐 수 있다는 거야?"

돌로레스의 질문에 엘비라는 조금 아쉽다는 표정을 지으며 고개를 저었다.

"아뇨. 웁살라에서는 여자가 대학에 적을 둘 수 없어요. 저처럼 청강을 허락받는 게 고작이죠."

즈워타 보르노시치 귀족제 공화국이나 에밀리아 공화국 같은 몇몇 나라의 대학은 여성에게도 개방되어 있다는 모양이지만, 그런 대학이라도 실제 여성 정규 학생은 일 년에 한 명이 있을까 말까 하는, 그런 정도이리라.

현재 학문의 세계는 군대 이상으로 남성이 점유하고 있는 세계인 것 같다. 그렇게 생각하면 굳이 대학까지 다닌 엘비라는 '우수한 시녀'이기는 해도 '일반적인 시녀'는 아닐지도 모른다.

하지만 '일반적인 시녀'와 공통된 부분도 당연히 있다. 예를 들자면 연애 이야기로 이야기꽃을 피우는 걸 좋아한다는 것도 그 중 하나다.

"그러고 보니까, 엘비라는 밀레라가 배치 전환된다는 얘기 들었어? 아우라 폐하가 계신 본관에서 프레야 님 별관으로. 밀레라는 왕비 전하 환영 파티에 출석했던 시녀 중에 하나잖아? 역시 그런 얘기려나?"

갑자기 생각났다는 듯한 돌로레스의 이야기에 엘비라는 나름대로 관심을 보였다.

"예, 돌로레스가 상상한 게 맞을 것 같아요. 욍비 전하의 상대로 밀레라가 내정됐겠죠. 다행히 밀레라는 후궁 시녀니까, 프레야 님 쪽으로 배치를 전환해서 결혼 전에 가능한 한 웁살라 왕국의 지식, 상식, 예법을 익히게 하려는 생각이겠죠."

그것은 순수한 연애 이야기라고 하기에는 정치적 색채가 너무 많이 배어 있었지만, 귀족 자녀들의 귀에 들어오는 연애 이야기는 크건 작건 거의 그런 것들이다.

오히려 필연적으로 스며들게 되는 정치색을 '넘어야 할 장애물'이나 '운명적인 이치'로 삼으며, 이야기에 흥을 돋우는 옵션으로 이용하는 조짐도 있다.

"그 얘기는, 밀레라는 별관에서 사실상 왕태자비 교육을 받는다는 얘기네. 우와, 정말 힘들겠다."

신분이 올라가면 올라갈수록 귀찮은 일들이 많아지고, 지켜야 하는 예법도 엄격해진다. 그 점을 알고 있는 페는 제멋대로 동정하고 말았다. 밀레라 입장에서 보면 쓸데없는 참견이겠지만.

밀레라는 보다 높은 지위의 남자에게 시집가는 것을 자기 인생의 '승리'라고 생각하는 가치관을 지닌 사람이다.

그 부분을 알고 있는 돌로레스는 한심하다는 듯이 도끼눈을 뜨고 페를 쳐다봤다.

"밀레라는 페 너랑 달라. 밀레라라면 오히려 엄청나게 좋아할 거야."

"아하하, 밀레라라면 그럴 것 같네~."

레테도 즐겁다는 듯이 웃으며 동의했다.

"뭐, 실제로 힘든 건 사실이겠지. 난 짧은 기간 동안 손님으로 있었을 뿐이니까 새로운 것들을 구경하느라 즐거웠지만, 그쪽에서 살려면 다른 게 너무 많아서 고생할 것 같아."

다른 문화권에 일정한 기간 동안 여행하는 것과 자리 잡고 사는 것은 전혀 다른 일이다. 돌로레스는 그런 걱정도 했지만, 근본적인 부분에서는 크게 걱정하지 않았다. 돌로레스가 알고 있는 밀레라라는 소녀는 심지가 굳고, 그러면서도 전형적인 귀족 자녀로서의 교육을 잘 받은 데다, 주위의 바람에 자신을 맞추는 데 거리낌이 없는 성격이다.

반려가 될 사람과의 궁합이 어지간히 나쁘지 않은 한, 밀레라라면 괜찮을 거라고 돌로레스는 판단했다.

레테도 같은 결론에 도달했는지 평소처럼 느긋한 말투로, 그러면서도 약간 걱정된다는 것처럼 말했다.

"밀레라라면 괜찮을 것 같기는 한데~ 윙비 전하는 어떤 분이실까~?"

돌로레스는 북대륙에서, 페는 얼마 전 환영 파티에서 일단 윙비 왕자와 대면한 적이 있지만, 사람 됨됨이를 제대로 이해했다고 할 수는 없었다. 필연적으로, 세 사람의 시선은 엘비라에게 집중됐다.

그 시선의 압력에도 전혀 동요하지 않고, 엘비라는 보는 이를 안심하게 만드는 부드러운 미소를 지은 채 거침없이 대답했다.

"밀레라와 윙비 전하는 궁합이 아주 좋을 것 같아요. 원래 언동이나 판단 기준은 이성적인 분이고, 사생활에 있어서도 주도권을 쥐고 싶어 하는 분이시니까."

밀레라는 타고난 성격 때문인지 아니면 교육의 성과인지, 남녀 관계에서 남성에게 주도권을 맡기려 드는 경향이 있다.

주도권을 쥐려고 하는 윙비 왕자라면 분명히 궁합이 좋다고 할 수 있으리라. 엘비라는 계속 말했다.

"윙비 전하에 대해 가장 잘 아는 사람은 틀림없이 프레야 님이시 겠죠. 그 프레야 님께서 사전에 윙비 전하에 대해 가르쳐 주실 테 니까, 밀레라라면 문제없이 대처할 수 있을 거예요.

후궁 별관에는 랑힐트 님도 계시니까, 밀레라가 후궁 별관에서 일하며 랑힐트 님의 눈에 든다면 펠리시아 전하께 편지를 보내드리 는 것도 기대할 수 있겠죠."

랑힐트는 프레야 공주와 윙비 왕자의 친어머니인 펠리시아 제2 왕비의 언니다. 게다가 단순히 혈연이라서가 아니라 프레야 공주의 '감찰 역할'로 선발되었다는 점만 봐도 알 수 있듯이, 랑힐트 본인 도 웁살라 왕국 상층부에서 크게 신뢰받고 있다.

랑힐트가 밀레라를 인정한다는 편지를 보낸다면 동생인 펠리시 아 제2 왕비는 물론이고 구스타프 왕에게도 나름대로 좋은 영향을 줄 것이 분명하다.

"그렇다면 밀레라한테 가르쳐 줄까~? 열심히 하면 랑힐트 님이 편지를 써 주실 테니까 별관에서도 열심히 일하라고~."

순수한 호의에서 나온 레테의 제안이었지만, 엘비라는 생각해 보지도 않고 바로 고개를 저었다.

"그건 관두는 게 좋을 거예요. 일단 틀림없이 역효과가 날 테니까요."

"뭐?"

깜짝 놀란 얼굴로 고개를 갸웃거리는 레테를 흘끗 본 돌로레스가 진실에 가까운 곳까지 추측했다.

"아, 혹시 랑힐트 님은 상을 받으려고 열심히 하는 걸 인정하지 않는 가치관이신가?"

그런 사고방식을 가진 사람은 드물지 않다. '평가란 평소 언동을 통해 그 사람의 능력과 인격을 가늠하는 것. 어떠한 상을 제시받고 그때만 노력하는 상대의 언동으로 가늠하는 것은 부적절하다'라는 사고방식이다. 일리가 있는 사고방식이라고 할 수도 있다.

돌로레스의 말에 엘비라가 살짝 고개를 끄덕였다.

"반쯤 맞았어요. 아예 평가하지 않는 건 아니지만, 눈에 보이는 상이 있는 상태에서는 어느 정도 깎아서 생각하시는 분이에요. 즉, 괜히 그럴 가능성이 있다고 밀레라한테 가르쳐 주면, 합격점만 더 높아져 버리는 결과가 발생할 수도 있어요.

괜찮아요, 레테. 밀레라의 평소 근무 태도라면 충분히 랑힐트 님이 합격점을 주실 테니까요."

바라건 바라지 않건 합격점을 줄 거라고 엘비라는 자신 있게 단언했다.

그 부드러운 미소와 마찬가지로 푸근한 분위기로 단언하는 말에는 신기할 정도로 설득력이 있었다.

"그렇구나~. 밀레라, 행복해졌으면 좋겠다~."

"그건 그래."

"그보다 좋은 건 없겠지. 밀레라가 행복하다는 건, 양쪽 나라 모두에도 좋은 결과가 된다는 뜻이니까."

순수하게 동료의 행복을 바라는 레테의 말에 페와 돌로레스도 각각 동의했다.

대화가 끊어지고, 그러면서도 결코 불쾌하지 않은 정숙의 시간이 잠시 흘렀다.

그 정숙을 깬 것은 식당 문이 열리는 소리였다.

다른 곳도 일단 일이 끝난 것인지, 젊은 시녀 몇 명이 우르르 식당으로 들어왔다. 갈색 피부에 짙은 색 머리카락의 시녀들 사이에서 유난히 눈에 띄는 하얀 피부에 길고 곧게 뻗은 금발의 시녀─레베카가 먼저 있던 사람들을 보고는 빠른 걸음으로 다가왔다.

"엘비라, 지도하느라 고생 많았어. 페, 돌로레스, 레테가 유리창 다루는 방법을 한 번에 배웠어?"

그렇게 말하면서 물어보지도 않고 같은 탁자의 빈 의자에 힘차게 앉은 레베카는 거리감이 가까웠고, 서로를 너무나 편하게 대했다.

같은 웁살라 왕국 출신 시녀지만, 모범생인 엘비라와 달리 레베카의 기질은 페 등의 문제아 3인조와 통하는 구석이 있었다.

덕분에 레베카는 이 짧은 기간 만에 문제아 3인조와 욕지거리에 가까운 편한 말을 주고받는 사이가 됐다.

"그 정도야 배우지."

"맞아~ 엘비라가 정말 상냥하게 잘 가르쳐 주니까~."

"레베카가 가르쳐 줬으면 못 배웠겠지만."

페, 레테, 돌로레스의 대답에 레베카는 물론이고 같이 앉아 있던 엘비라도 즐겁다는 듯이 웃었다.

"하긴, 내가 너희를 가르친다면 하루 가지고 못 끝냈겠지. 아무래도 지도력은 엘비라를 못 당하니까."

겸손한 척하면서 사실은 페 일행이 제대로 배우지 못한다고 야유하는 레베카에게 문제아 3인조도 받아쳤다.

"지도력만?"

"레베카가 엘비라한테 이기는 구석이 있기는 하던가?"

실제로 시녀로서의 능력만 따져 보면 모든 면에서 엘비라가 레베카를 웃돈다.

하지만 레베카는 그런 페와 돌로레스의 말을 듣고도 당황하거나 부산 떨지 않고, 오른팔을 구부려서 알통이 튀어 나오게 만들더니,

"당연히 있지. 싸우면 내가 이겨."

라고 자신만만하게 말했다.

"레베카……."

"레베카, 그건 아니다~.":

"그게 자랑이야?"

한심해 하는 문제아 3인조 옆에서 엘비라가 신나게 웃고 있었다.

이상적인 기둥서방 생활 ⑮

초판 1쇄 발행   2025년 2월 28일

저자 와타나베 츠네히코

발행인 원종우
발행처 (주)블루픽

주소 (13814) 경기도 과천시 뒷골로 26, 2층
영업부 02-6447-9000   편집부 02-6447-9017   팩스 02-6447-9009
메일 edit@bluepic.kr   웹 vnovel.kr

ISBN 979-11-6769-375-4 04830   (세트) 978-89-6052-269-5